医学科普短篇小说集

看病的学问

值得了解的30个医学常识

杨秉辉 著

上海科技教育出版社

图书在版编目(CIP)数据

看病的学问:值得了解的30个医学常识/杨秉辉著.
—上海:上海科技教育出版社,2020.8(2022.9重印)
ISBN 978-7-5428-7318-7

Ⅰ.①看… Ⅱ.①杨… Ⅲ.①短篇小说—小说集—中国—当代 Ⅳ.①I247.7

中国版本图书馆CIP数据核字(2020)第128274号

责任编辑 陈雅璐
封面设计 符 劼

看病的学问:值得了解的30个医学常识
杨秉辉 著

出版发行 上海科技教育出版社有限公司
(上海市闵行区号景路159弄A座8楼 邮政编码201101)

网	址	www.sste.com　www.ewen.co
经	销	各地新华书店
印	刷	上海商务联西印刷有限公司
开	本	787×1092　1/16
印	张	11.5
插	页	1
版	次	2020年8月第1版
印	次	2022年9月第10次印刷
书	号	ISBN 978-7-5428-7318-7/N·1095
定	价	38.00元

前言

  多年来我坚持写些医学科普文章,之所以坚持,是因为深感此事之重要。

  如今经济发展,民众物质文化生活水平提高,人们渴望健康,希望不生病、少生病。万一生了病还需要知道病从何来,如何预防,所以医学科学普及工作至关重要。

  近年来,我尝试以小说的形式来传播医学知识。从形式上来看,有了故事情节,更能吸引读者;从内容上来看,描述了患者的心理状况、社会背景,符合医学不仅是单纯的生物学模式,而是生物—心理—社会模式的要求。近年在医学教育中有"叙事医学"之提倡,意在使医学生们在学习医学中生物学内容的同时也能理解患者之心理、社会之影响。我以为医学科普即是面向大众的医学教育,自然也应如此。将医学知识植入故事情节之中,使医学知识得着患者(有时也包括医者)的体温而不再冰冷,可以让医学科普进入"真实的"世界。

  继2014年出版短篇医学小说集《财务科长范得"痔"》、2016年出版长篇医学小说《祺东的黄兴家医生》之后,2018年又出版《财务科长范得"痔"》的姐妹篇:短篇医学小说集《保卫科长莫有"病"》,据读者反映皆"尚值一读"。上海市科普作家协会还曾就医学科普小说这一形式召开了专题研讨会。读者的肯定、同道的鼓励,使我乐此不疲,继续又写了若干短篇,构成这本包含30个短篇的《看病的学问:值得了解的30个医学常识》,承上海科技教育出版社的盛意,将付梓出版。

  前两本短篇小说集中,每个短篇文末皆有"杨医生说"的一段文字,意在提醒读者关注此文中的医学基本知识要点。本书中各篇则已不再沿用此法,而将医学原理、科普要点直接融入故事情节之中，由故事中的人物在一定的情节中自然地加以说明，相信读者必能充分领悟。当然，是耶非耶尚待读者、专家评述。不过，上海科技教育出版社以普及科学知识为己任，有意将更多医学知识传播给读者，本书的责任编辑同我商量，意欲再补充一些相关知识点，以方便读者增强对故事中所述及的疾病或事件的理解，其情殷殷，令人感动，为使这部分医学知识准确起见，我在交稿之后索性又为每篇小说增写了几百字的相关医学常识附于文末，以飨读者。

快节奏的生活时代，蒙诸君谬爱，拨冗阅读这本小书，十分感谢。书中不足之处，尚祈诸君不吝指正。

杨秉辉
2020年7月

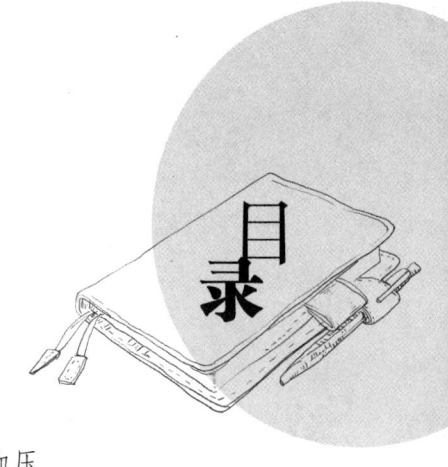

目录

001 薛科长遭遇"无声杀手"｜高血压

007 闻鸡起舞｜脑卒中

013 吃药真的不得用吗｜急性心肌梗死

022 忻季乔为何胸痛｜心肌桥

028 忻小姐的感冒｜病毒性心肌炎

035 费老师何故胸闷｜全科医生

041 乔工程师的"慢阻肺"｜慢性阻塞性肺疾病

047 费老板的"经济舱综合征"｜急性肺梗死

052 打呼噜的达虎｜睡眠呼吸暂停综合征

058 "小结节"风波｜肺结节

064 肺里何来"磨玻璃"｜磨玻璃样结节

068 凯蒂的"肿瘤"｜肿块与肿瘤

074 老陆虚惊一场｜肿瘤标志物

080 钱教授决定"相机治疗"｜有点惰性的癌

086 红丝带俱乐部｜癌症康复

091 焦老师家的营养问题｜关于"抗癌食品"

099 周阿姨因何贫血｜贫血的病因

105 庞阿姨减肥记｜肥胖与减肥

112 县中的范骝老师｜胃食管反流

118 苗医生妙解胆固醇｜胆固醇的摄入

123 刘老师跌了一跤｜胆囊炎、胆石症

129 乙肝又加酒精肝｜乙型肝炎

135 是药三分毒｜药物性肝损伤

140 消化科办公室里的一幅油画｜免疫性胰腺病

145 李奶奶的"最后一跌"｜老年跌倒

151 老胡画钟｜阿尔茨海默病

158 农妇叶月珍的故事｜不开心与抑郁症

164 医闹刘三宝｜医疗纠纷

170 也是一种"医闹"｜医疗决策

176 王志真大医师｜医患关系

 薛科长遭遇"无声杀手"

高 血 压

一

薛科长其实并不是科长。

老薛供职于某工厂的设备科,管理一个小仓库,每个月做两张报表,便是他的主要工作。厂子不大,事也不多,设备科一共三四个人,那几个都是小青年,算起来真就数他老薛资历最深,而且还是个复员军人。自打老科长退休之后,厂里既没调新科长来,也没有提拔谁,只是每逢开会便通知老薛参加,有什么事让他回来传达,科里小青年尊称他为"薛科长",老薛觉得设备科自己资格最老,若要真的选个人做科长,他是足可以担当的,所以默认了。老薛为人大度,脾气好,在厂里工作了20多年从来没与人有过争吵。科里的小青年有上班干点私活的,有还没到下班时间便开溜的,老薛会帮他们遮着点,大家都夸老薛好。

老薛名亚高,54岁,江西婺源县人,个头不高,身体敦实,面色红润,近两年有点"谢顶",讲话略带乡音。他一年四季都穿厂里发的工作服,大头皮鞋也是厂里的劳防用品。烟抽得不少,每晚要喝点酒。

老薛初中毕业后在家晃了两年去参了军,复员后进厂工作至今。娶妻张氏,小他几岁,是个纺织厂挡车工,安徽人,甚贤淑。生有一女,大学专科毕业,在同城一小学任教,虽不乏追求者,但仍待字闺中。老薛父母皆已过世,父亲死于脑溢血,母亲死因不详。岳父也已去世,岳母在乡间随妻兄生活,故老薛夫妇老小两头皆无牵挂。

老薛本人和他的家庭就是这样一个平和的状况,不富裕也不愁衣食。老薛除上班工作之外也没有其他爱好,最多闲时在家看看电视。前几年老薛50岁生日,女儿送他一部智能手机,并教他玩起了微信,从此老薛觉得生活丰富多彩了起来。工作既不繁重,生活亦无压力,又逢社会安定,经济发展,薛亚高同志甚是"享受"这样的生活。

二

世事终难十全十美,老薛虽然看上去长得敦敦实实,但罹患高血压已经多年。

记得从部队复员那年体格检查,查出有高血压,当时还担心会不会影响工作安排,幸好被分配到工厂工作,后来结婚成家皆未受影响。人说高血压会头晕,老薛觉得自己头从来不晕,心中估量这血压高点对他来说是无妨的,20多年来还真连感冒都少有,更别说其他病了。知道自己血压高,他偶尔会到厂医务室请医生测一下血压,测下来没有一次是不高的,一般上压(收缩压)在160~170毫米汞柱、下压(舒张压)在90~100毫米汞柱,医生劝他吃降压药,老薛认为既不头晕又无其他不适,而且听说"是药三分毒",所以即使配了药也不认真服用。

年度体检时,老薛查下来血压168/96毫米汞柱,医院诊断有高血压,嘱其就医诊治。体检报告由工会小王送到设备科,谁知这小王却像报喜一样,进门就嚷嚷:"薛师傅、薛师傅,你血压高!"

老薛恰好不在,科里两个小青年一听,来劲了:薛亚高、血压高!从此表面叫他薛科长,背后全叫他"血压高"了。后来老薛知道了,也不计较:血压高就血压高,他们爱怎么叫就怎么叫。体检查出血压高的人不少,听说连厂长血压也高的,不过,这老薛恰好名字叫薛亚高,大家觉得有趣,似乎命中注定他要血压高似的。

老薛的老婆是知道老薛有高血压的,不过跟老薛的认知一样:高血压都二三十年了,不痛不痒的,没有关系。一天偶尔说起,女儿知道了,年轻人到底敏感,说她们学校的老校长前年脑溢血(她没说"去世"两字),便是高血压引起的,这高血压一定要治!

老薛的女儿上网查找有关高血压的知识,又买了一本《高血压百事通》科普书和一只电子血压计带回家,教她爸妈测量的方法。测量结果:老薛血压

162/94毫米汞柱,她妈是128/72毫米汞柱。

老薛的女儿解释说:"血压高出140/90毫米汞柱,两个数字都高或一个高、一个不高都是高血压。所以爸爸有高血压,妈妈没有高血压。"

她妈嗔了她一句:"鬼丫头会做医生了。"心里挺开心的。

老薛看到女儿这么能干,当然也开心,不过他心里想的是:我这高血压几十年了,不痛不痒的没关系,这回量下来比上回还低点呢,肯定是不要紧的。

不过她们母女同心,一起劝老薛看医生配药吃。老薛拗不过母女俩,心知她们也是一番好意,过了几天便去医院看病。医生量了血压、开了药,关照要认真服药,还叮嘱要吃得尽量清淡些。老薛回家便把要吃得清淡的话忘了。

老薛吃了两天降血压的药,不觉得有什么明显效果,只是觉得喉咙痒,总是咳嗽。又过了两天,咳嗽仍不见好,他老婆担心是肺炎,一定要他再去看医生。结果医生看了看病历,听了听肺部,说这可能是服高血压药的不良反应,可以换一种药服,又量了血压,数值和上次一样。

这次看病让老薛得出两条经验:一是吃不吃降血压药血压一个样,二是吃治高血压的药有副作用。既然如此,这药为什么要吃呢?老薛觉得既然血压高几十年了,不痛不痒,何必没事找事?于是决定停止吃药。

老婆看他不吃药,问其缘故,老薛解释给她听,她觉得也罢。女儿知道后,老薛作同样解释,却无法说服对方,女儿觉得有病不治总归不好。

老薛继续"享受生活"。过去他有时还会去医务室测量血压,现在对高血压一事自我感觉很明白了,何况微信文章上写道:高血压其实只是一个人为的指标,若是订得太高了医院里就没生意了。老薛想哥哥亚明、妹妹亚芳都有高血压,不都没事吗?过了一年老婆退休,他们就更"享受"了,夫妻两个最主要的生活期盼是希望女儿早点结婚,他们好抱外孙。

三

老薛的女儿终于出嫁了,女婿是区教育局的干部,教师家庭出身,知书达理,老薛夫妻俩高兴得不得了。好事成双,厂里考虑薛亚高同志工作多年,过两年也要退休了,本应提个副科长的,怎奈局里不给干部名额指标,厂里只好弄了个加工资的名额给老薛。人事科长知道厂长、书记的好意,告诉老薛这相当于是副科长级别的工资了。

孰料一天早上起床，老薛觉得头胀得厉害，眼前发黑，自己估摸着是前一晚酒喝多了，于是便又躺下休息。但是躺了好一会并不见缓解，头痛欲裂，而且想吐，这才想到大约是高血压发作了，赶紧叫老婆找降压药片，找半天找到一个小药瓶子，还是两年前配的，倒出两片来服下，谁知刚喝了一小口水便吐了。他老婆一看不对，忙打电话给女儿，女儿一听便让赶快送医院，随即拨打了120急救电话。

20分钟后，老薛被送到了市立医院抢救室，医生一看：患者神志淡漠、反应迟钝、右侧手脚瘫痪，测得血压188/112毫米汞柱，当即诊断为脑溢血，通知家属病危，并开始抢救。一直抢救到傍晚，老薛才清醒过来，发现自己已经半身不遂，知是"中风"了，擒着泪水跟女儿说："你爷爷就是中风死的……"

"不会的、不会的，现在医学发达，爸爸，你没事的……"说着说着，女儿的眼泪也夺眶而出。

她老婆在一旁呜咽起来："老薛，你不能死啊……"

护士过来劝慰，说既然清醒过来，便有希望，大家才回过神来。女儿让妈妈先回家休息，她来陪夜，第二天白天再作轮换，只希望爸爸能好起来。

夜班张医生来交接班了，女儿认出她正是班上一个学生的母亲，互相打了招呼，小薛老师心定多了。

夜深了，急诊室慢慢安静下来，老薛经过救治血压降了下来，渐渐入睡。张医生将一个诊断为肠梗阻的患者转给外科医师接手处理后，记得这边留察室有孩子的老师，便转身过来探望。彼此寒暄几句之后，小薛老师自然迫不及待地询问爸爸的病情："我爸高血压几十年了，很奇怪，怎么一点不舒服的症状也没有？"

"高血压的患者多数并没有症状，所以有人说高血压是'无声杀手'。"

"我爸几十年高血压，上压一直稳定在160~170毫米汞柱，会不会他生来就是这么高的血压呢？"这是她爸常常自以为是的理论。

"高血压的诊断标准是140/90毫米汞柱，超过这个标准便是病态。"

"这我知道，可是这标准是人定的呀。"这也是她爸的逻辑。

"医学上有'循证医学'的理论，即任何医学处置都必须有确定的证据，治疗高血压的目的在于预防其并发症，比如你爸爸的脑溢血。那么血压在多高以上容易引起并发症呢？经过大量的病例观察，发现血压高于140/90毫米汞柱便容易引起并发症了,由此将140/90毫米汞柱定为高血压诊断的标准,超过这个标准的应该及时治疗,将血压降到正常范围之内可以避免或至少是减少发生这些严重并发症的机会。"

"是不是高血压患者吃了药,就不会发生脑溢血了呢?"

"不,还要强调'达标'。一般血压至少应降至140/90毫米汞柱以下方才安全,对于高龄老人也要降到150/90毫米汞柱以下才好。当然,除了服药之外还需注意饮食清淡、戒烟限酒……"

"唉,我爸又抽烟又喝酒,无论如何要戒了。张医生,他这病还会再发吗?"

"再发的可能性很大,今后需要很好地控制血压。还有,你爸爸血糖很高,很可能伴有糖尿病,等病情稳定后需复查,如果确诊患有糖尿病需要认真控制,这样才能减少复发的机会。"

"他这半边身体不能动,今后会恢复吗?"

"等病情稳定后,需要经过一个漫长的康复医疗期,会有好转,但是不一定能完全恢复。"

"啊,真是个'无声杀手'啊!"

"所以关键是要认真控制血压,千万不能因为没有什么不舒服便忽视它。"

"啊,是的、是的。"

血压本是生理学研究中的一个指标,后来发现如果它过高、过低都与许多疾病相关。经过大量的医疗实践观察到,正常情况下,人的血压应在90/60~140/90毫米汞柱,若高于140/90毫米汞柱(两者俱高或两者之一高)即为高血压。肾脏疾病、某些内分泌病等可导致高血压,称为继发性高血压,而非此类疾病引起的高血压则称为原发性高血压。

高血压本身常无明显症状,但长期失控的高血压会引起心脑血管病、肾脏病等严重并发症,威胁人的生命与健康,故有"无声杀手"之说。

高血压的发生有一定的遗传因素,也与饮食中脂肪类物质及盐摄入过多、

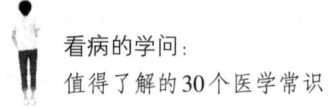
看病的学问：
值得了解的30个医学常识

吸烟、体力活动过少导致肥胖及长期精神紧张等有关,故预防或治疗高血压病皆需努力改善生活行为方式。

高血压可以采用药物治疗,常用于治疗高血压的药物有5大类、40余种,可由医师根据病情选用。若使用某一种药物疗效不显著时,多主张用2或3种药物小剂量联合治疗。药物的增减皆应由医师作出决定,患者不宜自作主张。服用治疗高血压的药物后,是否能达到平稳降压的目标,也需要一段时间的观察,不宜频繁换药。

高血压治疗的关键是务求达标:一般应达140/90毫米汞柱以下,高龄老人可以150/90毫米汞柱为准,而伴有糖尿病或曾发生脑溢血等情况者更以达到120/80毫米汞柱为佳。高血压病治疗的目的是为预防并发症,将血压控制在"达标"范围内可大幅减少并发症的发生,故不难理解需终身治疗。当然,如血压控制良好可酌情减量,但不宜停药,以免造成血压大幅度波动,酿成危险。

# 闻鸡起舞

脑 卒 中

一

夏天天亮得早,凌晨5点,天已经亮了。晨光小区里有个小广场,大约半个篮球场大小,四周有些树木,除一棵桂花树外,多是梧桐、香樟之类,东边有一凉亭,西边有些花草,是鸡冠花、一串红之类寻常植物,叶子上还带着晨露。四周寂静,送牛奶的大婶推着一车牛奶穿过广场。

广场上来了一位老人,头发花白,60多岁的样子,穿一身白绸衫裤、黑布鞋,动作利索。老人一手提一小型录音机,一手提一饰有红色流苏的"宝剑"。他将录音机放在凉亭中,提着剑,先左右挥舞一阵子,然后进入程序,忽马步、忽腾跳,一招一式甚是认真,有识者称此剑法为"太极剑"。

大约5点半,广场上又陆续来了七八位老者,他们大多六七十岁的年纪,除两位外,皆是男性。先前早到的那位老者见同伴们来到,放下手中的剑,跟大家打了个招呼,各人自动分为两行站定,不约而同地练起太极拳来,虽无口令也无音乐,但众人动作整齐划一。不过仔细观察仍可看出众人的动作是以最先来的那位穿着白绸衫裤的老者为范本的。到6点左右,赶早上班的行人从旁匆匆走过,去菜场的大妈路过则要和练拳的几位熟人道个早安。众人遂做个"收势",结束了太极拳。

穿白绸衫裤的老者走进凉亭,喝了几口带来的茶水,放起了"回春操"的音乐,该乐曲中还伴有讲解:"这一节可治腰腿痛""这一节可以降血压"等。回春医疗保健操于20世纪70年代创编,在全国推广,长期锻炼有强身健体的作用。众人或弯腰拍背,或双手云天,因为有了音乐伴奏,又有解释功效,气氛活

跃了一些。约莫又练了半个小时,乐声一停,大家四散,各自回家休息去了。

白绸衫裤老者回家淋了个浴,他家老太已经备下油条、豆浆、稀粥,老者用罢,颇觉神清气爽。他家住二楼,有个朝南的阳台,种了点花草,上周女儿、女婿送来一盆茉莉花,开得格外茂盛、香气扑鼻,老夫妻俩喜欢得不得了,老者用漱口杯给花浇水,浇罢水,就等当天的报纸送到了。

这位老人姓朱单名一个笛字,祖籍江西赣州。当年他爸爸随军南下,在民政局工作,娶妻生子,育两子一女,朱笛为长子。据说出生时其父闻笛声,以为吉兆,遂取名朱笛。朱笛初中毕业后也曾参军,退役后在供电局(后改制为供电公司)工作,60岁时从营业科科长岗位上退休。他的夫人原是供电局的抄表工,两人婚后育有一儿一女,如今夫妇在家安享晚年。前些年小外孙出生,夫人还忙了一阵子,朱笛则"老来无事享清闲",每天晨练、看报,或与隔壁山东老王下棋,再就是看看电视。

这天,将近9点,不知何故报纸还未送到,朱笛心中正有点郁闷,忽然想起退管会(退休人员管理委员会)通知今天应该去医院体检的,给忘了,心想:现在赶过去人家都查完了,再说,体检要空腹抽血化验的,刚才已经吃了早饭,验也验不准,算了吧,好在自己身体很好,没病,查不查无所谓的。于是他决定不赶去医院检查身体了。

朱笛老先生身体确实不错,耳聪目明,行动敏捷,食欲、睡眠皆好,平日连感冒都少有。大家都说且他自己也认为应归功于晨练。无论冬夏,每天清晨5点起床锻炼身体,10多年从不间断。以前上班时,晨练之后到办公室,比小青年们来得都早。后来当了科长,觉得作为领导有责任教导下属努力工作,而做好工作需要良好的精神状态。上班迟到是他最不满意的事,一次有两个小青年迟到,其中一个走进办公室时手上的早点还没吃完。朱科长甚是不悦,按捺不住,对两人提出批评,说到最后朱科长觉得应该说点勉励的话:"古话说要'闻鸡起舞',就是早上鸡一叫就起来……"朱科长说到这里打了个愣,本来是要顺嘴说"起来跳舞"的,但话到嘴边打住了,心想"跳舞是娱乐啊",于是改口说"起来锻炼身体",朱科长的脑子转得快,马上想到这舞字应是舞剑之意,"唉,舞剑,为什么这么早就要起来舞剑?这就是一种精神,我们建设社会主义没有精神怎么行。"

两个小青年因为迟到受到科长批评,有点口服心不服:路上堵车,谁能像你这样天天"闻鸡起舞"？供电公司科室里事情也不多,闲暇时上网,输入"闻鸡起舞"四字,点击搜索,说是:"东晋时有祖逖,立志报国,每天闻鸡起舞……"年轻人脑子灵光,马上想到朱科长全名朱笛,大概他爸给他起这名字便是叫他效法祖逖之意,于是大家背地里都叫朱科长"闻鸡起舞"了。后来朱科长慢慢知道了,查《成语辞典》,知道自己的名字与古人暗合,而此古人是正面形象,觉得也蛮好,似乎暗示他是应该坚持"闻鸡起舞"的。

二

朱科长觉得早起锻炼是一种积极向上的精神,自40多岁查出有高血压的问题以来,一直坚持锻炼,身体状况向来很好,许多人年纪大了就"三高",自己仅"一高",而且没有什么不舒服的症状,头一点也不晕,所以即便始终没吃降压药,也蛮好。

朱科长对锻炼身体很有心得,强调要闻鸡起舞,以彰显精神,不论严冬酷暑都持之以恒。退休后继续坚持,还影响了周围的一些老人,大家一起"闻鸡起舞"。居民中多有赞扬之词。

一年冬日,气温在零下8摄氏度左右,北风呼啸,像是要下雪。清晨6点不到,天色微明,除了老徐因感冒未到之外,几位老人穿着棉衣,戴着帽子、手套已在那里练拳了。有早起者走过都夸几位老人好精神。说话间,忽然正在打拳的山东老王一个趔趄,跌了下来。众人大惊,急忙扶起,送回家中。老王自称"毋有关系",看着似乎也并无大碍,但他老伴不依,怕有骨折,坚持送医院检查。检查结果幸无骨折,不过血压高达170/110毫米汞柱,老王自述当时突然右腿无力,故而站立不稳,医生认为有"小中风"的可能,嘱其要认真服用降压药,并开了阿司匹林,嘱其一并服用。老王平时对血压问题较重视,对医生说:"大夫,俺前天下午还测过,只有130/80毫米汞柱,今天怎么这么高呢?"

"有不少高血压患者有'晨峰'现象。"医生说。

"晨峰?"老王没听懂。

"就是一天之中,上午6点至10点时血压最高。"

"为什么咧?"老王还是没弄懂,本想再问,看看急诊室的医生实在太忙,没问出口,回家了。

众人看见老王好好地回家了,都以为没事,只是老王不再"闻鸡起舞"了,

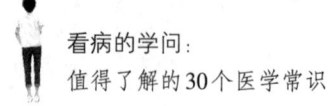
看病的学问：
值得了解的30个医学常识

他家老太太不让。老朱知道邻居家老太太在家中是很有权威的，也不便多说，只是棋两人还是照下。

冬去春来，万物生机蓬勃，晨光小区的广场上晨炼的老人又多了几位。

一天，新来参加晨炼的老李说："我女儿说，早晨空气不好，因为夜里植物是放出二氧化碳的，要等太阳出来后，植物开始进行光合作用，吸收二氧化碳、放出氧气，空气质量才好。因此锻炼身体最好是在太阳出来之后。"众人不以为然，都觉得早晨空气蛮好的。老李也不坚持，继续与大家一起"闻鸡起舞"。

三

好日子过起来快，一下子又到了隆冬季节，天亮得晚了。朱笛老先生真是精神可嘉，依然是摸黑起床，5点半准时在小广场上舞剑了。6点左右，其他几位参加晨练的老人也到了，大家打起太极拳来。朱老先生今天很是高兴，边打拳边说起他家未来的孙媳妇是做医生的，今天要来看爷爷奶奶了。说着说着，突然没声音了，脚下一滑跌了下去。众人一见大惊，忙聚了过来，发现老朱口眼歪斜，已经不省人事，马上叫来朱夫人，朱夫人一见大哭，一时不知如何是好。倒是小区保安提醒："快送医院！"众人称是，保安找来一张躺椅，大家七手八脚把老朱弄到躺椅上，又拿一床棉被盖上，很快救护车到了，把老朱送到市立医院急诊室。

医生一量血压，居然高达190/120毫米汞柱，马上诊断为"脑溢血"，宣告病危。儿子、女儿、孙子，还有未来的孙媳，都赶来探望、陪伴。抢救到傍晚，老朱才逐步清醒过来，但已半身不遂。诊治的医生前来询问详细病史，朱夫人答发现高血压已有20余年；问用何种药物治疗，答从不服药，因无任何不适。

医生摇摇头，说道："高血压被称为'无声杀手'，可以没有症状，但并不是没有危害。高血压可引起心、脑、肾等器官的损害，治疗高血压的目的是预防对这些器官造成损害啊。比如这脑溢血，如果能将血压稳定在正常范围，基本上便不会发生。"

"可是他每天都认真锻炼身体。"朱夫人表示他们其实也很重视健康。

"锻炼身体是好事，但是有病还是要治疗。"医生说。

"我家老朱自从40多岁查出有高血压以来，就非常重视锻炼身体，冬天早晨5点半，夏天早晨5点，雷打不动起床锻炼，至少要练到7点才回家吃早饭。"

朱夫人描述老朱锻炼之认真。

"血压量过没有呢?"

"没量,因为没有什么不舒服。"

又是因为"没有不舒服",医生无奈。但"每天早晨五点半雷打不动就起床锻炼"的话却引起了医生的感慨:"不少高血压病人的血压有'晨峰'现象,早晨血压在一天之内是最高的,如若控制不好,这时运动很不适合。"

"是吗,我们不知道啊。"朱夫人很是吃惊。

"有病看医生,医生会帮助你把血压控制好的呀。"医生摇摇头走开了。

老朱未来的孙媳是社区卫生服务中心的全科医生,这时刚好在旁陪护。朱夫人很客气地问道:"张小姐,噢,张医生,刚才那位医生说,早晨的血压在一天之内是最高的,这是什么道理啊?"朱夫人自己也有高血压,关于高血压的知识自然要问清楚。

"人在睡眠时身体各个器官大都处在一个相对平静的状态下,比如心跳就比较慢,血管相对松弛,血压也低些。起床后身体活动增加,心跳会反应性地加快,心脏搏动加强,血管紧张度会增加,结果是血压明显升高,一般到上午10点钟以后,身体逐步适应白天的活动了,血压又会降些下来。早晨血压特别升高的现象便叫做'晨峰',这个现象有的人明显些,有的人不太明显罢了。"在社区工作的全科医生对高血压等慢性病的控制,其实是很有经验的。

"那么高血压患者早晨要特别当心了?"

"是的。"

"那么早晨还能不能锻炼身体呢?"

"对高血压控制不好的患者来说,早晨起床就去运动确实不好。"张医生又接着说,"体育锻炼最好的时间是下午四五点,或者说是傍晚。有高血压、心脏病的人还应该先将这些病控制好……"

朱笛住院治疗一周,保住了性命,降下了血压,落下个半身不遂,带了许多降压药回家休养。半年后他在社区卫生服务中心康复治疗的帮助下,半身不遂的症状有所好转,勉强可以自己穿衣、吃饭,扶着"助步器"略微走点路,到隔壁跟山东老王下棋。老朱表示还要进一步争取好转。

小广场上晨练的老人不再坚持了。傍晚大妈们聚在小广场上跳舞,几个爱打拳的老先生只好改去另一块空地。

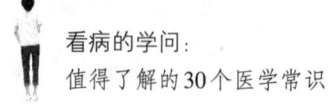

又一年,积极康复的老朱情况有了更进一步的好转。

脑卒中

中风、脑溢血都是民间的俗称,医学术语称这些疾病为卒中或脑卒中或脑血管意外,是我国民众死亡的第一位原因。

脑血管意外可分为缺血性与出血性两类。

缺血性脑血管意外是脑部的血管被堵塞,导致由这条血管供血的脑组织缺血、坏死。血管之所以被堵塞,原因有二:一是因为动脉粥样硬化,血管腔狭窄,又加血脂过高、血液黏度高,血流缓慢,以致血液中的脂类物质在血管内凝结起来形成堵塞,称为脑血栓形成;二是外来的栓子(类似塞子样的东西)顺着血液循环进入脑部血管将其堵塞,称为脑栓塞。血管中的栓子最多见的是各种心脏病所致的心房颤动,血液在其中形成些小血块,有可能被血流冲到脑血管中形成脑栓塞;或是动脉粥样硬化的粥样斑块(血管内膜下堆积的脂肪类物质)破裂,脂肪夹着血块形成栓子堵塞脑动脉。脑血管痉挛则多见于血压突然升高等原因引起的血管一时性收缩,使相应的脑组织暂时缺血,引起手麻、偏瘫、失语、失明等症状,多在短时间内恢复,故俗称为"小中风"。

脑溢血、蛛网膜下腔出血属于出血性脑血管意外。脑部的血管因动脉粥样硬化、高血压而破裂,颅内出血不论多少必定压迫脑组织,若压迫了重要部位或是出血较多,必定威胁生命。

脑血管意外是一种严重的疾病,一旦发生应立即送医院救治。

预防脑血管意外需努力控制高血压、脂代谢紊乱、糖尿病、心房颤动等,也需调整生活方式,如日常需低脂、低盐饮食,控烟限酒等。

 # 吃药真的不得用吗

急性心肌梗死

一

初冬的早晨,省立医院的急诊室,忙碌了一夜的值班医生、护士拖着疲惫的身躯开始与日班的医护人员交接。

急诊观察室内23床的患者一阵咳嗽,又咳出了一口带血的痰,他的家属在大叫"医生、医生……";诊察室门口躺在转运推床上的患者仍然十分烦躁,又弄脱了输液管;诊察室窗下一个哮喘患者刚注射了一针止喘药,目前正在吸氧,他的家属在念叨着"还喘、还喘,这针没用";一个抢救了一夜、凌晨不治死亡患者的家属在那里嚷嚷:"来的时候蛮好的,你们太不负责……"

救护车呜呜地叫着,停在了急诊室的门前,刚刚接班的医生迎着救护车走去,护士迅速推过来一张推床,把救护车上的患者移到推床上,快速向急救室推去。医生已经在向家属询问病史。

推床上躺着的患者大约60岁,胖胖的,谢顶,面色发青,呼吸急促。妻女二人相伴,称患者今晨起床时突然胸痛,甚是剧烈,出了一身冷汗,人也站立不住,看他面色不对,便叫救护车赶快送过来。患者妻子央告道:"医生,无论如何请救救他,有什么好药尽管用。"

"过去有什么疾病吗?"

"有高血压、糖尿病。"

"控制得好吗?"

"哎哟,医生呐,他这个人吃药不得用,中药、西药吃了等于白吃。"

"怎么会呢?在哪家医院看的?"

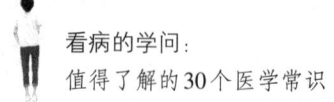

"哎哟,看的医院多啊,你们医院也看过两回的。"

医生翻了翻门诊病历,确实看过病,开过不少药,心想一定是没有认真服药,以致出现了严重的并发症。

急诊医生不再问了,抢救患者要紧。

医生检查结果是:患者神志淡漠,血压86/54毫米汞柱,心率96次/分,随即做心电图检查,证实为急性心肌梗死。于是宣告病危,进行抢救。

二

患者姓卜,名德庸,祖籍江苏扬州,现年66岁,初中文化,曾参军,复员后在铁路局做后勤采购工作。改革开放后,卜某辞职"下海",经营一家物流公司,搞公路、铁路联运,一路顺风顺水,几年下来掘金不少,事业兴旺,心宽体胖。卜某为人潇洒,公司事务逐渐交由女儿、女婿具体办理,自己落得清闲,抽烟、喝酒自不必说,每日功课即是与朋友吃喝,拿卜某的话说叫"生意是饭桌上吃出来的"。

卜德庸在铁路局工作时体检即发现有高血压,医生开了降压药,关照要认真服用。不过卜某并不在意,说其父母皆有高血压,这是遗传的,似乎病是遗传的就不要紧了。再说卜某身边高血压者甚多,连他们的局长、书记亦是有高血压的,似乎这高血压也是一种身份的象征。反正,卜某完全不当回事,这高血压不痛不痒,配的药想起来就吃两颗,想不起来就拉倒。

过了两年再做体检,针对高血压,医生仍是开了药,关照要认真服用,卜某"左边耳朵进、右边耳朵出",根本没当回事。回到家中,老婆问起,回说是"老花头,血压高,前年就测出血压高来,没事的"。

女人到底细心些,在一个小抽屉里翻出两年前的体检报告,当时血压是176/98毫米汞柱,而这次体检测量的血压是166/96毫米汞柱,卜某一见大喜,说是"这回非但不高,还低了些呢"。夫人又问医生开了药没有,卜某有些心烦,说道:"你们就只晓得吃药、吃药。报纸上说的,这叫'以药养医',况且'是药三分毒'!"

他夫人想想或许也有道理,既然先生不高兴,也就不再说什么了。

又过了几年,卜某下海经商,发财了,人也发福了。女儿大专学的是会计,毕业后先是在一家银行工作了两年,朝九晚五,甚是辛苦,且待遇并不高。卜德庸一想：自己开公司，就这么个宝贝女儿倒在外面辛苦挣两个小钱，何必呢？干脆让她辞职，在自己的公司挂个财务总监的头衔。又两年，女儿跟原来工作银行的一个同事结了婚。老卜夫妇对这个乘龙快婿甚是满意，索性叫女婿也辞职，担任公司的总经理助理。女婿不负所望，把物流公司经营得有声有色。

卜某的女婿是精明之人，深知讨好老丈人仍是今后进一步发展之根本。老丈人吃穿不愁，关心他的健康应是最好的切入点，除了不断地送人参、燕窝之外，还为岳父、岳母安排了高端体检，高级专家会诊。卜某对健康之事本不关注，但经不起夫人、女儿在耳边不断地絮叨，又感谢女婿的好意，便做了体检，看了医生。结果是血压、血糖、血脂俱高，专家开了降压、降糖、调脂的药物，关照要认真服药，少吃油腻之物，多做些体力活动。卜某觉得医院要赚钱，医生要吃饭，说你这也不好、那也不好，不足为怪。其实这些血压、血糖问题已经伴随他多年，不但并无不适，还无损健康，所以不必大惊小怪，配了药就吃一点，忘了也就算了。西北风一起，女婿又约了名老中医为岳父大人把脉开膏方调理，所用皆是名贵药材，卜某觉得调理调理也好，不过膏方开了一冬的量，实质只吃了半个月不到，似乎未觉得有什么好处，也就不吃了。

三

卜德庸先生家乡的淮扬菜本甚可口，但卜某的口味却很重，喜欢吃得咸。咸鱼、咸肉、咸鸡、咸鸭是餐桌上常见的几道菜。即使早餐在家喝点粥，必定要酱菜佐餐，有一种瓶装的扬州特产叫四美酱菜，卜某一餐能吃下半瓶。夫人是安徽人，虽说口味也重，亦觉他家老卜实在是吃得太咸了些。夫人主厨事，也曾听说高血压的人不能吃得太咸，不然血压不易控制。一次吃饭时说起此事，孰料卜某说："旧社会穷人天天吃咸菜、萝卜干，咸得要死，有几个得高血压的？"

夫人语塞，只好说："总归吃得淡点好，电视上专家也这么说的。"

卜某辩道："专家的话不可全信。人不吃盐不行，我们扬州自古以来最有钱的是盐商，就是因为人人都少不了盐。"

一场关于咸淡的讨论无疾而终，卜某每天半瓶酱菜如旧。

关于应该吃得淡些，专家开医嘱时或许没有十分强调，但是不要吃得过于

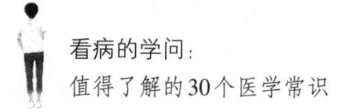

油腻是明确说了的。不过卜某觉得他并不喜欢吃肥肉,鸡鸭鱼肉经过腌制后,已经不再油腻。

因为查出糖尿病,专家叮嘱要控制饮食。但是到了卜某这里就只听进去"少吃点饭"这一句话了。卜某经常在酒楼、饭店应酬生意上的朋友,一桌酒菜吃下来,基本上不吃或只是象征性地吃一两口米饭,在卜某看来这就是控制饮食了,因为听说过:糖尿病患者要控制的是糖分,鸡鸭鱼肉不在其列。

卜某嗜烟如命。在部队服役时,首长、战友都吸烟,卜某自然形成抽烟的习惯。等到复员到铁路局负责后勤采购工作,这是个与人打交道的活,自是少不了"话还没说,先递烟过来",抽烟变成工作的一部分。等到自己开公司,"烟酒开路"是应酬之不二法门。每天两包烟,渐渐地几乎是烟不离手了。老婆唠叨过、女儿劝说过,俱无效果。女婿送过雪茄,一是讨好老丈人,因为觉得吸雪茄派头大,二是在丈母娘面上显示脑子活络,让老丈人用抽雪茄代替抽香烟。哪知老丈人抽了两支,不觉其好,关照女婿下回别送这个。女婿不再送雪茄,酒却是不断送的,喝酒可以舒筋活血,而且有看到过传闻:"少量饮酒有益健康。"

卜德庸自从退役之后,成家立业、结婚生子,很少运动,及至下海经商,更加多吃少动,形体渐胖。因为查出有糖尿病、高血脂,医生自然是说过要适当运动,不过卜某连吃药都不重视,更不重视此类建议了。卜某日渐肥胖,在朋友中渐渐地有了个"卜胖子"的浑名,卜某也知道,觉得并无贬意,胖就胖了,由它去吧。渐渐地卜胖子稍微走几步路就有些胸闷气短,女儿说:爸爸,要多锻炼,锻炼对身体好。卜某知道确实应该多锻炼锻炼了,不过连稍走几步路都喘,还能做什么锻炼呢?

走几步路就喘的事却让卜某清醒地意识到要关注健康了。人说"女婿如半子",卜某对女婿视同亲生儿子一般。一天,他对女婿说要去看医生,女婿当然立即预约专家,陪同看病,鞍前马后忙了一阵,检查下来,什么血压、血糖、血脂、血尿酸无一不高,动脉硬化、心肌缺血、脑血供不足样样皆有,心脏科、神经科、内分泌专家反复会诊,问题实在太多,医生按病处方,对症下药。卜某对女婿说:"没有别的办法,只好吃药啰。"

卜某药吃得不少,医生关照要控制饮食、吃得清淡,还有什么戒烟限酒之类的劝告,他却一概不听,生活一切照旧。半年下来复查,哪知各项指标一切照旧。卜某心中纳闷,又悟出个"各人体质不同,我这个人吃药不得用"的歪道理来。

卜某固执地认为"吃药不得用",女婿的人参、燕窝、冬虫夏草、铁皮枫斗等送得更勤了,卜某心想:西药不得用,中药治根本,更何况女婿送的全是补药,不可能对身体没有好处,于是认真吃"补药"。

吃了大半年"补药",卜德庸突发心肌梗死被送进了急诊室。

四

在卜德庸看来,这回全亏了女婿鞍前马后,医生又用了"最好的药",还放了支架,才救了他一命。

卜某出院回家。医生开了降糖、调脂、抗凝血的药物,嘱其认真服药,还强调要控制饮食、戒烟,定期复查。经此一病,卜某觉得健康才是第一位,他听医生说过像他这样有过心肌梗死的人,是再发心肌梗死的"高危对象",要是再发,恐怕就没命了。要防止心肌梗死再发,只好吃药,"不得用"也得吃,别无他法。至于要控制饮食,卜某仍只是理解为"少吃点饭",自打心肌梗死之后他老婆不让他外出应酬,饭局少了,应当算是饮食控制了,烟是戒不掉了,他老婆管得紧,只好在老婆面前少抽两根……

病后半年复查,除血压稍有控制之外,血脂、血糖仍高,又添了咳嗽、气喘的毛病,医生认为心脏的功能也差了。卜某的病控制得一直不是很理想,难道真的如他所说:吃药不得用?医生也觉得纳闷。

卜家所住的康乐小区,属于康健街道,康健街道有家小医院,能给老人提供测血压、挂个水等处理简单的治疗。卜某看病都由他女婿联系大医院的专家门诊,对这种街道小医院根本不放在眼里。不过,近年政府重视基层卫生服务,这街道的医院盖了新楼,添了医生,并且改了名字,叫做"康健街道社区卫生服务中心"。据邻居王阿姨说:"新分配来的几个医生叫做'全科医生',都是医科大学毕业,还经过特别的培训,有国家卫生部发的执照,说是内、外、妇、儿各科的毛病全会看,蛮好的。"老卜听说后,不以为然:"各种病全会看,我才不相信哩。"

全科医生找上门来,说要建立"健康档案",老卜对这事并不热心,不过有居委会的干部陪着,也不好意思拒绝,好在他们也只是问问生过一些什么病,平时吃点什么药,抽不抽烟等情况,老卜如实相告,当然也不忘记说"吃药(对他)没得用"。全科医生又给老卜夫妇听了心脏、测量血压,临走时很客气地说:"我姓管,叫我小管医生就是了。"小管医生说:"以后还要进行签约服务,康乐小区的居民都可以跟我签,我一定努力做好服务工作。"老卜看着这个小管医生知书达理的样子,印象挺好的,只是心想:看病还是要有本事才行。

五

过了几个月之后,一天居委会的干部来说:"小区里成立了'健康自我管理小组',已经活动了几次,参加的人都说蛮好的。今天下午3点钟在小区图书室里,社区卫生服务中心的小管医生来讲糖尿病患者的饮食问题,老卜去听听啊,陈阿姨(老卜夫人)也一起去啊。"

"好的,好的,我们一定来、一定来。"陈阿姨爽快地答应了。

老卜心想:不吃药不打针,听听这小管医生说点什么也好。

小区图书室里坐了20来个人,老邻居彼此都有点认识,见老卜夫妇进来,赵老师带头鼓掌表示欢迎。赵老师是位退休的中学老师,患高血压、糖尿病,他是这个"健康自我管理小组"的组长。老卜还认得有钱科长、孙阿姨、李主任等已退休的老人,都有慢性病,听说孙阿姨生过乳癌、开过刀,十几年了蛮好的,现在就是血压高些,社区卫生中心的李护士正给她量血压。

管医生看上去才30岁左右,戴副眼镜,斯斯文文,白白净净,人也随和,一口流利的普通话不时插几句本地方言,十分风趣。

管医生说糖尿病的治疗有"五驾马车"的说法,就是药物治疗、饮食控制、体育活动、保健知识、定期检查,都十分重要。说到饮食控制,他说饮食控制对糖尿病患者来说极其重要,若不进行饮食控制,只吃降糖药,必定效果不大。而且饮食控制还不仅仅是不吃甜的东西,饭量要控制,蛋白质、脂肪类的食物也都要控制,因为它们在身体里会相互转化,所以要控制的是饮食的总量。在不感到明显饥饿的前提下,各类食品互相搭配,既保证了营养又不增加胰腺的负担。而且这些食物还可以互换,比如今天多吃了点水果,那么饭就要相应地减少点了。

陈阿姨听得十分认真,心想怪不得我家老卜"吃药不得用",原来这糖尿病是必须控制饮食的。陈阿姨对于老卜吃得太咸,一直觉得不妥,借着说糖的话题,问起了盐的事:"请问医生糖尿病患者多吃糖不行,多吃盐不要紧吧?"

王阿姨快人快语,代管医生答道:"吃得太咸容易得高血压。"

陈阿姨头一次听说这事,心想王阿姨又不是医生,说的不一定准确。

管医生接过话头说:"王阿姨说得对,吃得太咸容易得高血压,有高血压的人吃得太咸,吃降压药,血压也不容易降得下来,而且现代医学研究证明吃得太咸,发生糖尿病的危险也大。"

又是一个"吃药不得用"的原因。陈阿姨赶紧拉拉坐在身边的老公:"老卜,听见了吧,吃得太咸容易高血压,有了高血压也不容易降下来。"

卜德庸打了个哈欠,他的烟瘾上来了,正想到门口抽支烟,便随口回道:"我现在不得高血压了。"

陈阿姨说不过他。心想也是奇怪,怎么心肌梗死救过来之后,老公血压不高了呢,他不还是半瓶、半瓶地吃酱菜吗?她本想再问,一看老卜到门口抽烟去了,赶紧跟了过去。

这边讲座也结束了,管医生、李护士忙着解答各人的具体问题,替人量血压、测血糖、听心脏,各人互相交流些慢性病保养的心得体会。老卜在门口抽烟,赵老师看见了,觉得都心肌梗死过了还抽烟,肯定不好,便跟管医生说一定得劝劝他把烟戒了。

老卜抽罢烟,看看讲座也结束了,正准备回家。赵老师叫住了他:"卜老板唉,来来来,让管医生替你检查检查。"

老卜对这个小管医生倒也觉得可以,查查就查查吧。

管医生问了症状、服药、生活等方面的情况,查了身体,验了血糖,觉得这位患者实在是应该重点关注的对象:重点应在饮食控制与劝导戒烟方面。

陈阿姨急于要了解老卜的高血压怎么自己好了的事。

那知管医生却道:"卜先生的高血压也不是自己好了,实在是心肌梗死之后心脏的功能差了,高血压没明显表现出来罢了。"

"那么,吃得咸不要紧了。"

"不,心功能不好也要吃得淡才好,你看卜先生脚都有些肿了。"

陈阿姨弯下腰来,用手摁了摁老公的脚踝,啊,真的是肿的。马上对她老公说:"德庸啊,听见吧,心脏不好,不能吃得咸。"

"卜先生心肌梗死过,香烟不能再抽了。"管医生说。

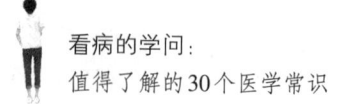

"我又没有气管炎,也不得肺病。"老卜为自己辩解,这也不怪他,许多人只知道吸烟伤肺。

"啊,不,烟雾中的毒素会加重动脉粥样硬化,尼古丁会使冠状动脉痉挛,也就是收紧,加重心肌缺血,甚至引发心肌梗死。卜先生,您真的不能再抽烟了。"

老卜其实是知道抽烟不好的,叹了口气:"唉,我心肌梗死住院他们也说过的,但是戒不掉啊,真没办法。"

"你可以试试戒烟药啊,省立医院有戒烟门诊,你可以去看看的,只要下决心,一定能戒掉的。"

老卜夫妇头一回听说抽烟会引起心肌梗死,还可以通过吃药来戒烟。对于这心肌梗死,他们至今心有余悸,知道若是再得就没命了,于是下定决心戒烟。当晚就打电话给他女婿,要他联系戒烟门诊……

第二天,社区卫生服务中心的李护士不请自来,说是管医生让她来具体介绍一下糖尿病饮食控制的事。陈阿姨觉得这社区卫生服务中心的医生、护士真是暖心极了。

卜德庸还真没想到他喜欢吃得咸还吃出病来,如今性命要紧,也下决心改变自己的饮食习惯了。

如此这般,三四个月下来,卜德庸真把烟给戒了,酒也基本上不喝了,按照管医生的办法,饮食也控制了,酱菜不吃了,咸鱼、咸肉也不吃了。说来也怪,药还是吃那些药,血糖、血脂都降下来了,脚也不肿了,心也不慌了。卜德庸这下弄清楚了,不是"吃药不得用",是"只吃药不得用",还要纠正不健康的生活行为。

老卜又打电话给他女婿了,叫他做面锦旗送到社区卫生服务中心去,锦旗上写道:"关心群众,无微不至"。

急性心肌梗死

急性心肌梗死是冠心病最严重的并发症。冠心病的全称为"冠状动脉粥样硬化性心脏病",是因冠状动脉发生粥样硬化,使冠状动脉狭窄或闭塞,造成

心肌缺血、缺氧而引起的心脏病。

心脏一切生理活动需要的物质,皆由冠状动脉负责供应。冠状动脉包括左二右一,共三支主要的分支,再从这三支分出许多细小的分支,给心脏提供血液的滋养。

动脉血管壁分内、中、外三层,内层称为内膜或内皮,较为薄弱,当其受到损伤时,脂类物质(主要是氧化了的低密度脂蛋白胆固醇)便有可能透过内膜的细胞间隙,钻入血管壁内。动脉血管的中层有纤维形成的板状保护层,脂肪组织无法继续深入,只能向血管腔内突出,于是动脉血管腔日益狭窄,血液因而不畅,心肌缺氧,导致产生胸闷等症状。血管壁内积聚的脂类物质向管腔内突出明显的部分,通常称为"斑块",在血流的冲击下斑块有可能破裂,一旦破裂,被包在内膜下的脂肪类物质夹杂着凝血块,会被冲向下游,下游的血管会被突然堵塞,于是急性心肌梗死发作。

急性心梗发作时多有剧烈的胸痛,典型的还会向左侧手臂的内侧放射,但也有不典型的,甚至疼痛不十分显著的,全在于提高警惕:冠心病患者感觉胸闷、胸痛持续8~10分钟不见缓解或出现虚脱、晕倒等情况皆应及时送有条件的医院诊治。

对于急性心肌梗死的急救,有"时间即生命"之说,从发病至治疗应不超过6小时,并最好在2小时之内开始,如今各大医院多有"绿色通道"以便为此类患者及时进行抢救治疗。

急性心肌梗死患者经放置支架等处理后,仍需继续控制血压、血脂、血糖,并服用抗血小板凝聚的药物、坚持戒烟等以预防心肌梗死的再度发生。

 忻季乔为何胸痛

心 肌 桥

一

申发银行的某个支行内,宽敞的营业厅中客户们安静地坐在椅子上,注视着叫号屏幕。窗口里坐着靓女、俊男,统一的黑色西服,统一的声调,统一的语句:"您好,请问办什么业务?"

大厅右侧有一玻璃门,门上有铜牌"VIP理财室",门虽设而常闭,但一些客户却可自行出入,因他们是银行的贵宾。"VIP理财室"里有沙发、画报、饮水机,3合1的速溶咖啡可以自行冲饮。室内坐着一位理财经理,40岁左右,皮肤白净,头势(沪语:头发梳向两边的分界)分明,戴一副度数不深的眼镜,西装革履,见人总是面带微笑,用一口略带吴语韵味的普通话问道:"吴先生好,今天有什么需要办理?上次那款产品还是不错的啊。"

这位经理姓忻名季乔,季乔两字读来上口,形意古雅,籍贯浙江嘉兴,书香门第出身,名牌大学金融学专业硕士毕业。他与这些客户都熟,客户对他亦十分信赖,故忻经理业务、业绩甚佳,上级已有提拔之意。

忻经理家庭幸福,父母皆是退休干部,身体健康,在家乡颐养天年。忻经理的夫人是他大学同学,亦在同城一家金融机构任职。夫妻二人育有一女,甚是聪慧,钢琴已达6级水平,是忻家的掌上明珠。女儿平日由外婆照料,小学即将毕业,成绩优异。这样的家庭应该说是很圆满了,令人羡慕,然而大约老天生妒,让忻某在健康方面有一点问题,但是这个问题却又说不清、道不明,幸而似乎也未影响到工作、生活,也就罢了。

忻季乔应属知识分子,对自己的健康如何会有说不清、道不明的事呢?原

来这"说不清、道不明"却是指医学上过去对这一情况并无明确的解释。据忻某回忆在读初中时有一次上体育课有100米赛跑,他跑得慢,而且跑到终点时除了有心跳、气急的感觉外,还觉得有些胸痛,一开始他还以为别人也是这样,并不在意,体育老师也只是鼓励他多练习练习就好。后来他注意到一旦剧烈活动,便会感到心前区有些疼痛,于是找了些普及医学知识的书来看。哪知不看则已,一看大吃一惊:活动后心前区疼痛者为"冠心病"之症状。赶紧说给他爸听:"爸爸我好像得了冠心病"。

他爸听罢,置之一笑,说是:"小鬼头(吴语中小孩子的意思)胡说八道,冠心病是老年人生的病,你爸我也没冠心病,还轮不到你生冠心病呢。"

"爸爸,真的,我一剧烈活动就会心前区痛,真的。"小忻说。

他妈在一旁听到,也觉得他小小年纪不会生冠心病,但会不会是有别的什么病呢?于是夫妻两人决定带他去医院检查。

二

接诊的是一位年长的心脏专科医生,看见来了个小病人,态度十分和善:"小同学你哪里不舒服啊?"

"我一剧烈活动就心前区痛,真的。"

"医生,他说是'冠心病',这么小的孩子也有冠心病吗?"他爸说。

"书上说的嘛。"小忻争辩道。

医生笑了笑:"让我检查检查。"

说罢他拿起听诊器听了心肺,还摸了一下头颈,量了血压,并没发现什么异常的情况。别小看这些看似简单的检查,在有经验的医生看来,已经可以基本排除先天性心脏病、风湿性心脏病以及高血压、甲状腺功能亢进、贫血等引起的心脏病了,因为先天性心脏病与风湿性心脏病是有杂音的,既然没听到杂音,那么基本上就可以排除了;血压量过不高,可以基本排除高血压引起的心脏病;患者也没有甲状功能亢进、贫血等迹象,那么也肯定不会有这些疾病引起的心脏问题。再说,这些心脏问题一般不会引起如患者所说的"剧烈活动时心前区痛"。那么"剧烈活动时心前区痛"是因为什么引起的? 那就需要化验和仪器设备的辅助检查了。于是医生开了心电图及心电图运动试验检查,心动超声检查,血糖、血脂及心肌炎病毒抗体检查。父子二人正欲告辞之时,医

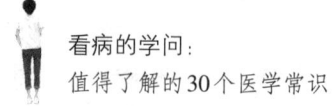
看病的学问：
值得了解的30个医学常识

生又问忻爸："家庭或亲友中有无冠心病患者或者这孩子曾见到过冠心病患者发病时的痛苦和严重的结果吗？"

临床诊断需要医生耐心倾听患者的诉说、仔细的体格检查，更需要慎密的思考。视、触、叩、听是医生的基本功，看了、听了、摸了确实能排除某些心脏病的可能，但冠心病、心肌炎之类却未必看得出、听得着、摸得到，所以要借助于仪器设备和生化检验做进一步的检查。尽管冠心病在青少年中并不常见，心肌炎的典型症状也并非"剧烈活动时心前区痛"，但医学上出现不常见、不典型的情况也是有的，否则如何解释病人出现的症状呢？这位医生甚至还问到："是否见到过冠心病患者发病时的痛苦和严重的结果"，这是考虑到有时患者心理因素也会对他的症状有所影响。

检查的结果出来了，除了心电图运动试验提示运动后有心肌缺血的现象外，其他皆正常。

复诊的医生看了，说这"心电图运动试验提示运动后有心肌缺血的现象"倒是和"剧烈活动就心前区痛"吻合的，但是其他各项检查都正常，并不能诊断冠心病，当然也不是心肌炎。答案似乎是无解的。医生说："既然'剧烈活动就心前区痛'，那么应该避免剧烈活动；既然不能确诊冠心病，那么也不必吃药，对健康应无大碍。"

忻氏父子本是想把病因查清楚，但结果未能如愿。当然忻父亦能理解：医学并非万能，何况医生说不能诊断为冠心病，也没查出其他问题来，既无须服药，对健康亦无大碍，只需避免剧烈活动，也就宽心了一些，于是称谢告辞。不过，医生又对忻父说："最近医学文献上介绍国外有一种叫做'冠状动脉造影'的检查方法，今后或许对查清孩子的病症有帮助。"忻父觉得眼下问题不大，那就以后再论。

这就是忻经理所谓的"说不清、道不明"的心脏问题。不过自从注意避免剧烈活动之后，身体也没受影响，既未耽误学业，也照常成家立业。他夫人在大学时，注意到季乔文静，不太爱运动，季乔也明确告诉过她"剧烈活动会心前区痛"，但不是心脏病。他的同事们对这一情况一知半解，但是既不是传染病又不影响工作，大家当然也不介意。

三

一次忻夫人参加高中同学聚会,适遇一高中时期的好友从医科大学毕业后读研再赴美深造,曾留在美国工作数年。如今中国经济发展,同学夫妇回国工作,同学的丈夫在大学生命科学院做研究工作,她在市立医院上班,是心内科的医生。她说:"在中国做医生比在美国辛苦多了,忙得一塌糊涂,所以回国都快一年了,今天才有机会和老同学们见面,请大家原谅。不过大家今后有医疗方面的问题可以找我,一定帮忙。"

忻夫人与该同学聊天时不免相互问起对方先生、孩子等情况。忻夫人说起先生"剧烈活动后会心前区痛"的事,同学立即建议忻先生到市立医院,由她安排一次检查,重点做CT冠脉造影,并称此项检查安全可靠。忻夫人大喜。

忻经理做了CT冠脉造影,结论是:冠状动脉左前降支有一段心肌桥。

"心肌桥",忻经理夫妇闻所未闻。忻夫人想起她的舅父好多年前曾经做过心脏"搭桥"手术用以治疗冠心病,她先生从未做过手术,怎么会在心脏里有什么"桥"呢?忻夫人心里想不明白,只好向她的老同学请教,而这位老同学因为是她主动建议做这项检查的,自然觉得应该尽可能解释清楚。于是趁一天担任心内科二线值班医师较为空闲之时,约了夫妇二人在值班室里交谈。交谈时还不忘拿了一个塑料的心脏模型来,指着心脏模型的表面说:

"心脏的表面有许多血管,主要的有三支:左边的两支,分别叫做左前降支、左回旋支,右边一支,三支血管合称为冠状动脉。为什么叫冠状动脉?因为它们在心脏的表面,应该说是在心外膜下,好像给心脏戴了顶帽子,所以叫做冠状动脉。冠状动脉有许多细小的分支深入到心外膜下的心肌中,为心肌提供营养。"心内科医生看夫妇二人听得入神,便继续说:

"但是有少数人的冠状动脉有那么一段长到心肌里面去了,部分的心肌纤维盖在这一段冠状动脉血管上面,如果把冠状动脉比作一条河,那么这部分心肌便是架在河上的桥了,当心脏收缩时,这部分心肌便会对其下的冠状动脉形成压迫,如果长在心肌里面的这段血管较大、较长,则影响的面便广些,如果心跳快,则压迫的次数便多些,那么由这部分血管供血的心肌会因暂时的缺血现象而出现心前区疼痛的症状。这其实是一种生理现象,医学上称为'心肌桥'。"讲到这里心内科医生看着检查报告似乎想到什么,面露微笑。

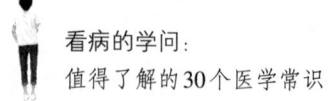

"那么怎么治疗呢?"这是忻夫人关心的重点。

"心肌桥的发生率大约10%,并不少见,不过多数人并无症状,也就不必去治疗了,若是因此而频发胸痛的,当然应避免剧烈运动,也可以服用一些减慢心跳的药物。"

"会不会心肌梗死啊?"忻夫人急切地问道。

"不会,这不同于一般的冠心病,不必担心。"

"今后会不会发展呢?"这也是势必要问的问题。

"一段冠状动脉血管长在了心肌里面,应该说是一种与生俱来的生理现象,一般不会发展的。不过有研究者认为心肌桥上游的冠状动脉,似乎更容易发生动脉硬化,所以更要多注意控制脂肪饮食,适当活动、避免剧烈运动并不等于不能活动,对吧?"医生解释得很清楚。

"谢谢您,怎么以前的医生都没这么诊断?"一直在一旁安静听讲的忻经理也提出了疑问。

"这与科学技术发展有关,在冠状动脉造影技术应用之前,确实无法做出明确诊断。不过……"医生欲言又止。

"不过什么?"忻夫人问。

医生靠近忻夫人的耳边说了一句悄悄话,两人都笑了。

"笑什么?"

"忻季乔,你爸早给你诊断好了。"忻夫人笑着说。

"哈哈哈,原来如此。"忻经理也被医生的风趣逗乐了。

胸痛并非皆是冠心病

胸痛并非皆由冠心病引起。

首先,慢性的持续性的胸痛,一般都不太可能是冠心病引起的心绞痛。在年轻人中常见一种在肋软骨部位有明确压痛点的胸痛,可能是一种肋软骨炎,无需治疗,多可自愈。若是一种时常发生但一闪而过的胸痛,常被诊断为"神经痛",一般也多可自愈。若是胸痛与呼吸相关,深呼吸时更加明显一些,发生在两侧或者一侧的,尤其是伴有发热的,可能是胸膜炎,应该到医院去做胸部

X线检查。若是与吞咽食物有关的胸痛,自然应该做食管的检查。若是感觉到似乎皮肤与衣服的摩擦也会发生的胸痛,也许可能是带状疱疹,连续观察数日,但凡此病必有疱疹可见。此外也有个别胆道等腹部疾病的患者,发病时会牵扯到胸部,引起胸痛,需要注意鉴别。

冠心病引起的心绞痛,通常在劳动、情绪激动时发生,心绞痛应该是胸前的一片(不是某一点)疼痛,典型的还会向左臂内侧放射,若是持续8~10分钟不见缓解,应怀疑有心肌梗死的可能性。也有不典型的心绞痛,疼痛向颌面部或者上腹部放散,冠心病患者如果发现这样的疼痛应及时送医院救治。

在中老年人中还有两种胸痛极应引起重视:一是胸部突然发生撕裂样的剧痛,向下放射,并常伴有心悸、气急等症状的,有可能是一种十分凶险的叫做"主动脉夹层"的疾病,需立即送医院救治;另一种是急性肺梗死,患者除了胸痛以外,一般都有比较明显的气急,还可能咯血,并伴有心悸等情况,也需要紧急救治。

胸痛可能并没有重要疾病,也可能是危及生命的危重症。凡是急性发作并伴有明显心悸、气急等症状的胸痛,必须立即送医院诊治。

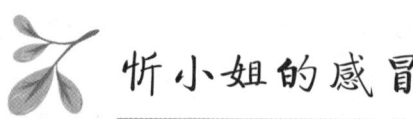# 忻小姐的感冒

病毒性心肌炎

一

忻小姐名季嫣,芳龄二十四岁,籍贯浙江嘉兴,书香门第出身,身高一米六五,皮肤白净,明眸皓齿,一笑有甜甜的两个酒窝。忻小姐平日习惯梳个马尾辫,上下班时常穿白色运动衫、牛仔裤、网球鞋,青春气息四溢,有时还带一顶网球帽,常有人夸她颇像网坛美女沙娜波娃。

忻小姐毕业于大学经济学系,任职于某外资企业营销企划科,入职一年有余,各项业务工作得心应手,加上人缘不错,升职只待时日。与此同时忻小姐也是公司内众多未婚男士心中的"忻肝宝贝",表白追求者不在少数,其中不乏"高富帅",不过忻小姐似乎皆不为所动。

感情的事情总是难以言喻,忻小姐对她大学时代的一位同学有意,两人的关系毕业时似乎已经明朗,因为这位鲁君要继续留校读研究生,忻小姐主动表示会等他,而鲁君亦接受了这份芳心。

鲁君是山东青岛人,青岛这地方人杰地灵,鲁君身高一米八,肤色偏黑,发稍卷,学业优良,并爱好体育运动,是校篮球队主力队员。其父母都是教育工作者,遵守国家计划生育政策,只这么一个儿子,本想让他子承父业也入教师这一行,但鲁君认为国家以经济建设为中心,还是学习经济学为好,故学了外贸专业,本科毕业还想深造,又考了研究生,师从一位名师专攻国际贸易。

鲁、忻二人正当青春年华,两情相悦,自有许多故事。一个还在学习,一个已经工作,虽环境不同,但幸好同城,每到周末便抽时间约会过二人世界。在鲁君看来,这份热恋足够美妙,人说"婚姻是爱情的坟墓",他并不急于进入婚

姻的殿堂结束这美妙的热恋,当然也因为还在学习阶段,尚未立业,遑论成家。而在忻小姐这边,对婚姻的渴望则较明确些,她的父母也都在不经意中提醒她"不小了"。

这一基本的格局决定了二人交往中的细微差别:忻小姐常常会更主动一些,南方的女性感情上也更细腻一些,比如她知道鲁君喜欢运动,便在工作之余也常穿运动服,注意关注体育新闻,以便约会有更多的谈资;而鲁君在感情上则粗放一些,对忻小姐的这些表示感触并不很深,当然他确实觉得这个女朋友"蛮好的",不过,也不知哪儿来的一种成见,"南方的女孩比较娇气"。

二

忻小姐的身体素质向来不错,平时很少生病,连感冒也少有。感冒是一种常见病,几乎没有人没生过感冒,一年中总有那么一两次,尤其是换季的时候。这年秋冬之交,忻小姐感冒了一回,就是头脑有点发胀,流鼻涕,有点低热而已。忻小姐仍然去公司上班了,不过进办公室时戴了一个口罩,这也是一种对别人尊重的表现:我感冒了,别传染给你们。其实一般的感冒传染性是很低的,大家也都知道,所以同事们也并不介意。不过有几位男士可忙乎了,上午茶息的时候,张山送过来一杯热牛奶,说是自己没吃早饭,去买点心,顺便给带的,喝热牛奶发发汗,感冒就好了,他们家里人感冒都用这法子,很灵的。李市送过来一盒里面是10小包叫做"午时茶"的袋泡茶,说是专治感冒的,万试万灵。王伍是个科长,则劝她回家休息,说是"反正(公司里)也没大事"……

中午,忻小姐买了一个便当,吃了几口,没有一点食欲,下午便回住处休息去了。忻小姐的父母常住原籍,她独自一人在白领公寓里租有一间单身宿舍,房间虽小,但生活设施齐全,而且私密性也不错。忻小姐躺在床上,睡不着觉,孤独感自然来袭,于是打电话给鲁君:"大蒙,我发烧了。"

"几度?体温量过吗?"

"低热,好难过哎,头脑胀胀的,没力气。"

"哦,那是感冒了。感冒没事,多喝热水,多休息,过几天就好了。"山东人很爽快,在安慰她。

"你过来嘛,我在宿舍里呀。"

"哎呀,我在查一份20世纪美国关于外贸的国会文件,你感冒了没事的。"

"唔……"

"晚上来,晚上来。"山东人听出女孩不高兴了,赶紧说。

忻小姐满心欢喜地放下电话,静静地等着她的恋人,竟自睡着了。

一觉醒来已是晚上七点半钟了,赶紧拿起手机来看:没有未接来电。鲁大蒙,你好啊,人也不来,电话也不来……

忻小姐正在生气。"叮咚",门铃响了,估计是他,不理他。"叮咚、叮咚",门铃继续响着。

不一会儿,手机也响了,一接:"我是大蒙啊,开门啊。"

忻小姐认输了,去开了门,一头扑进大蒙的怀抱之中。

这小子还真浑,既没带感冒药,也没带吃的东西来。等到忻小姐问他,才说还没吃晚饭,于是打电话点了两份外卖。大蒙这才想起问她吃感冒药没有。

大蒙来了,忻小姐的感冒也好了大半,爱情的甜蜜驱散了心底的寂寞,也消除了一部分身体的病痛。

不过打这次感冒以后忻小姐总觉得疲乏,有些胸闷,似乎还有点低热。不过,头不痛了,也不流鼻涕了,感冒应该是好了,事情一忙也就不介意了,忻小姐照常上班、恋爱。

过了三四周,周末,两人相约先在一家茶餐厅用晚餐,然后去万达广场六楼的电影院看电影。下班之后忻小姐选了一件灰色呢制的连衣裙,搭配白色的丝绸围巾,黑色的短靴,外面套一件黑色的短风衣,一派朴素典雅的装扮。忻小姐知道在餐厅、影院风衣是要脱了的,便又在连衣裙外系了一条宽宽的皮带,而且束得紧紧的。忻小姐对于自己的腰围一直是引以为傲的,加上因为觉得最近似乎很疲乏,把腰束紧些,看上去会更有精神些。对着镜子照了一照,忻小姐对自己的身材更满意了。

忻小姐历来食量不大,这阵子食欲也不旺,这天腰带又束得紧些,吃得更少了。鲁君也并不介意,以为女孩们怕胖,都是这样的。吃罢晚餐,二人依偎而行进了影院。现在的电影放映厅,屏幕大、声音响,令人如历其境。这片子上半部有些歌舞倒也罢了,下半部却有许多战争场面,枪林弹雨、血肉横飞,忻小姐觉得胸口闷得慌,心想或许是腰带束得过紧吧,但是放松了腰带,仍无改善,渐渐地觉得心跳得很重,于是便对大蒙说:"大蒙,我心里不舒服,不想看了,出去吧。"

忻小姐的感冒

大蒙觉得女孩子真娇气,也罢,便拿了忻小姐的风衣,二人退出场外,坐在门前的沙发座上暂歇。灯光下大蒙看着他心爱的女孩,不对啊,怎么面色苍白?

"季嫣,你怎么啦?"

"我心慌。"

鲁大蒙牵起忻小姐的右手,无师自通地给她搭脉。其实他并不知"寸、关、尺",也不懂"数、迟、玄、滑",只知道脉搏的跳动反映心跳,一摸脉,不好,这脉搏怎么跳跳停停? 看来确实病了,而且似乎病得不轻。

"送我回去吧。"忻小姐说。

"不,还是去医院看看吧。"

"不要紧的,休息休息就好了,这么晚了到哪儿去看医生啊。"

"不行、不行,去看急诊啊,一定要去看医生才能放心啊。"山东人觉得他对这个女孩应该负有责任。

三

市立医院急症监护室,有六张病床,一位医生、一位护士值守其中。4号床患者忻季嫣,诊断为急性病毒性心肌炎、心律紊乱(频发室性早搏)。

忻小姐躺在病床上,身上接着心电监护仪,以便医生随时观察其心律情况。护士正在给她抽血化验和输液,鲁大蒙陪伴在侧。

忻小姐没想到自己会得心脏病,心里自是十分紧张。不过幸亏这次大蒙坚持要看医生,并陪在身边,这使她稍稍安慰,也使她想到他们应该结婚了,但是转而又想到:她生了心脏病,大蒙会不会离她而去?

夜深了,急症监护室里也安静了下来,大蒙坐在床边,一只手握住季嫣正在输液的手,轻轻地对她说:"没事了,睡吧,我看着(输液器)呢。"

"谢谢你。"

大蒙轻轻抚了抚季嫣的脸,微笑着像对一个小妹妹似地说:"睡吧,睡吧。"

一股暖流让季嫣似乎觉得是在百花盛开的春天,像小时候爸爸牵着她的小手……

大蒙看到季嫣睡着了,便轻轻起身在床旁走动,以驱散阵阵袭来的睡意。

原本在诊察台上写病历记录的医生打了个哈欠,也站起来走动走动。这医生30岁不到,生得斯斯文文,监护室不大,两个男青年目光一对,医生礼貌地点了一下头,这却让大蒙想到应该向医生了解更多季嫣的病情,便走向医生,欠了欠身,问道:"医生,请问她很年轻,怎么会得心脏病的呢?"外贸研究生问了一句很外行的话。

"这是一种病毒性心肌炎,在年轻人中好发。"

"怎么会生这病的呢?"

医生觉得该向患者家属普及一点医学知识,好在现在也没别的事,便示意他在诊台边坐下,自己也坐了下来。

"病毒性心肌炎是因病毒感染而引起的,患者在发病前的三四周内一般都会有类似感冒的症状,头痛、发热、流鼻涕等,有的还伴有腹泻,医学上叫做'上呼吸道感染'。引起上呼吸道感染的病毒很多,若是感染的是柯萨奇病毒或是埃可病毒,就有可能引起心脏的损害,便是病毒性心肌炎。"

"这病有危险吗?"

"很轻的病毒性心肌炎甚至可以没有明显的症状,自己就好了。严重的可有心力衰竭,甚至引起猝死。"

"什么叫'猝死'?"

"就是突然死亡的意思,多数是因为严重的心律紊乱等引起的。"

"啊!"大蒙心中一惊,"忻季嫣没问题吧?"

"你爱人应该没什么大问题。不过明天还得送到心内科病房去观察治疗几天。"

这医生称忻小姐是他"爱人",大蒙一怔,心想也不必解释,不过问病的事也就此打住了。

3号床患者一阵咳嗽,又气喘起来,医生去看患者了。大蒙道了声谢回到季嫣床边。季嫣还在熟睡之中,看来病情是有缓和了,大蒙看着季嫣床旁的心电监护仪,虽是看不懂,但是好像不像刚到医院时那么"乱跳"了。

四

忻季嫣入住心内科病房进一步诊治。

鲁大蒙上网查找,又找了医学科普的书看,知道这病毒性心肌炎并无特效药物治疗,只需充分休息和用些心肌营养剂促成心肌康复,一般皆可痊愈而无后遗症,但应避免这种病毒的反复感染,以免不断损伤心肌,造成不可逆的心肌病变。而预防病毒感染的方法是注重增强体质,在呼吸道感染高发季节少去人多拥挤的公共场所,外出归来应更衣、洗手、洗脸,居所宜常通风,保持空气新鲜等。

大蒙是一个爱思考的人,让他纠结的是:感冒是个十分常见的病,甚至不需要特殊治疗,多喝开水,多休息便会自己痊愈。但是感冒也可以引发这种心肌炎,甚至可以严重到猝死,那么我们究竟应该如何对待这个"感冒"呢?这事在网上查不到答案。

忻小姐住了五六天医院,症状已经基本消除,出院回家休养。大蒙来接她,他每天来探望季嫣,跟医生们也熟了,便向季嫣的主治医生提出了他的疑问。那医生答道:"感冒确实是十分常见的病,一般不需要特殊治疗,多喝开水,多休息可自愈。但在这些感冒的病例中有少数,可能会有并发症,如老人、小孩等可并发支气管肺炎。而在一些看上去身体还不错的中青年人中可能发生心肌炎,其实这些心肌炎发作前的'感冒'便是心肌炎病毒入侵人体的表现,幸而这种机会并不多,有统计显示大约为5%而已。所以对于感冒不必过于紧张,感冒在一周左右大多会痊愈,若是发热、咳嗽反而加重,便应就医检查是不是并发了支气管肺炎;若是低热不退,胸闷、心悸的应作心电图、心肌酶谱、病毒抗体检查,发现有病毒性心肌炎,及时治疗便可康复。"

"对于感冒应该既不紧张,又要重视。"大蒙听懂了。

"对于感冒,人们大多并不紧张,但症状迁延不愈,或是有所变化,就应该重视。"医生说得更精准了。

季嫣笑了笑,拉着大蒙的手道:"医生很忙,别问这问那了,走吧,谢谢医生。"

结尾:

忻小姐回到父母身边休养了3个月,身体完全康复。因为病休,失去了升职的机会,但是却收获了爱情。又一年大蒙学业完成,自己创业,开了家小公司,经营外贸。季嫣索性辞掉在外资公司的职务,帮助大蒙共同经营,相夫之外也在准备"教子"了。

感冒的并发症

并发症是指在罹患某一个疾病的过程中发生的与这个疾病相关的另一个病症。比如冠心病的患者并发心肌梗死,胃溃疡的患者并发胃穿孔,两者一般都有先后的关系和一定的内在联系。

感冒也可以有并发症,普通感冒一般是由鼻病毒、合胞病毒、腺病毒、埃可病毒、柯萨奇病毒等引起,患了感冒后抵抗力会进一步降低,便有可能继发细菌感染。在儿童中多见的是并发急性扁桃体炎、中耳炎等,在老年人中比较多见的是并发支气管肺炎,这在高龄老人中有时甚至威胁到生命。细菌的继发感染往往会延长感冒的病程,导致发热不退、咳嗽加剧等,如并发症诊断明确,可能需要用一些抗生素治疗。

另一个比较重要的并发症是病毒性心肌炎,且多见于青年人。引起病毒性心肌炎的病毒常常是柯萨奇病毒、埃可病毒等。这种病毒也都经过上呼吸道感染,起初的症状像感冒一样,病毒可能经过血液感染心肌,一般在感冒症状消退以后2~3周开始发病,主要表现为心律紊乱、衰弱、心悸、面色苍白等。病毒性心肌炎患者需要绝对休息,用一些心肌保护药、抗心律紊乱药,酌情使用抗病毒药等,一般经过两三个月后可以完全康复。少数患者可能遗留有心律失常等后遗症,也有个别患者发病时表现为严重的心律紊乱,若无及时救治,甚至可能有生命危险。有些年轻人发生猝死,这也是可能的病因之一。

对于感冒完全不必紧张,因为它是一个可以自愈的疾病,但是也不能掉以轻心。老年人和小孩固然要注意并发症的发生,年轻人同样需要关注,甚至在感冒症状缓解之后还需要适当关注。

 ## 费老师何故胸闷

全 科 医 生

一

　　费老师为人忠厚、本分,工作勤勉,家庭和睦,一辈子就这么顺顺当当地过来了。费老师教了一辈子书,桃李满天下。三年前从市立第二中学退休,有民办中学慕名前来邀请去"发挥余热"。费老师无可无不可,但费师母则以辛苦一辈子该休息休息了相劝。费老师有一女,视若掌上明珠,以此事相询,孰料她们母女同心,也表示反对。费老师遂从众议,婉言辞谢了邀请。

　　费老师名恭伦,江苏吴江人士。吴江现属苏州市下设的一个区,江南鱼米之乡,人杰地灵之地。费老师生得一表人才,皮肤白净,身材修长,头发虽已略见稀松,双眼仍是炯炯有神,戴一副半框眼镜,常穿一身灰色便西服,衬衫领子笔挺,皮鞋锃亮无尘。讲普通话,偶尔夹带苏州口音,语速稍缓,吐字清晰,尽显语文老师的职业素养。

　　费老师退休在家后,每日读书、看报、练书法、听评弹,与楼下老王下棋,与对门老张谈诗。应老张之邀参加了诗词协会,与众诗友填词吟诗,好不快活。区老年大学邀请费老师前去讲授古诗词,老年大学校长为区教育局前任局长,多年的老领导亲自前来相邀,不便推辞,好在课时不多,便应承下来。费老师的退休生活过得十分丰富多彩。

　　费师母原系区中心小学教师,早费老师两年退休。女儿、外孙全不劳她费神,两家长辈也多由其他兄妹照顾,她只一心照料老伴的生活起居。有一女,大学金融专业毕业,在同城一银行工作,其东床佳婿是一国营保险公司部门经理,夫妻恩爱,生有一子,已读小学。费师母贤淑且善持家,故费老师退休后生

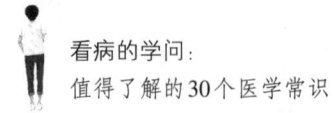

活甚是安闲自得。虽不富有，但衣食不愁，能尽享生活之乐趣，对费老师这样的知识人士而言，已觉十分满足。

费老师之"满足"还包括对健康方面的满足，原来每年体检，老教师中多查出有高血压、高血脂、糖尿病、脂肪肝之类的常见病，而费老师则全无此类问题，不止老同事称赞，年轻同事亦多羡慕。每每谈及此事，众人多夸是费师母悉心照料的功劳，费老师则颔首微笑。

费老师出身于吴江梨花镇一个大户人家，那地方小桥流水梨花翻白，深宅大院书声朗朗，端的是人文荟萃之地。费老师出生不久他的父亲死于咳喘之疾，于是家道中落，但费家重视教育，几个孩子都学有所成。费老师身高一米八，体重不足百斤，不过虽不壮实，却少生病，用师母的话说是：连感冒、咳嗽都少有。费老师生性好静少动，不嗜酒，但吸烟有了些年头，一般每日一包左右，也曾努力戒过，终未能成功。

二

最近半年来费老师常觉有些胸闷，尤其是上楼之时，费老师家住三楼，虽尚不至中途要休息，但走上三层楼确实感觉胸口有些闷闷的。费老师乃悟："老之将至矣。"一日说与师母听，师母力主去医院检查。

市立第二医院门诊部大厅人头攒动，挂号前先由护士预检分诊："哪里不舒服？"

"胸口闷。"

"坐着都闷还是活动之后闷？"

"活动之后闷。"

"挂心内科！"

在心内科诊室门口等候了近一个小时，轮到费老师进诊室了。接诊的是一位颇有些资历的女医师，副主任医师级别，看见费老师的病历封面上写着"市二中学退休"字样，知是一位老师，仔细问诊："是否常有咳嗽、吐痰？"

"没有。"

"平日有无气喘发作？"

"只是上楼或快跑，如赶公交车时有点呼吸急促，平时不喘。"

"吸烟吗？"

"吸烟的,多年了,戒不掉了。"

女医师听了听心肺,未发现明显的异常。在她看来这位老人既不咳嗽也不气喘,肺部亦无啰音(一种异常的呼吸音),其所觉胸闷又主要见于活动之时,应非呼吸道疾病而很有可能是冠心病。冠心病多见于高血压、糖尿病、高血脂患者,这位老人并无此基础,不过,作为心脏专科医生觉得不能以此排除此病之可能。于是给患者开了心电图、心脏超声、血脂、血糖等检查以求证实,费老师称谢而去。

诸项检查结果俱属正常,费老师对该女医师印象颇好,仍请其复诊。

女医师觉得这些基本检查正常并不能排除冠心病,提出宜作冠状动脉CT造影检查,并解释道此项检查乃是诊断冠心病之"金标准"。费老师依言检查,结果却未见有冠状动脉各分支阻塞的情况。复诊,女医师告以"大致可以排除冠心病"。这让费老师很觉困惑:那么是什么病呢? 女医师无解,给费老师开了些"冠心丹参丸"之类的中成药,称不妨观察观察。费老师觉得已经"金标准"检查无血管阻塞,应可绝对排除冠心病,怎么还让吃治冠心病的药呢? 不是冠心病又是什么病呢? 医师无解,费老师当然更无解,不过费老是知识人士,也理解医生对患者疾病的认识需要有个过程。

冠心丹参丸吃了却未见效果,再次复诊。医师解释称:"近来有研究认为如你这样冠状动脉主干虽无明显阻塞,但心肌中的微循环,即更细小的动脉分支包括微血管的血液循环可能不良,也会产生症状。而这类丹参制剂可以促进新生血管的产生,有利于心肌微循环的改善,故有'药物搭桥'之说。"医生做此解释其意在于劝其继续服用冠心丹参丸观察。

费老师确实曾听说过冠心病有"搭桥"治疗一说,既然服此药有"搭桥"之效,可免于手术自然是好,心中对该医师博学多识,甚是敬佩。

不过敬佩归敬佩,冠心丹参丸吃了大半年,情况并无改善,活动后仍感胸闷,老年大学的课程、诗词协会的活动场地在四楼以上,又无电梯,以致每次去都有点力不从心。费老师理解为:中药作用缓慢,"搭桥"需要时间……

三

这年恰逢推行社区卫生服务中心全科医师与居民签约服务。费老师家所在枫桥社区卫生服务中心有"任珍珍家庭医生团队"与费老师家签了约,任医师以及她的助手赫护士还对签约家庭做了家访,得知费老师在市立医院诊断为"冠心病"并一直服用冠心丹参丸等药,但似乎未见明显效果。

这位任珍珍医师也是苏州人士,毕业于苏州大学医学院获硕士学位,并经过全科医师规范化培训,持有全科医师执业证书。任医师看上去不过30岁左右,待人接物落落大方,言谈举止甚是得体,这让费老师夫妇很是满意。

既然已经签约服务,费老师对任医师亦甚满意,便不去市立医院复诊,需服用的冠心丹参丸等药也能在社区卫生服务中心配到。一日在任医师处随诊,任医师了解到费老师曾作冠状动脉CT造影,并未见有冠状动脉各分支阻塞之情况,亦感不解,进一步询问费老师是否知道何以仍诊断为冠心病之事。费老师感到这任医师果然认真,遂以心脏专科医师所谓的"心肌微循环不良"之说告知。任医师从患者处获一新知,连连称谢,下班后一查文献,果有此说,且知若冠状动脉血流缓慢亦可有类似之情况,深感医学真是学无止境。

任医师是全科医师,全科医学的理念之一是"以问题为先导",解决病人的健康问题方是道理。任医师陷入深思之中:"心肌微循环不良"说,固可解释冠状动脉各分支无阻塞而仍有冠心病症状之情况,但终究是个"小概率"的现象。再说费老师既无高血压、高血脂,也无糖尿病,发生冠心病的概率应该不高,何况患者已经服冠心丹参丸等药大半年了,并无效果,会不会不是冠心病呢?不是冠心病又是什么病呢?这位患者吸烟多年,会不会是呼吸系统疾病,比如慢性阻塞性肺疾病呢?若是慢阻肺,怎么会既不咳嗽又不气喘呢?费老师的病让任医师深思不解。

四

任医师不但工作认真,学习也十分认真,工作之余认真研读各种医学杂志。一天,她在一份名为《柳叶刀》的著名医学杂志中读到一篇中国学者的研究报告,其文章的大意是说:我国慢阻肺,即慢性支气管炎、哮喘、肺气肿、肺原性心脏病等一系列疾病的总称,患病率在20岁以上的成人中达8.6%,若计40岁以上者为13.7%,60岁以上者则占27%,以此推算我国患此病之人数高达1亿!吸烟是主要的诱发因素,空气污染、体重过低、父母有呼吸道疾病史、儿童期有慢性咳嗽等亦与此病的发生有关。

文章还提到:在我国,民众对慢阻肺患者的知晓率不足10%,即使是慢阻肺患者曾做肺功能检查的还不到10%,不查、不知,谈何治疗?

任医师读到此处感慨万千,全科医生在社区第一线工作,慢性病防控是职责所在,真是任重道远啊!

任医师读书钻研,忽然有一行字跃入眼中:在全部慢阻肺患者中超过60%的患者并没有咳嗽、咯痰、喘息的症状。

这一数据让任医师大感意外,定神再看:这一研究是以肺功能的损伤为依据的,换句话说,即使没有咳嗽、咯痰、喘息的症状,他们的肺功能已受损伤,事实上已是慢阻肺的患者。所以该文的作者提出:若要早期发现慢阻肺应该推广肺功能检查。

肺功能之事任医师了解不多,赶紧补课:原来人体的肺功能强大,平日所用不过半数而已,另一半为备用。因此肺功能损伤如不过半,甚至可无任何症状,若出现咳喘之症状可估计肺功能已损其半。而肺功能之损伤如已过半,势难恢复,但若在早期发现,积极治疗则可有明显之改善。书看到这里,任医师掩卷而思:全科医学之理念为预防为主,若要预防慢阻肺自以控烟为第一要义,但早期发现、积极治疗亦是重要之事。

想到这里任医师的脑海里浮现出一个人影:此人吸烟年久,体形瘦长,体重不及百斤,据说其父死于咳喘之症,近年活动之后常觉胸闷,而冠状动脉造影并无冠状动脉阻塞,他会不会正是慢阻肺呢?

第二天一早,任医师上班时遇到费师母出门买菜,便托她转告费老师方便时来门诊商量一事。9点刚过,费老师应约而来,任医师告知他的病情可能由慢阻肺引起,宜做一次肺功能检查,费老师欣然赞成。因社区卫生服务中心尚无此设备,任医师联系了市立医院,将费老师转诊至该院呼吸科检查。

过了一个星期,费老师走进任医师的诊室喜滋滋地告诉她:"我所患的确是慢阻肺,肺功能损伤几乎及半,幸亏你提醒做肺功能检查而及时发现,市立医院呼吸科专家建议用一种喷雾吸入的药物,估计尚能有好转。不过专家强调必须戒烟,戒烟之事以前试过多次,都未能成功,这事很是犯难。"任医师自然知道戒烟之不易,告知可试戒烟药,医学院附属医院有戒烟门诊并有此药供应。费老师大喜,依言前往,配了戒烟药服用。

两个月后,平日无事不登三宝殿的费师母来到任医师的诊室,进门便说道:"任医生,谢谢你,我家老费把烟戒掉啦!"感激之情,溢于言表。

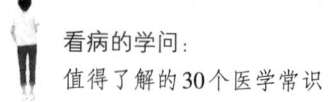

又两个月，费老师似乎不再觉得胸闷了，包括爬楼梯，逢人便说："全科医生是居民健康的'守门人'，我是真正体会到了。"

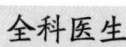 

全科医生

随着科学技术的发展，医学的科技含量越来越高，临床医学逐渐有了分科，而且分科越来越细。一些医生专看一类疾病，甚至一种疾病，这样自然容易积累经验，于是成了专家。

不过人的疾病却常常有这样的情况：不但疾病的早期指向不明，如上腹部痛可能是胃病，也可能是胆囊炎，可能是阑尾炎，也可能是心绞痛，即使到了后期，心脏的病病源可能在肺，昏迷了不一定是脑子出毛病，而可能是肝硬化引起，找哪位专家看好？还有不是病的"不舒服"，或是心理的、社会因素对健康的影响，专家也未必精于此道。

从20世纪的六七十年代开始，在英、美等发达国家开始了一种新的医疗形式，这种医学整合生物医学、行为科学和社会科学的成果为一体，在临床医疗中不强调分科，而关注心理、社会因素对人体疾病与健康的影响。除了治疗疾病外，还关注疾病的预防、病后的康复。而且除了治疗患者外还关注患者的家庭乃至社区的健康问题。所以在许多国家将从事这种医学工作的医生称为全科医生或家庭医生。

全科医生工作在民众生活的社区，有病治病、没病预防。当然若是发现大病、重病，全科医生会立即安排转诊。

我国政府大力提倡发展全科医学，各地社区卫生服务中心的建设也有了相当的规模。有病先看全科医生是明智的选择。

 乔工程师的"慢阻肺"

慢性阻塞性肺疾病

一

咳、咳、咳,一阵咳嗽,乔工程师吐出一口痰来,还有点气喘。他赶紧掏出烟盒抽出一支烟来,打火机"啪"的一声,点着了烟,猛吸两口,觉得气平了些。坐在沙发上优雅地抽着烟,想着要拿下那个工程,谭科长那边还要多下点功夫……

一支烟抽罢,又咳出些白色黏黏的痰来,乔工呼吸顺畅了,主意也打定了,呷了一口碧螺春茶,夹着皮包去公司了。

乔工的祖籍是江苏南通,这地方自古文化发达并且沿袭至今,清末兴办实业的末代状元张謇即出于此处。乔工年近五十,身材瘦长,头发略微花白,戴副度数不深的近视眼镜,衣着整洁,语气平和,给人一种知识分子的印象,而他自己也一贯推崇儒商精神。乔工毕业于省建筑工程专科学院土木工程专业,毕业后在国营建筑公司工作,并获工程师职称。某年为晋升高级工程师之事,与领导不睦,愤而辞职,这才转而下海经商,自己创办了一个小公司,承包建筑工程,几年奋斗下来,不但立住了脚,还颇有发展,在民营的建筑公司里也稍有了点名气。

乔某做了老板,但不喜欢别人叫他乔老板或乔总之类,而仍然喜欢别人叫他乔工。公司初创时期,他自己与客户洽谈业务时总是强调工程的难度和他的解决之法,或是给客户一些创新建议,让客户觉得乔某的公司技术水平不错。后来公司做大了,他广招技术人才,招聘到两位高级工程师主持具体业务工作,由工程技术人员对外洽谈业务。乔工又找到他过去求学的学校,与学校的教务处联络,在他的公司里设立了"教学实习点",这样他与两位高工都成了建筑工程专科学院"教学实习点"的"兼职教授"。当然乔工心里清楚,除必要时递出印有"兼职教授"名义的名片外,一般并不对外过多宣扬。但不管怎么说,乔工的公司在业界很有了些影响。

在与同行交往中,乔工着意打造自己儒雅的形象,但是文学、历史一则学习不易,再则那些建筑公司的老总并无兴趣,终于乔工找到了一个切入点,"医者,儒也",跟人谈点医学应是最好的了。医学,无论西医还是中医,学起来谈何容易?不过一次乔工偶然看到一本叫《简明中医入门》的书,书中说:"金克木,犹如用斧伐木,肺属金、肝属木,故肺病伤肝……"乔工顿悟,他们做土木工程这一行天天跟金木水火土打交道,原来医生也是如此,本属异曲同工。于是他又看了些入门、大全之类的养生书,无师自通,喜欢跟人谈论谈论。

乔工的事业发展顺利,家庭和睦,乔夫人师范学校毕业,做过几年语文教师,后因工作需要,调到市立图书馆工作,现已是一位部门负责人。乔工夫妇育有一女,视若掌上明珠,乔女颜值甚高,品行亦佳,大学金融专业毕业,在同城一家金融机构任职,身边自不乏追求之人。乔家家庭美满,美中不足之处在于近年乔工的身体状况似乎大不如前。

乔工到五十岁尚缺一年,但是咳嗽、吐痰已成常态,多动则气短,不动时也觉得胸闷,乔工以为咳嗽、咯痰是吸烟者的通病,并不在意。乔夫人关注先生身体健康,每年安排体检,检查下来心电图正常,胸部摄片也未见显著异常,甚至中老年群体常见的"三高",乔工是一高也不高。那么乔工的多动气短,不动也胸闷的症状从何而来?乔工想来想去以前确实没有,是这几年才逐步感觉到的,而且似乎还有逐步加重的迹象。"啊,岁月不饶人,我老了。"

乔工觉得这动辄气短应属"气虚"之症,人参是补气圣品,自然不惜工本买了来吃,其他如铁皮枫斗、虫草之类也是常年不断地服用。不过,好像都没有显著的效果。

二

乔夫人虽知吸烟不利健康,但觉先生仅此一项嗜好,出于对丈夫的包容之心,多少年来也不多干预。不过乔夫人心细,注意近来乔工咳嗽之后还有些气喘。一次国庆节放假,她弟弟、弟媳一家人前来作客,并相约去"卡拉OK",乔工也被宝贝女儿硬拉着去了歌厅。轮到乔工唱歌时,乔工点了一首《送战友》,唱了几句,觉得运气不爽,便道:"中气不足,老了老了。"乔工一边说着一边放下了麦克风。乔夫人认为吸烟伤肺,先生这烟是一定不能再吸了。

一天周末,乔工与夫人都在家休息,乔工时不时咳嗽、吐痰,一边却还在吸烟……乔夫人终于忍不住了:"老乔啊,这烟实在是不能再抽了,我看你气喘吁吁的,怕是伤到肺了。"

"不会的,不会的,每年体检不是都拍过片子吗?没有问题啊。"

夫人觉得倒也是,每年拍片子,没有发现肺有问题。她知道先生略懂些医理,便问:"那为什么气喘呢?"

"那是气虚。"

"怎么会气虚呢?还不是抽烟抽出来的吗?"

"气虚是年龄关系,抽烟是补气的。你想,这烟叶子长在热带雨林之中,山川秀丽之处,得天地之精华,据说嫩的烟叶可以当菜吃,维生素C多得很。吸烟时大口吸入,慢慢吐出,不正是补气之法吗?"

夫人一时语塞,无言以对。

"吸烟补气说"本是乔工夫妻之间随口说说的玩笑之词,不过后来乔工自己想想觉得也有些道理,于是在朋友之间宣传过。可惜吸烟不断,咳嗽气喘也总是不断,似乎这气还是补不起来。

那年冬天,乔工大约是患了肺炎,发热,体温有39.5℃,咳嗽、气喘,甚至不能平卧,乔夫人大惊,忙和女儿一起,叫了救护车将乔工送进市立医院急诊室。哪知急诊室里人满为患,大多数都是突发疾病的老年人,乔工跟他们比起来年轻多了,但同样是咳嗽、气喘、发热的毛病。护士给乔工吸氧,医生问了几句,用听诊器听了一下胸部,关照要拍片子……

三

乔工半卧在病床上,吸着氧气,刚刚挂完盐水,体温已经降到37.6℃,咳嗽、气喘也有所减轻。

傍晚,主治医师逐一查看患者,看到乔工病情好转,微笑道:"乔先生的病是'慢阻肺',这回夹杂感染,现在用了抗菌药物,病情有了好转,过两天要做肺功能检查。噢,还有,乔先生的烟今后是一定不能再吸了。"医生不忘劝人戒烟。

"慢阻肺",乔工头一回听说,便问:"老早医生说我是'老慢支'。"

"'老慢支'是老年慢性支气管炎的意思,乔先生不算老啊。"这医生倒也风趣。

"我是'资深'的慢性气管炎,气管炎有些年头了。"乔工这两天气平一点了。

"慢性气管炎时间久了会影响到肺,形成肺气肿,影响肺功能,患者会有胸闷、气急的症状,再发展下去便会影响到心脏,形成肺源性心脏病,肺功能严重损伤时,脑组织缺氧,甚至神志不清,可能会引发'肺性脑病',所以不要小看这慢性气管炎,它会引起一系列的病变。我们将这一系列的疾病叫做'慢阻肺',也就是慢性阻塞性肺疾病的意思。"

"哇,好吓人啊。"陪伴在侧的乔小姐插话。

"不是要吓人,是因为这一系列的疾病不是孤立的,慢性气管炎、肺气肿、肺源性心脏病、肺性脑病之间并无鸿沟,它们是逐步过度的,所以即使只是个慢性气管炎,也要认真治疗,防止它发展。"

"那么为什么叫做'慢阻肺'呢?肺阻塞了?"年轻人好学,乔小姐问道。

"简单点说吧。"这事涉及许多病理生理学问题,当然不是几句话能说得清楚的,不过面对这样一位清纯女孩的求知欲,这位年轻医生下意识地耐心解释了起来。他说:"炎症的组织必定会肿胀,比如皮肤上长个疖子便会肿起一个疱,慢性支气管炎患者细小的支气管里也有些肿胀,造成一定程度的阻塞,会影响气体的流通,吸气的时候胸腔扩张些还好,呼气的时候胸腔收缩有一部分气体呼不出来,留在肺泡里,久而久之肺泡被撑大,形成了肺气肿。心脏把血液输送到肺部,通过肺泡间微小的血管与肺泡里的气体进行二氧化碳与氧气的交换,肺气肿患者肺泡肿胀,压迫这些微小的血管,使这些小血管也有些阻塞了,心脏只好加大收缩力度来克服这个阻塞,时间久了,心脏受不了,形成了肺源性心脏病。肺气肿患者肺泡里积存的气体因为细支气管的阻塞无法彻底更新,氧气进不来,二氧化碳出不去,造成身体缺氧。大脑对缺氧最敏感,于是患者会神志不清,这就是'肺性脑病'。"这位年轻医生是研究"慢阻肺"的博士毕业,要言不繁,短短一席话,基本上把"慢阻肺"说清楚了。不过医者仁心,他似乎觉得说得如此直白,可能会引起患者的恐惧,就接着说:"慢阻肺要是及早发现,积极治疗,可阻止它的发展,经过治疗,肺功能还能有相当程度的恢复。"

"那么怎样才能做到早期发现呢?"乔小姐听得很认真。

"做肺功能检查啊,吹个气、验个血就行了。人到中年最好都查查,吸烟的、接触粉尘的、常咳嗽的、直系亲属里有人患慢阻肺的就更应该查了。"

乔小姐对这位医生的学问、谈吐,印象甚好,还想再问什么,被他爸止住了:"陈医生很忙,你别耽误了他的时间。"

"没事、没事。"陈医生笑了笑走开了。

乔工退烧了,咳喘也明显减轻。检测肺功能后,陈医生说:"肺功能确实已有损伤,出院后需要持之以恒地治疗。还有,无论如何要戒烟,方能防止慢阻肺的进一步发展。"

乔工在家休息了半个月,居然把烟给戒了,咳嗽、吐痰的情况果然减轻了,又用了点喷雾的药,这"肺虚"似乎也好了,渐渐地人也更精神了,乔夫人看在眼里,欢喜在心里。

结尾:

晚饭后,一家人在客厅里闲谈。

乔小姐说:"中国40岁以上人群中,9.9%的人患有不同程度的慢阻肺……"

她妈嗔她:"你做过调查啦?"

"网上说的。"乔小姐答道。

又一天,晚饭后,一家人在客厅里小坐。

乔小姐说:"吸烟的人咳嗽、吐痰,肺功能事实上都已经有了一定程度的损伤,已经是有'慢阻肺'了,实在不能简单地看成'老慢支'"。

乔工问:"谁说的?"

"朋友说的。"乔小姐答道。

又过了几个月,晚饭后,一家人在客厅里小坐。

乔小姐说:"人到中年最好像量血压一样,普遍查查肺功能,若有慢阻肺便能早期发现,及时治疗,效果是好的。"

她妈注意到了,这丫头最近医疗方面的知识大有长进,便问:"又是朋友说的? 你的朋友做医生啊。"

"是的,是做医生的啊。"

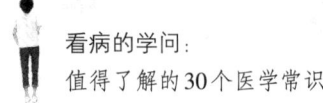

"在哪家医院做医生?"

"唔……,你们都认识的嘛,就是给爸爸看病的陈博士、陈医生。"乔小姐脸红了。

"好、好、好。"乔工立即表示赞成,乔夫人心里更是别提有多开心了。

慢性阻塞性肺疾病

慢阻肺全称为慢性阻塞性肺疾病,是慢性支气管炎、肺气肿、肺源性心脏病以及支气管哮喘等一系列疾病的总称。

慢阻肺已成为继心脑血管疾病、糖尿病、恶性肿瘤之后的全球第四大致死性疾病,我国40岁以上人群中,慢阻肺患病率为8.2%,每年死于此病者约100万人,慢阻肺对生命健康的威胁不容忽视。

早确诊、早治疗是有效控制慢阻肺的关键,所以肺科专家建议40岁以上人群在每年常规体检时进行一次肺功能检测。对于有长期吸烟史和慢阻肺家族史,或年轻时反复发生呼吸道感染的人群,更应如此,以便及早发现慢阻肺的"蛛丝马迹",努力加以控制,方能防患于未然。

慢阻肺主要起源于呼吸道的炎症。炎症通常由细菌、病毒等致病因素引起,在气管、支气管的黏膜受到大量灰尘、微粒的刺激时,会分泌许许多多黏液。黏液虽可粘住些灰尘、微粒,但其中含有丰富的黏多醣、黏蛋白,而且还与体温一样保持着37℃左右的恒温,随空气吸入的细菌、病毒如鱼得水,在其中繁殖,形成气管炎、支气管炎。人们应该关注环境保护,改进工艺流程,减少生活工作中灰尘、微粒的产生和吸入。

吸烟者吸入大量的烟雾微粒,而且是日复一日、年复一年地吸进来持续刺激着气管、支气管,吸烟一日不停,气管、支气管便永无宁日。在大量的烟雾微粒刺激之下,气管、支气管岂有不病之理。因此,无论是预防还是治疗慢阻肺,对吸烟者来说,戒烟是关键。

 ## 费老板的"经济舱综合征"

急性肺梗死

一

费老板名根生,江苏无锡人士,在双凤桥畔开了一家饭店。

费家祖上也是开饭店的,起于何年无考,只知根生的爷爷也是个饭店的老板,根生听他爸说过,年轻时也是个胖子,开的饭店名叫"吉祥饭店"。解放后并到国营的一家饭店了,不久他爷爷去世。他爸在一家饭店做厨师,确实也挺胖的。根生初中毕业后进了一家粮店做职员。后来改革开放,他爸决定辞去厨师的工作自己开饭店,便在双凤桥附近租了一间小门面,买了锅碗盆瓢、油盐酱醋、桌子板凳,请了个伙计,饭店正式开张。申请营业执照的时候,说是就叫吉祥饭店吧,因为之前他爸爸开的就叫吉祥饭店。工商局的人似乎觉着这是老字号重新开张,很是符合当时的发展形势,也就批准了。吉祥饭店新开张,又是优惠又是打折,热闹了个把月,把老费夫妻两个累得精疲力尽。几个月下来,一则夫妻店规模太小,并不起眼,再则餐饮行业竞争剧烈,这无锡菜中似乎也没有什么特色的招牌菜,生意慢慢冷清下来。吉祥饭店勉强维持着生计,又过了两年,有来查食品卫生的,提出许多整改意见,言明:若不改进,停止营业。老费老板好酒好菜招待,又送了条好烟,总算生意照做。后来又有来查税的,说是欠税若不补交,法庭上见。老费老板一急,突发心肌梗死,一命归西。

老费老板过世后,费妈妈主张根生回家,继承家业。根生看着一些国企人员纷纷下海经商,发达的多,也有此念头,于是辞职出来,继承了他爸这个烂摊子。

从饭店的业务来说,根生他爸是厨师出身,本有一手厨艺,而根生虽念过初中,有一点文化,但并无长技,这饭店如何经营起来,颇费思量。不过现代人生活在商业社会之中,只要肯动脑子,总有办法可想。

根生接手吉祥饭店之后,着实费了点心思,又结交了一个很会"策划"的朋友,考虑下来,想把饭店办好,要点有三:一是要有好厨师,厨师犹如工厂里的总工程师,产品好坏与他大有关系;二是要有好产品,也就是菜要有特色;三是好厨师要价高,要想法子留得住,特色菜一时难得,还要靠"包装"。

费老板主意打定,先是物色了一个厨师,不谈工资,商定好利润分成"三七开",这厨师倒也有心试试。又把吉祥饭店改名"吉祥饭庄",包装成百年老店的样子,传言始创于清朝光绪年间,两江总督刘坤一曾是常客。又通过银行贷款扩大了门面,装修得古色古香,似乎刘坤一、于右任的的确确来过一般。重新开张之日,费老板招待了一批文人墨客,留下"点赞"的墨宝高悬壁上,写了品尝的文字发于报端,又联络旅行社,多接待游客,这炮终于打响⋯⋯

二

几年下来"吉祥饭庄"在当地很有了点名气,还在市中心开了一家分店。费老板心宽体胖,体重日增。如今社会以瘦为美,见者都劝说"费老板不能再胖了"。费老板一概回应"我家遗传就是如此,没办法咯"。费老板当然知道减肥要节食再加以运动,但是自己开饭店,应酬多,好酒好菜地吃着,如何节食?多走点路已经气喘吁吁,又何谈运动?

又两年,费老板被查出患了三高,血脂、血糖、血压皆高。当然如今此类疾病已属常见,他并不十分在意,药是吃一些,但不认真,饭量控制了一些,因为觉得体乏,活动却依然很少。没有应酬的时候,他常坐在办公室的沙发上抽烟、打瞌睡。几年下来"三高"未见改善,心脏却又不好了。医生检查后,诊断为冠心病。费老板对冠心病比较重视,因为他知道他爸爸患心肌梗死,便是这冠心病的结果,自己不能重蹈覆辙。自此吃药是认真些了,但因为要保命,活动更少了。好在饭店运营正常,费老板无事便在家里睡觉。

一天,费老板早上九点左右起床,穿袜时发现左脚有些浮肿,起床行走明显觉得左腿有肿胀感,穿鞋也觉得左脚紧,改穿了一双宽松些的布鞋。不过既不痛也能活动,心想应无大碍,也未就医诊治。次日,似乎这左腿的肿胀更明显了些,因为餐饮协会要开会,费老板仍未去医院检查。孰料这天到了夜间在睡梦之中突然憋气惊醒,费老板甚觉气急,伴有咳嗽、胸痛。费夫人大惊,马上叫了救护车将费老板送到市立医院急诊室,医生见状即刻给予吸氧、输液,挂了抗生素,诊断为"急性支气管炎"。

夫人陪伴在侧,又打电话给在同城一所大学读书的女儿,女儿随即赶到,一并陪伴床旁。输液输完一瓶,症状反见加重,又咳出点血来。急诊当班医生觉得这患者的情况似乎不是一般急性支气管炎所能解释,赶紧请示上级医师。10分钟不到,一位内科副主任医师到达诊室,仔细查问病情,并重新体格检查,发现他左腿明显肿胀,心中有了些把握,于是安排患者做胸部CT检查,并关照护士陪同前去,还问了一句:"最近有无乘坐飞机长途旅行?"众人不解其意。

三

CT检查结果显示:患者所患系急性肺梗死。副主任医师当即指示为患者抽血进行D-二聚体检查,并开始作抗凝治疗,告知患者家属:病情严重。

费夫人闻言大哭,幸得女儿在一旁安慰,稍定,又询问医生何谓肺梗死?这位副主任医师见凌晨急诊室里患者病情皆平稳,又觉得有必要向患者家属说明病情,便解释道:"动脉里的血液如果凝成血块,当它阻塞血管时称它血栓,血栓阻塞心脑血管形成心肌梗死、脑梗死,多数是因动脉粥样硬化引起。而静脉内若有血液凝成血块,则会随血液回流进入心脏,心脏将静脉血搏入肺部进行二氧化碳与氧交换时,这些血块也随着静脉血被搏入肺动脉之中,将肺动脉阻塞,形成肺梗死。"

"那么这血怎么会在静脉血管里凝结起来的呢?"根生的女儿在大学里学生物学,对动脉、静脉等知识略知一二。

"血黏度过高又缺少运动或局部受压,以致血液流动缓慢,易于凝结形成血块,多见于肥胖、吸烟、妊娠妇女及糖尿病、肿瘤患者,尤其是长时间静坐或卧床者。"

"怎么会气急的呢?"女孩不懂便问。

"肺梗死的症状因血栓的大小、多少而异,如大或多,则遭梗死的血管大,梗死的血管多,大量肺动脉血不能到达肺泡中的毛细血管进行二氧化碳与氧

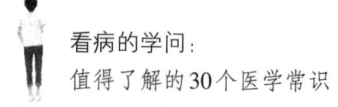

的交换,患者缺氧,必定气急。若梗死的部位接近胸膜,便会胸痛。若梗死部位肺泡中有血液渗出,便可能咯血。由于肺动脉阻塞,心脏搏血受阻,还会造成心力衰竭,故轻的可无症状,严重的病例却会很快致命。"

"所以遇有突然发生、无法用其他疾病解释的气急病人,应考虑有此病的可能,可作D-二聚体检查,若数值明显升高者,便很可能是此病,应作CT检查确诊。"副主任医师对急症室的年轻医生传授着他的临床经验。

"李主任,我看您刚才仔细检查患者的腿是为什么呢?"年轻医生问道。

"肺梗死的血栓多数来自下肢或骨盆腔的深静脉,我发现这位患者左腿肿胀,说明他已有左下肢静脉栓塞,这里的血栓脱落下来,会循静脉血流栓塞肺动脉,所以我发现费先生左腿肿胀时便估计到是此病。"李主任果然经验丰富。

年轻医生对李主任的临床经验十分钦佩,为加深印象,又去看了看费老板的腿,果真如此。

陪送患者去检查的年轻护士也好学,她试探性地问道:"李主任,我可以提个问题吗?"

"当然可以啊。"李主任和蔼地说。

"您曾问患者最近是否有过乘飞机长途旅行,这是为什么呢? 难道乘飞机也会生这病?"

李主任笑了笑,对这勤学好问的护士很满意,说道:"讲个故事给你听听吧。在20世纪40年代,有位女士乘飞机长途飞行后到达英国伦敦机场,下飞机后即昏倒送医院急救,后来确诊为肺栓塞。专家们认为是因为当时飞机的速度慢、飞行时间过长,而且经济舱座位过于窄小,旅客长时间坐着不动,下肢静脉血流缓慢,形成血栓栓塞了肺动脉,故戏称此病为'经济舱综合征'。所以如果乘飞机长途旅行、在飞行平稳时应该起身走动走动。当然主要的是应该避免久坐不动,因病卧床不能动弹者要定时帮他翻身。"

"谢谢李主任。"

费老板被转入病房继续作抗凝治疗,病情逐步好转,D-二聚体指标下降,腿肿也消退了。又调了血糖、血脂,加强了降压治疗。住院不能吸烟,这让费老板十分难受,不过他也知道肺梗死、心肌梗死是性命悠关的事。烟是实在不能再吸了。

多日后,费老板出院,带回降糖、降压、调脂的药物服用。医生还开了阿司匹林嘱其认真服用,以防肺梗死再发。

费老板回家,朋友们都劝他好好休息。费老板有了经验,说是:"医生讲的,还要多走动走动。"

急性肺梗死

心肌梗死、脑梗死如今成了我国民众的头号致命疾病,肺梗死亦逐渐进入人们的视野。

心肌梗死、脑梗死的发生主要与动脉粥样硬化有关。一些脑梗死是由来自心房中的血栓阻塞了脑动脉所致,而肺梗死亦是如此。不同的是脑栓塞的血栓来自左心房,而肺栓塞的血栓则是来自右心房,经右心室,随着血流进入肺动脉造成肺动脉阻塞。不过,这只占肺梗死的少数,更多肺梗死的血栓来自下肢、骨盆腔深部的静脉。全身的静脉血流入右心房,经右心室进入肺动脉,静脉血栓便可夹杂其中,随着静脉血进入肺动脉。肺动脉犹如一棵树,由大的支分成小的,再分成更小的支。血栓如果大且多,阻塞范围便大,反之则小。肺动脉阻塞后肺泡会塌陷或是肺泡内渗出液体来,影响气体的交换,以致患者缺氧明显。而且由于肺动脉阻塞,心脏向肺动脉搏血时阻力明显增加,甚至引发急性心力衰竭。

肺梗死的症状也与动脉阻塞的程度、范围相关,可以轻到无症状,重到危及生命。

对一个突然发生无法用常见疾病解释的呼吸困难的患者,应考虑有此疾病的可能。胸部CT检查可以确诊此病,血液D-二聚体检查对诊断此病也大有帮助。

诊断一经确定,病情严重者应立即作溶解血栓的治疗,病情较轻者可用肝素等抗凝药物治疗。

早年曾注意到乘飞机经济舱长途旅行者,由于空间狭小不便活动,易引发此病,故有"经济舱综合征"之说。久坐不动者,尤其是卧床日久者皆易发生此病,有此类情况者应注意预防。

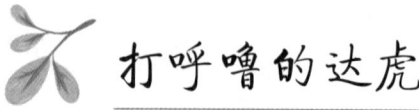
打呼噜的达虎

睡眠呼吸暂停综合征

一

"哎哟,下一次无论如何不能和这位老兄一道出差了,打呼打得我一夜没睡着。"张山说,某次,他与供销科的达虎一同出差,到外地做市场调查,按规定在酒店同住一间房。

"吃不消、吃不消(沪语:受不了),打呼打得像打雷一样,我两夜没睡着觉,算啥疗养啦?"李市说。当时,他们一行人由工会安排,在一个度假村短期疗养,他与达虎分配住一个房间。

"他的老婆天天同他睡在一起,哪能吃得消?"王伍说。

达虎会睡觉、会打呼,有时午饭后靠在办公室小沙发上也会呼呼大睡,随即鼾声四起。一次午休时间,办公室里别无他人,达虎靠在小沙发上睡着了,鼾声响彻四邻。恰巧厂长和几位干部路过,闻声推门而入,厂子不大,厂长认得是山东人达虎,便学着山东口音叫他:"达虎、达虎,别打呼了。"

周围的同事们都笑开了,说是他爸给他起的名字好,生下来就叫"打呼"。

从此"打呼"在厂里出了名。

达虎,祖籍山东,当年他爷爷随军南下,在沪郊某个县的人民武装部工作,娶妻生子,生了一儿一女——他爸及他姑姑。当年知青响应上山下乡号召,他爸爸又回到山东老家沂蒙山区插队落户,后来在老家娶妻生子,生下他哥俩:达龙、达虎。再后来他姑父帮忙,费了好些功夫,把达虎调到上海进了工厂,也算是他爷爷当年南下上海的一脉遗存。

达虎跟人们印象中的山东大汉不同,他体形矮胖,面色红润,理稍长的平顶头,平时都穿着厂里发的蓝布工作服,喜欢穿他妈妈做的黑色圆口布鞋,讲话带着一股浓重的山东口音。人很随和,工作也卖力,在工厂的供销科任职。23岁那年经他姑妈介绍与超市里的一个收银员,祖籍也是山东的姑娘结婚,生有一子,聪敏好学,如今已经读初中,一家人倒也如达虎所说:"安定团结,努力奔小康。"

达虎除喜欢抽点烟、喝点小酒之外别无其他嗜好,而这两件事在达虎夫妇看来,对一个男人而言再正常不过。

达虎睡觉会打呼噜,十多年下来他老婆也适应了,不觉得是件要紧事。

二

日月如梭,时光荏苒,好日子过起来快。达虎这年40岁,升任供销科副科长,他老婆工作的超市效益甚好,奖金颇多,儿子在学校里获评"三好学生"。诚如达虎所言,一家人"努力奔小康"了。

不过,达虎也开始有了点心病:自己才40岁,怎么"那事"就有点力不从心了呢? 这事不好明说,也不好看医生,只好自己暗中留意了。这一留意,还真得着不少信息:原来这叫"肾亏",要补肾。补肾的办法很多,其中最令达虎信服的是用牛鞭、马鞭,如果没有,羊鞭也行,泡入上好的高粱酒,七七四十九天之后,日日服之。达虎搞供销工作多年,朋友多,悄悄地托了朋友,着实买到不少,每晚虔诚服用,无效再多喝点。不过大半年下来,似乎无补于事,而由于几乎每晚微醺,夜里打呼更为剧烈不说,他老婆还发现达虎夜里会"断气"!

"断气"之事据他老婆说是千真万确,原本十多年的夫妻做下来,同床而眠,老公打呼噜早也适应了,而且觉得这是睡得香、睡得好的表现,毫不介意。不料有一天因与超市管理员有小小争执,心中不悦,夜里想想来气,竟未入眠,而达虎晚上又多喝了些药酒,早已呼呼大睡。他老婆听着身旁的呼噜,回想起小时候,海边外婆家大海的阵阵涛声,是那么地均匀而有节奏,不禁想起那首叫《涛声依旧》的歌曲……突然,她觉得怎么风平浪静了? 扭开床头的台灯一看,丈夫好好地睡在身边,但是不打呼了。听惯了丈夫的呼噜之声,听不到反而有点怪怪的。幸好,大约十几秒钟之后又"涛声依旧"了。女人心细,注意听着,过了一阵子又风平浪静了。扭开台灯一看,没看出什么情况,再用手在口鼻处一试:不好,没气了! 真的断气了! 女人敏感,马上想起以前听说过有人

"睡着睡着就断了气",大惊,正待叫起来,却"涛声"又起。毕竟丈夫要紧,这么一来,女人心中的那点小事倒全消了,连摇带晃、连拖带拉把老公弄醒,问他:"怎么不透气啦?"达虎被弄得糊里糊涂,睡眼惺忪地回说:"没有啊,没有啊。"

从此之后,他老婆便注意到达虎夜里不仅会打呼,还"断气",一夜要断几十回,不过也没事,时间一久也就不在意了,他老婆以为或许胖子都是这样的。

三

渐渐的,达虎同志不那么生龙活虎了,上班常打瞌睡,厂里的同事笑他,叫他夜里"别太卖力",达虎苦笑,药酒还吃着,但没用。他想去看医生,但这事不算病,白天精神不好,也不算病啊,再说看什么科呢?忽然想到:看中医,调理调理总好吧。

于是去了中医院,接诊的是一位老医生,看样子已经年近七十,远近小有名气。达虎诉说的症状主要是白天没精神,疲倦无力,容易打瞌睡,另外,说是腰酸、脚下无力,他的意思是中医必定知道这是"肾亏"。达虎很为这样的说法得意,至于夜里睡觉打呼噜还"断气",他根本不认为是一回事,自然是不提的。中医老先生望闻问切,觉得这患者身体壮实、面色红润,脉象弦数应属实证之像,而他所说的症状却又属于虚证,体乏无力确属气虚之症,而面红脉数则是肝阳上亢之像,着实费点思量,老医生还是有点经验,辨他是个气阴虚、虚中夹实之证。开了一张"滋阴平肝"的方子,不外是些太子参、白术、茯苓、白芍、杜仲、川芎、甘草之类的药物,达虎称谢而去。回家按方服药,服完再续,不过似乎无济于事。

半年后厂里组织体检,一查下来发现达虎问题不少,血压、血脂皆高,还有脂肪肝。这年头"三高"、脂肪肝多的是,但像达虎这样方才40出头就如此之高的却不多。不但如此,达副科长还有一样独特的"高"——红细胞高,这是别人所没有的。

红细胞即是俗说的红血球,理所当然地认为指标高是好事,同事们都说:"达科的老婆在超市工作,一定天天弄好东西给达科吃,吃出来的。"达虎听罢一笑了之,心里却是美美的。

血压高、血脂高,配了降压、调脂的药吃,达虎知道一时也好不了,药吃完也就算了,并不心烦。脂肪肝的治疗要"管住嘴、迈开腿",即是要少吃、多动之意。但是少吃肚子饿、多动吃不消,好在这脂肪肝又不是要命的病,也就懒得管它了。至于红血球多,既是好事,最好希望它再多一点。体检结果的警示似乎不起多大作用。

达虎仍旧做着副科长,抽点烟、喝点酒,白天照样没精神,夜里依旧打呼噜、"断气",和老婆、孩子继续"奔小康"。

四

又过了一年多的光景,一天早晨起床,达虎忽然觉得右腿无力,差点站不住,他老婆在一旁扶着。穿衣服的时候又发现右侧的手臂也不听使唤了。她老婆的脑子里突然把这两件事联系在一起:坏了,中风了! 达虎神志尚清楚,一说中风,也惊出一身冷汗。马上打了120,救护车鸣鸣地把达虎送进了医学院附属医院的急诊室,医生一查,说的确是中风,马上给做脑部CT检查,并留院观察。CT检查结果虽然未发现大面积脑梗死或脑溢血病灶,但患者血压、血脂、血糖皆高,红细胞也高得明显,查看以往病历,知患者并未认真治疗这些疾病,于是便将他收入住院部进一步诊治。

入院不到三天,达虎的中风居然全给治好了。达虎夫妻对经治的医生、护士感激得不得了。不过经治的郝医生却说:"不用感谢的,这是'小中风',一般几天可以恢复。关键的问题是要控制血压、血脂、血糖这'三高',防止中风再发,再发就麻烦了。此外,还应该坚持服用阿司匹林,预防血栓形成。"

"什么叫做'血栓形成'?"达虎问。

"血液在血管里应该是流动的,但如果血球凝结起来形成血块,堵住血管,便称为'血栓形成',堵住脑血管的是脑梗死,就是我们常说的中风啦,堵住心脏冠状动脉会发生心肌梗死。"

"我家达虎红血球很多的。"达虎的老婆反应快。

"红血球过多,挤在一起,更容易形成血栓。"

"噢,是吗? 我们还以为多多益善呢。"他老婆说。

"夜班护士说其他患者都反映达先生夜里打呼噜很厉害,影响别人睡觉,在家里也是这样吗?"郝医生问道。

"多少年来都这样,对不起大家啊。医生你不知道,他睡觉不但打呼,还'断气'呢。"

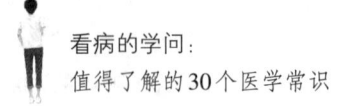

"怎么叫'断气'?"郝医生听不懂。

"唉,就是突然不透气了,真的,一点不假,不过,过一会儿又来气了,一夜这样断气几十次。"

郝医生笑了:"这叫呼吸暂停。"

"要紧吗?"

"当然要紧,这样会引起身体缺氧,造成各方面功能下降,疲乏无力、脑力减退,还会刺激红细胞增生,容易引发血栓,导致心肌梗死、脑梗死,甚至与高血压、糖尿病也有关系。关于这件事,我们还得给达先生仔细查一查。"

"谢谢医生。"

郝医生为达虎做了睡眠呼吸监护、肺功能等各项检查,果然证实达虎患有"阻塞型睡眠呼吸暂停综合征"。随即又邀请了耳鼻喉科专家会诊,检查发现达虎的咽喉部分软组织肿胀,软腭肥厚下垂,于是建议做手术治疗。达虎夫妇本就对郝医生治好了他的中风十分感谢,郝医生又查出他打呼噜、"断气"的原因,还说有法可治,自是言听计从,于是在耳鼻喉科做了软腭部分切除手术。

出院时达虎觉得呼吸从来没有如此轻松过,夜里不再打呼噜,白天也不再打瞌睡,心里别提有多开心。不过郝医生关照他:"还得戒了烟酒。"

"好的、好的。"达虎连声应道。山东人说一不二,真的把烟、酒都戒了。

过了几个月复查,红细胞不高了,血压、血脂、血糖也下降了。达虎像是换了个人,逢人便说自己身体好多了。

厂里传开了:供销科的"打呼"开刀开好了,不打呼了。

后记:

消息传到厂外,被一位记者捕捉到了"新闻性",于是前来采访达副科长,又去采访了郝医生。不到一星期,发行量很大的晚报上刊出了这样一篇文章:《别小看睡觉打呼噜,里面有大文章》,文中介绍了这种叫做"阻塞型睡眠呼吸暂停综合征"的疾病。

文章说:许多人以为睡觉打呼噜是睡得香的表现,其实这至少说明此人睡眠时呼吸道不够通畅。如果还伴有呼吸暂停的现象,说明问题较大。睡眠中呼吸暂停每小时多于5次、每次在10秒钟以上便很可能表示患有此病。这病在肥胖、颈部较短、嗜烟酒的中年男性中较为多见。患者因缺氧,引起身体各方面的功能下降,还可能引发高血压、糖尿病及心脑血管疾病,极应引起重视。有类似情况者应去医院查治,多数患者可有较好的疗效,有的患者可作手术治疗,甚至治愈。

文章见报之后,来医学院附属医院求诊此病者络绎不绝,医生护士们着实忙了好一阵子。

这种"打呼噜"也是病

"呼呼大睡"是常用来形容一个人睡眠很深的一个词。确实,睡觉打呼噜的人不太容易轻轻唤醒,于是给人一个睡得很深的印象。许多年来,大众包括医学界人士对这个问题皆未给予足够重视。

近年医学界关注到这样一种疾病,这种病的基础是睡眠的时候打呼噜。当然更重要的是除了打呼噜以外,还有呼吸暂停。而打呼噜、呼吸暂停,关键原因是上呼吸道不通畅,所以称为阻塞型睡眠呼吸暂停综合征。这个病的诊断需要在医院里通过仪器辅助检查才能确定。但是在家庭中也可以做一个初步的观察:熟睡时呼吸会有短暂的停顿,每一次的停顿在10秒钟以上,每小时超过5次。若发现这一状况,应及时就医进一步诊治。

这个病一般发生在中老年人中,在比较肥胖、颈部比较短的人更为易发。人在睡眠的时候上呼吸道的肌群比较松弛,软腭等部位又比较肥厚,严重的会形成呼吸道塌陷,影响气流通畅。若是再发生呼吸暂停,尤其是在频繁发生呼吸暂停的情况下,人体必定缺氧。结果自然会影响白天的生理活动,比如心悸、无力、迟钝等。严重的病例甚至可引起猝死。长时间缺氧会增加血液中红细胞的数量,使血液浓度增加,容易发生血栓性疾病,比如心肌梗死、脑梗死之类。

如果诊断确定,需要积极治疗。若有软腭肥厚等问题可以通过手术解决。睡眠时配用正压呼吸机也是治疗的方法之一。当然,一般的睡觉打呼噜并不需要这样的治疗。

预防此病,对于肥胖的人来说,可能需要适当的减肥。嗜酒的人应戒酒为宜,尽量少用安眠药。对于一般睡眠打呼噜的人来说,多采取侧卧的姿势,枕头不宜太高等皆有利于改善打呼的现象。

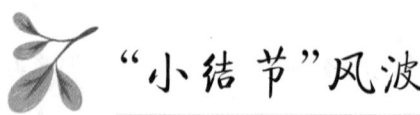
"小结节"风波

肺 结 节

一

市立第十二中学是一所历史悠久、声名远播的市级示范中学。学校建于建国初期,至今已经60余年。改革开放后十二中更得到极大的发展,新建了东西两座教学大楼、图书馆、体育馆、理化实验楼,不仅硬件设施全市一流,教学管理、教学质量也名列前茅,数十年来为国家培养了大量后备人才。十二中能取得如此成绩,自与国家重视教育事业的发展、各级领导关心有关,但主要的还是在于十二中有一大批忠诚于教育事业、矢志教书育人的优秀教师。许多年来全校教师心无旁骛,兢兢业业,专心教学。

不过近来有件事却让好些老师很有些心神不宁。

起因是老师们每年的例行体格检查中开始采用CT作胸部检查,全校100多位教师中查出了8位老师肺部有"小结节",赵副校长更被查出可能患了肺癌。当然还有好些老师查出甲状腺结节、子宫肌瘤、脂肪肝、血脂异常、血糖升高、血压增高、心脏早搏之类的问题。这些问题关乎各人自身健康,不可能不引起老师们的关注。不过多年体检下来,大家也都有了些经验:诸如"三高"、肌瘤、早搏等一般都问题不大,或吃点药,或定期检查便可。唯独对于查出癌症或有癌症的嫌疑时则绝难以淡定。偏偏这几年的例行体检还确实查出癌症的病例来。四年前查出英语教学组孙老师患乳腺癌,随即做了手术切除。孙老师如今身体尚好,仍然能到校上课。这也使大家都认识到癌症若早期发现,还有希望,所以体格检查十分重要。去年体检查出教语文的李老师生了肺癌,虽然也做了手术,但据说已有淋巴转移,现仍病休在家。李老师吸烟多年,大家知道肺癌与此有关,吓得几位烟瘾大的老师都戒了烟。不过也有老师质疑李老师体格检查查出的肺癌怎么已经不是早期?

孙老师、李老师的病只是个案,大家关注了一阵子也就淡忘了。不过这次情况有些不同。

一是体检之前工会主席宣布,今年体检每人皆做胸部CT检查。老师们都知道这CT检查是如今医学检查的利器,查癌尤其准确,若有问题必能早期发现,于是皆欣欣然。并不是老师们都怀疑自己生癌,而是知道如今医学发达,一般的疾病问题不大,唯独这癌症难办。

二是这次查出患了肺癌的赵副校长是位女士,没有吸烟的习惯,而且校长办公室无人吸烟,她的先生也不吸烟,因此应该也无"二手烟"之害,如何也会患此病?当然,有人解释空气污染、PM2.5亦可致癌,众人唏嘘,觉得自己何尝不是也呼吸着同样空气。不过赵副校长及时做了手术,切除了肿瘤,幸好是早期。健康恢复良好,据说下月即将返校办公。

问题在于第三,还有8位老师经CT查出肺部分别有4~10毫米直径的小结节,体检报告上写着要"定期复查"。老师们都是知识分子,自然要追问:"这是什么病?为什么要定期复查?"

二

查出右肺有8毫米直径小结节的钱老师去市立医院看了医生,发现医生也说不出个所以然来,只是嘱其半年复查一次CT;孙老师肺部有6毫米直径小结节,去医学院附属医院看了呼吸科的专家,孰料专家亦无法判定,说这是防癌检查,目前并无癌症的证据,只需定期复查,不必紧张。但孙老师觉得:既是防癌检查查出的结节,目前虽无癌症的证据,又要复查,说明专家也不能肯定它不是癌,叫人怎么不紧张?李老师也查出肺部小结节,要定期复查,但李老师想:定期复查的意思就是过一段时间等它长大点再看看像不像癌,如果是癌,那不等于现在是在养痈成患、坐以待毙吗?不行,得吃药,李老师到肿瘤医院看病,要求吃抗肿瘤的药。肿瘤科医生告诉他:肺部的小结节不能确定是肿瘤,而且多数也不是肿瘤,抗肿瘤药副作用都很大,若不到必需之时,是不能随便用的。李老师无奈,回到学校在办公室说起此事,这倒启发了肺部也同样有小结节的周老师。周老师教语文,研究古典文学颇有心得,平日喜欢看点中医方面的书籍，觉得这CT查出什么小结节去问中医如何解释，自然不适合，但西药既有副作用，何妨吃些中药，中医辩证论治、中药君臣佐使，必无副作用。不过自己并无不适，似乎无证可辨，进而一想，如今中医提倡"治未病"，自己正是"未病"之人，于是去中医院"治未病科"求得一方，不外是党参、黄芪、沙参、石斛、石见穿、蛇舌草之类，服了几帖，仔细体会，似乎呼吸轻快些，睡眠也好些。说与众人知晓，吴老师亦有小结节问题，也随后去配了中药来服。

郑老师教物理，格物致知，凡事讲求原理。此次查出肺部有8毫米直径小结节，郑老师必欲追究其病因，网上查得可作一种名为"PET-CT"的检查，其法为给受检者注射一种放射性药物，因肿瘤组织代谢旺盛，可浓积此药，在体外便可测知。郑老师到医院要求作此检查，医生虽觉并无必要，但亦无拒绝之理，安排郑老师作了"PET-CT"检查。检查结果竟为阳性，阳性意味着这结节很可能为肿瘤。郑老师大惊，快快而回。郑老师的夫人亦是本校老师，闻之眼泪夺眶而出，知尽快切除或有希望，夫妇二人打听得某院有胸外科专家最长于此项手术，皆告了假，前往求诊。专家诊察结果表示"PET-CT"检查结果阳性，偶尔亦可见于炎症，并不能据以确诊为癌症。郑老师请教如何方能确诊，专家称可以穿刺取样作病理切片检查，不过专家强调这结节颇小，或不能准确得到足够的样本用于检查。郑夫人性格爽快，陪同在侧，提出不如即作手术切除，切了下来再作切片化验。专家考虑了一下，觉得虽不能肯定为癌，但亦不能否定，家属既有此说，则难拒绝，遂建议作经胸腔镜的微创手术可以避免传统的开胸术而切除肿瘤，郑老师夫妇皆表示同意，登记等待入院手术。

"物理教研室郑老师作'PET-CT'检查确诊肺癌，即将入院手术。"这一消息传回学校，让肺部同样查出有小结节的王老师、冯老师警觉起来，也都去医院作"PET-CT"检查，不过幸好两人检查结果皆为阴性，也就罢了。

却说郑老师入院作微创手术，恢复顺利，次日即下床活动，又一日便出院回家休息。约定一周后取病理检查报告。郑老师夫妇二人心中悲喜交集、五味杂陈，喜的是微创手术果然"微创"，恢复甚快，庆幸自己坚持要作"PET-CT"检查、要求手术治疗，担心的是这癌切了还会不会复发？

夫妇二人好不容易挨到取报告之日，郑夫人一清早赶到医院，心中七上八下、忐忑不安。等到报告到手，一看竟是慢性炎症！郑夫人习惯性地拿出手绢擦了擦眼镜，再赶紧核对姓名，确实是"郑幸伦，男，52岁，16病区32床，6月8

日手术",均皆无误,这才想起:门诊时专家说过偶尔有些炎症"PET-CT"检查也会有阳性结果的话,不料还真是如此。不过,无论如何,排除了癌症当然算是好事。

郑夫人大喜过望,三步并做两步回到家中,把她先生一把抱住,连说:"不是癌、不是癌。"夫妻两人几乎喜极而泣。又连忙打电话给在外地某大学读研究生的儿子,告诉他事情经过,原来他们怕儿子担心,此事一直未对儿子说起,如今警报解除,自然皆大欢喜。下午夫妻二人即到校销假,逢人便说郑老师不是癌,众同事亦感欣慰。

十二中的郑老师开刀证明肺部小结节不是癌这一消息传开,不但本校各位"小结节"们大为放心,附近学校组织老师体检中也有用CT查出小结节的,这下子彻底放心了。教语文的周老师暗自好笑,吟道:"天下本无事,庸人自扰之。"自己决定不再做庸人,中药也不吃了。

三

众"小结节"们从"疑癌"的阴影中解放出来,自是好事。不过也有人提出体检中的此种CT检查或无必要,徒增费用与烦恼,医院推出恐有利益关系……

医院、医师遭到误解,如今亦不罕见,糟糕的是"定期复查"的医嘱也被忽视了。又过了一年,再体检,幸亏校方仍坚持继续进行CT检查,结果十二中又多了两位肺部有小结节的老师,而前一年检出小结节的8位老师中除郑老师已作手术切除,李老师的小结节已经消失外,其余有5位老师的小结节皆无变化,需要"定期复查"继续观察,唯独周老师的小结节却是明显地增大了,并显示出边缘呈分叶状及有毛刺,体检的结论是:肺癌可能,建议手术治疗。周老师大吃一惊,不敢怠慢,赶紧住院手术,结果果然证实是肺癌,幸好尚未转移,手术将肿瘤完全切除。据手术医师估计若此次体检不作CT检查,周老师的肺癌失去早诊早治的机会,后果将不堪设想,倘若能在6个月前按医嘱做一次复查,那会更早发现肺癌,治疗的远期效果或将更好。

"周老师的小结节变癌了!"消息又传开了。有小结节、没小结节的老师们都很困惑,一时议论纷纷。市教育局得知,近年有好些学校教职员工体检有类似情况,觉得应该对这一问题开展一下"科普"才好,于是由教育工会牵头,请

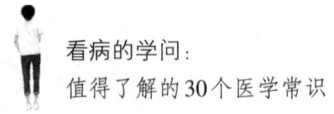

了中心医院的一位杨姓医生作医学科普讲座。

教育工会大礼堂座无虚席。杨医生说道:"如今肺癌已成我国发病率与死亡率均属第一位的癌症。控烟、控制环境污染对减少肺癌的发生至为重要。而早发现、早治疗则是取得良好疗效甚至治愈的关键。目前推出的'低剂量螺旋CT'所用射线剂量甚低,对人体十分安全,但是其敏感度甚高,基本上直径4毫米以上的各种病灶皆能一览无余。由于过小的病灶其可供鉴别的特征尚未明显,故判定有一定难度,好比在小学阶段很难预见某个学生今后在物理学上将大有发展前景,而需到中学阶段学到物理学知识时方能看出端倪。过小的病灶只能以小结节来命名。从已有的经验看来,这些小结节多数并不是癌,所以如果查出有小结节不必紧张,也不必服药,只需定期检查即可。但确实也会有早期、很早期的癌症混迹其中,故凡有小结节者皆应定期复查,事关生命健康,并非多此一举。"

杨医生又指出:"由于此种检查花费较多,又会查出些一时难以定性的问题需要受检人员的充分理解和配合,故目前尚只能在一定范围内,即在有一定经济能力与理解能力的人群中施行,在座的各位老师有基本的科学素养,必能明白此中道理。"

礼堂里掌声雷动,众老师心中疑惑得到了解答。

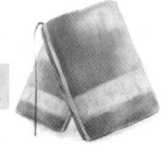

发现"小结节"或可静观其变

如今科技进步,医学诊断发展,许多疾病尚在萌芽阶段即可查出,有病自然是早治早好。

超声、CT、磁共振等可统称为影像诊断,放射学医师根据影像特点,如外形是否光整、内部是否均匀、对周围有无压迫、其中血流是否丰富等特征大致判定其性质供临床医师参考。当CT检查发现肺部病灶边缘呈菜花状或有毛刺的、内部为不均质的、对外周有压迫迹象的病灶时,多可报告"提示为肺癌"。

问题是如果发现的"异常"过小,甚至只有几毫米大小,其影像学诊断所依赖的特征不可能表现得十分清楚,放射科医师无法作出判断,只好报告:发现小结节。小结节的报告也让在诊室里接诊的医生为难,医生诊病原本要靠患者的症状、体征,结合检查结果作出诊断,而此类发现小结节的来诊者大多并无任何症状,使得医生也无法确诊。若来诊者追问:"是不是癌?"医生确实无法断言"不是"。因为很早期的癌也可能只是表现出小结节的形态。当然也有进一步检查的办法:做穿刺活检手术,取点组织出来做病理切片,不过这些结节太小,十有八九穿不到它。若是直接作手术切除,只怕绝大多数为良性病变,本可不必。

所以一旦发现小结节只需定期复查,静观其变。密切观察之下,如若是癌,一旦发现端倪,再行切除不迟。如复查多年不变,则癌的可能性便基本上可以排除了。

静观其变不是消极对待,而是理性的处理。

# 肺里何来"磨玻璃"

磨玻璃样结节

一

江南水乡小镇,白墙黛瓦,小桥流水,晨雾的氤氲慢慢散去,老莫卸下长长的门板,吉祥桥边的吉祥小店开始了一天的营业。早些年,镇上的青年人多朝城里跑,留下的都是一些老老小小,小镇一度萧条。这些年发展旅游业,附近大城市的居民生活在车水马龙的水泥森林之中,每逢节假日也多希望能到郊区小镇放松心情。小镇重新有了生机,甚至一些进城谋生不甚得意的青年人也回来了,家有余房的,整修一下办个民宿,有临街房屋的开个小店,获利皆丰。

老莫家世居小镇,莫姓本是镇上大户,远祖曾经为官,民国以后家道中落,赖众兄弟勉力维持。老莫名莫明琦,现年58岁,初中文化,曾在镇上的一个服装加工厂工作,穿一件半新不旧的灰色夹克衫,理一个板寸头,头发有些灰白,脸上看得出风霜,讲起话来乡音甚浓。

老莫有一子,初中毕业考进会计学校,毕业后分配在县食品公司当会计,也已成家立业,娶妻生子。前些年镇上的服装加工厂息业,他还给老莫在城里食品公司仓库谋了个管理员的差事。老莫也像一些年轻人一样进城务工了,家里留下婆媳两个过着传承百年的生活。老莫做了几年仓库管理员,每月工资不高,有一回仓库失窃,他担了个疏于职守的责任,被扣了半年奖金。

老莫一气之下辞职回了老家,看着政策开放,小镇复兴,便自己开起了餐饮小店,卖些传统小吃,自产自销,生活安定,身心俱佳。

老莫的好日子过了没几年,有件事让他心神不定。上个月老莫咳嗽多痰,且有些低热,在镇上卫生服务中心配了药吃,似未见效。老莫在县里工作过几年,县里的医院也熟悉,于是去县医院进一步检查,做了CT,配了药。三天后咳嗽倒是好了,但CT检查结果却不好,报告上说:右肺中叶外侧有磨玻璃样结节约5毫米大小,建议随访。

老莫从未听说过"磨玻璃样结节"这个词,心想:肺里怎么有了磨玻璃?吃进去的?吸进去的?咨询医生,内科医生语焉不详,外科医生直接让"开刀"。老莫估计情况不妙。

二

老莫知道医生顾忌直接跟患者明说是癌症,怕患者一时承受不住,便用些代号,比如CA、MT或占位等名词隐晦地说明,这回又说是"磨玻璃",那么也就是说自己已经生肺癌了?

老莫想起前几年在食品公司工作时的同事老王,人瘦得皮包骨头,不断地咳嗽吐血,听说就是得的肺癌,后来不幸去世,没想到自己也得了这个病?老莫想人说抽烟会得肺癌,自己烟是抽的,不过还好呀,平均两天才抽一包,隔壁老李抽得比他多得多,怎么没生肺癌?老天不公,老莫心中不平。

老莫思索的问题是要不要治疗?若确实是癌症那是肯定治不好的,最后人财两空,还连累了家人。

那么这桩事要不要告诉母亲?告诉她,她也跟着着急担心。告诉老婆?她一个农村妇女又有什么办法?还不如不告诉她,免得一天到晚哭哭啼啼。儿子呢?是莫家的根,倒是要让他晓得的……

老莫寝食难安地考虑了几天,最后决定:一是肯定生癌了;二是治也没用,不如不治了,一切照旧,香烟照抽,听天由命;三是只告诉儿子,而且几乎是交待了遗嘱:"等我死了,你把店里房子盘出去,连房带店让别人经营,收点房租,照顾好你奶奶和你娘。"

老莫还是一个很有决断的人,把这些都想好了,心里反而轻松了许多。

一天他趁儿媳上班,孙女上学去的时候,打电话约儿子在家等候,说是有事商量。儿子问是什么事,他也不说。

到了儿子家老莫将这事和盘托出,父子情深,儿子听罢眼泪夺眶而出。老莫已纠结了好多天,此时觉得连后事都关照好了,反而心下坦然,安慰儿子:"一切都是命中注定的。"

"嗯、嗯。"他儿子只好含泪答应父亲所托。

不过年轻人终究思想活跃些,他想的是:会不会误诊啊?便反过来安慰他爸:"有时候医院也会误诊的呀。"

年岁大些的人对医疗的信任度要比年轻人高,何况觉得做的是很先进的CT检查,老莫压根儿没想到误诊的事。不过经儿子这一提醒,他也想到自己不咳、不喘、不吐血,饭也吃得下,怎么会是肺癌呢?

于是,儿子送老莫回家取了病历,想办法找专家看究竟是不是肺癌。

三

县食品公司的莫会计工作认真,品行端正,人缘甚好。同事听说莫会计的爸爸老莫可能是患了肺癌,都很关心。有的劝他不要悲观,说是只要发现得早,做个手术把肿瘤切掉还有希望;有的告诉他现在有些大医院,只要"打几个洞",不必开胸就能把肺癌切除;还有的说现在有种"打靶子"一样的药,治疗肺癌效果很好,他的某个亲戚同样毛病吃这药五六年了……

消息传到食品公司张主任耳朵里,张主任的儿子在附近一个大城市的医学院附属医院做医生,已经晋升为副教授。张主任是个好心人,决心帮帮莫会计,便叫莫会计把他爸的病历和CT片子都由他转给儿子,看看究竟如何治疗是好,莫会计自然是求之不得,内心感激不尽。

过了几天,回音来了,结果出乎大家的意料:这种"磨玻璃样结节"大多数不是癌,不需要特别治疗,只要定期随访也就是定期复查即可。张副教授十分细心,归还病历与CT片子时还附了一本叫做《家庭医药》的医学科普杂志,说是送给莫会计的。莫会计打开一看里面有一篇名叫《什么叫磨玻璃样结节》的文章,立马反复看了几遍,只见其中写道:"磨玻璃样结节"是放射科医师描述CT片上肺部结节性质的一个专业名词,即看上去像磨玻璃一样、均匀的、非实质性的病灶。这种病灶若是直径小于4毫米的,可以不必介意,大于5毫米的应该注意每3~6个月复查一次,若有不断增大、磨玻璃样结节中出现不均匀的实质性(透光度下降)变化,或血管受到推移挤压等肿瘤血管特征者才应考虑作手术切除。文章中还提到国外已有学者报道:一批直径小于10毫米的"磨玻璃样结节"患者经过3年的随访观察,其中45%的人结节消失了,40%无任何变化,可以排除癌变,只有15%可能为早期的癌,应该考虑作手术切除,并有可能治愈。所以,"磨玻璃样结节"大部分不是癌的说法是有依据的。

莫会计终于明白什么是"磨玻璃样结节",赶紧回家告诉他爸爸。

过了6个月复查,老莫的"磨玻璃样结节"好像是小了些;又过了6个月再查,这个当初让人寝食难安的"磨玻璃样结节",居然消失得无影无踪了。

老莫逢人便说:"我逃过了一难。"而且从此主动戒了烟,别人问起,他自嘲道:"总归性命要紧,对吧。"

磨玻璃样结节

"结节"含聚集之意,一般指其质感或密度与周围组织不同、较小的肿块,如手可摸到的皮下脂肪结节、超声波发现的甲状腺结节等。

"磨玻璃样结节"为CT专用术语。CT的工作原理是:当X线透过人体时,遇到不同的组织,其透过率不同,比如肺组织里含大量空气,X线透过甚多,骨骼含钙甚丰,X线不易透过,将X线透过的多少以数字细分,再将这些数字经计算转换成从黑到白的不同深度构成的画面,医师便可从影像的阴影深浅来发现异常,再从异常部位的大小、外形、深浅度、血液供应是否丰富等来判定其可能的性质。"磨玻璃样结节"是描述肺部CT检查时在肺部发现的既不黑也不白的影子,换句话说这里能透过一些X线,但不及其他部分的肺部组织透过的多,就好似一块半透明的磨玻璃,因为这种影子边缘大多清晰成一小块状,所以便称之为"磨玻璃样结节"。

医学界对"磨玻璃样结节"的基本看法是:绝大多数并不是癌。若是这"磨玻璃样结节"直径小于4毫米的,称之为"粟粒状结节",可不必介意,来年复查即可。若直径在5~9毫米的称为"微结节",10毫米及以上的称为"小结节",应依其大小及有无患肺癌的风险,如吸烟、特殊的环境污染、肺部疾病史、家族肺癌史等情况决定每3或6个月复查一次。如在复查中发现其逐步增大、结节内部变得不均匀、结节出现新生血管、周围血管受挤压或推移等情况则宜考虑手术切除,因出现此类情况表示有癌变的可能。换句话说这"磨玻璃样结节"绝大多数不是癌,但确实也有少数病例具有肺癌的可能性。

对待"磨玻璃样结节"定期复查以观其变才是科学的态度。

 凯蒂的"肿瘤"

肿块与肿瘤

一

市重点中学高一(1)班的教室里,学生们正在举行寒假前的最后一次班会。

班主任李老师总结了一学期的教学工作,对寒假生活做了相应的布置,同时对本学期班上同学的好人好事作了表扬,并颁发奖状:学雷锋积极分子6位、三好学生3位,其中班学习委员王凯蒂同学两者兼得。李老师语重心长,鼓励获奖同学再接再厉,鼓励其他同学也努力争取。

王凯蒂同学今年16岁,皮肤白净,明眸皓齿,梳一个马尾辫,穿一身校服,着一双白色运动鞋,眉宇之间显露出一派花季少女的气息。她的父母都从事文化行业,父亲大学中文系毕业,在一家出版社任编辑,母亲是当地电台的音乐节目主持人。他们把学术、文艺的基因都遗传给了凯蒂。凯蒂的奶奶是退休教师,外婆是退休护士,奶奶关心孙女的学习,外婆关注外孙女的健康。独生子女政策时代,三个家庭、四个老人、两个大人,都在呵护着凯蒂的成长。万千宠爱集于一身,王凯蒂也不负众望,努力学习,品学兼优。爸爸在出版社编书,凯蒂在家读诗,古今中外诗词歌赋着实读过不少;妈妈在电台放送音乐,凯蒂钢琴考过了8级。

寒假第三天的下午,凯蒂到学校附近的钱学森图书馆做志愿者,向参观人群讲解钱学森先生的生平事迹,这也是学校安排的寒假活动之一。傍晚,凯蒂回到家中觉得很是疲倦,便睡了。

晚餐时外婆叫吃饭,凯蒂亦无食欲,勉强吃了一点,外婆以为这孩子病了,忙拿出体温表一量竟有38.5℃,问凯蒂有何不适,似乎只觉疲倦无力,不思饮食。外婆仔细观察发现凯蒂两眼有些充血,又问她咳嗽、流涕等情况,都不明显。外婆虽是退休护士,倒也一时难下诊断,心里揣测:大致应是上呼吸道病毒感染一类,便让她多饮水、多休息。

凯蒂躺在床上,也睡不着觉。"喵唔,喵唔"一只黑白相间的小花猫跳到凯蒂的床上,轻轻地走到枕边,凯蒂伸出手来抚摸着它,心想一定是花猫知道我生病了,来安慰我的……

小花猫是去年一个寒风萧瑟的傍晚,凯蒂放学时,在马路转角处的一处旧房墙角下发现的,她看见小猫孤苦零丁地蜷缩在墙洞里,本已走了过去,想想又回头,蹲下身,用手抚摸它。小猫在瑟瑟发抖,这时刚好有位老爷爷走过,看到了便说:"你喜欢它就带它回去吧。"凯蒂也生了领养的念头,抱着小猫回家了。爸爸一开始并不赞成养猫,凯蒂急得差点哭了出来,最后还是外婆劝说:"这也表示是孩子的一份爱心吧。"爸爸才勉强同意。好在过了一阵子,连爸爸也非常喜爱这只小花猫了。

二

第二天凯蒂仍然有些发热,外婆不让她起床,要她卧床休息。凯蒂躺在床上,无意中摸到自己的颈部有一个"疙瘩",吃了一惊,疑心是肿瘤,她知道肿瘤是一种很难治的病。怎么办呢? 想来想去,要不告诉外婆吧? 外婆做了一辈子护士,认识许多好医生,也许还有办法,不管怎么说总得让外婆、爸爸、妈妈知道啊……

外婆听凯蒂说她长了一个肿瘤,忙说:"不会的、不会的。"但还是来仔细检查,伸手一摸,心中一惊:还真是一个肿块,有白果般大小,质地坚韧,表面不红,有轻微的压痛。外婆还是有经验的,她觉得这块应该是颈部淋巴结,但是淋巴结怎么突然肿大起来了呢? 如果是淋巴结发炎,它怎么好好儿地就发炎了呢? 是因为扁桃体发炎? 但凯蒂说她喉咙不痛。外婆又让凯蒂张开嘴巴来看,扁桃体好好儿地呢。再一想:坏了,发热,淋巴结肿大,有淋巴瘤(一种淋巴系统的恶性肿瘤)的可能。外婆到底是有经验的医务人员,她尽力保持镇定。一面对凯蒂说"不要紧张,这只是淋巴结发炎而已,我们去医院看看,看需要吃点什么药",一面计划着如何就医。

晚饭后外婆悄悄地对凯蒂的妈妈说:"凯蒂颈部下方有一个淋巴结,这病可能有点麻烦。明天要带她去医院检查。"凯蒂妈妈听了大吃一惊,过来摸了一下,真的有个淋巴结,而且还不小。如今许多人都将淋巴结与"癌"联系在一起考虑,而且外婆又说"可能有点麻烦"。爱女心切的她,一夜无眠。

第二天两代母女,一行三人来到市立第一医院,外婆在这家医院工作了一辈子,熟门熟路,找到血液科主任的办公室。

血液科的林主任是位50岁左右的女医生,知名的淋巴瘤专家,曾在美国著名的肿瘤中心进修,发表过高质量的研究论文,此刻正在办公室里修改一篇研究生的文章。见到老同事来到,忙起身相迎。

林主任知晓了来意,带凯蒂到附近一间检查室做简单的体格检查,检查后没有发现凯蒂有贫血、肝脾肿大等情况,除颈部有一枚淋巴结肿大外,其他如腋下、腹股沟等处的淋巴结皆正常,而典型的淋巴瘤应该有全身多处淋巴结肿大,后期还会有贫血、肝脾肿大等情况。林主任毕竟是淋巴瘤专家,见多识广,确实见过只有一处淋巴结肿大的淋巴瘤,甚至见过身体表面都摸不到淋巴结的内脏淋巴瘤,所以此时觉得眼前这个花季少女不能轻易排除患淋巴瘤的可能。当然,作为资深的医生也应该考虑其他疾病的可能性,即医学上的"鉴别诊断"。林主任想到颈淋巴结核,这是结核菌侵入淋巴结所致,一般见于较为严重的结核病患者,会出现发热、颈部淋巴结肿大等症状。如今由于我国结核病防治的成效,此种重症结核病患者已经颇为少见,而且颈淋巴结结核多数是数枚淋巴结成串,不似这女孩颈部单一的淋巴结肿大。但是,正如可以有摸不到肿大淋巴结的淋巴瘤一样,医学上也会偶有不典型的病例。可明确诊断的方法是做淋巴结穿刺,取得淋巴结组织作病理切片检查。

林主任向母女三人说明要做淋巴结穿刺检查的必要性,外婆自然明白,妈妈心里也清楚:恶性肿瘤的确诊往往需要做病理切片检查。外婆心里本希望听到林主任否定(关于淋巴瘤)的意见,大失所望之下,不由得悲从心生,因为这孩子从小对她最多依恋,而她们两老夫妻就这么一个女儿、一个外孙女……凯蒂的妈妈在心里祷告:但愿病理切片查出来不是恶性的。凯蒂关心的是:

"医生,穿刺痛吗?"她终究还只是个孩子。

"不痛、不痛,医生会打麻药的。"外婆代林主任回答了,她此时并不希望林主任对孩子多说什么,以免孩子过度忧虑。

三

林主任安排了凯蒂的淋巴结穿刺手术和一些相关的检查,穿刺后等待医院出具病理检查报告。

也不知道一家人这几天是怎么过的,反正,连平时不太在意孩子身体状况的爸爸,连续几个晚上都会问:"凯蒂,好点了吗?"

凯蒂点点头:"热度又退了些。"

终于,医院出病理报告了,一早外婆和凯蒂妈妈就赶到医院,她们一拿到病理检查报告,迫不及待想看到结果,报告上写道:"炎性坏死淋巴结组织,饱和银染色发现多形革兰氏阴性小杆菌,请结合临床诊断。"

这个报告凯蒂妈妈看不懂,外婆也看不懂。但是,报告显然确定不是淋巴瘤!这让母女俩如释重负。找林主任,林主任此时正在查病房,林主任的助手说:"请11点30分到林主任办公室等她。"

凯蒂妈妈有节目要播出,先走了,外婆去"退管会"办公室小坐,又去看望两位老同事,此时的心情总算放松了一点。

11点30分,外婆将病理检查报告交到林主任手上,林主任看了一眼,便道:"还好、还好,只是炎症。"在肿瘤专业的医生看来,只要不是肿瘤,似乎都问题不大。

"多形革兰氏阴性小杆菌感染问题严重吗?"外婆提的是很内行的问题。

"稍等。"林主任说。

这是个特别的感染性疾病的问题,真是隔行如隔山,淋巴瘤专家对这种病原体并不熟悉,但作为患者的主诊医生,有责任回答这个问题,更何况面对的还是本院的老同事。林主任想了一下,拨通了病理科李主任的电话向他请教。

李主任查了一下病理报告存根,随口问:"患者是否被猫抓伤过?"接着说道:"这多形革兰氏阴性小杆菌是立克次体属的赛汉巴尔通体,若患者有被猫抓伤或咬伤的病史,发现此菌便可诊断为猫抓病。"

"噢、噢,谢谢。"林主任顿时明白了,她疏忽了询问这项病史,放下电话转身问凯蒂外婆:"你家养猫了吧?"

这一问,倒问得外婆莫名其妙,回答说:"养的,我外孙女养了一只小花猫,挺可爱的。"

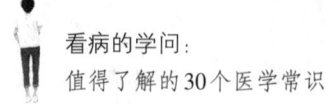

"那么,你外孙女有没有被猫抓伤或咬伤过呢?"

这个问题又出乎外婆意料之外,回答说:"没听她说过啊。"外婆心里想:常常看到凯蒂和小花猫亲近的样子,说不定有可能,至少被轻微抓伤是有可能的。

"若有被猫抓伤或咬伤的病史,病理检查发现这种病原体,便是猫抓病。"

"猫抓病?"外婆虽然做了一辈子的护士,但过去养宠物的人少,生这病的人一般也未必到医院治疗,自己便好了,所以对此病不甚了解。

林主任觉得对于猫抓病,自己也有必要进一步了解,逐找出一篇文献,打印出来,边看边向凯蒂外婆做解释:猫抓病因被猫抓伤或咬伤而引起,其病原微生物是一种介乎细菌与病毒之间的称为立克次体的病原体,患者皮肤上可有伤痕、小水疱,可引起发热、眼结膜炎、疲倦、食欲不振等症状,可有局部淋巴结肿大。少数病例,约5%左右,可发生脑病、肝肉芽肿等严重情况,用抗生素治疗有效。但大多数为自限病程,即不经治疗一般一周左右热退,2~3月肿大的淋巴结亦可消退。预防猫抓病的办法是避免被猫抓伤、咬伤。

外婆将林主任下载的文献带回了家,又仔细察看凯蒂的颈部,果然看到了两条细细的抓痕,不过伤口早已愈合,凯蒂的体温也正常了。

晚上,凯蒂一家人讨论是否继续养猫,她妈妈主张不养了,凯蒂流着眼泪回自己房间了。最后是她爸爸动手剪了小花猫的趾甲,总算没有将它送走。

又过了两个月,凯蒂的颈部淋巴结也消了。

肿块与肿瘤

人们在身体表面有时会发现一些肿块,由于肿瘤也是一种肿块,于是便会担心是不是生了肿瘤?

肿块究竟是不是肿瘤?这当然需要由医生做鉴别诊断,有的时候甚至需要做病理切片检查才能最终确定。但是,也有一些初步的鉴别方法。

首先看看这个肿块的历史,如果已经有好多年了,也没什么大的变化,那么大多是些良性的肿瘤,比如皮下的脂肪瘤、纤维瘤等。其次,观察肿块的表面是否红肿,手摸上去觉得它的温度是否较高,压上去有无痛感,若有"红、肿、热、痛",这种肿块绝大多数都是炎症性的肿块。再看看这个肿块的硬度,如果它很柔软,那么它很可能是一个囊肿或者是皮下血管瘤。反之,没有红、肿、热、痛,质地比较硬或者很有韧性,用手指推动觉得它很固定不能移动,就要多考虑一些肿瘤的可能性。此外,要看看肿块所在的部位:如果在颌下、腋下、腹股沟等部位,那可能多数是一些淋巴结。如果在口腔或者咽喉部分经常有些炎症,那么这些颌下的淋巴结大多数是炎症的淋巴结;如果上肢或者下肢有一些炎症,那么在腋下、腹股沟部位的淋巴结可能就是炎症性的淋巴结。如果这些地方没有炎症,则可能需要怀疑跟肿瘤有关。当然,也有一些特殊的感染,比如结核菌、真菌等,也可能没有明显的红、肿、热、痛,那就需要做病理检查才能确定它的性质。此外,需注意有没有其他症状,比如发热、贫血等,如果有则需要考虑淋巴瘤一类的疾病。

当然也需要注意仔细鉴别,有的时候摸到的并不是真正的肿块,比如有人可能在颈部发现有一种叫甲状舌骨囊肿的先天性畸形,有人可能在腋窝附近发现有副乳,也有人可能将在腹部摸到的剑突误以为肿块等。

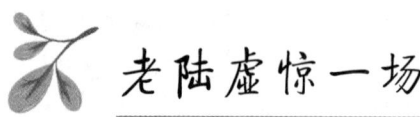

老陆虚惊一场

肿瘤标志物

一

深夜,墙上的挂钟敲了12下,老陆在床上翻了个身,觉得心烦意乱:刚才敲过11点,怎么这么快又敲了?这钟也用了几十年了,原来它夜夜这么敲啊,挺响的嘛,怎么过去没有感觉到?

老陆想:若是这个病怕是一定要开刀的,开刀会出很多的血,自己身体底子差,怕是受不了的。老伴已经睡得很深了,还轻轻地打着呼噜。老陆又翻了个身,宽慰自己:不想了、不想了,睡吧、睡吧,听天由命吧。可还是不得不想:这件事要不要告诉老伴?区中心医院的张主任说"随访"是什么意思?等它长大了再说?又说"实在不放心可以做胃镜、肠镜检查",那么究竟要不要做胃镜、肠镜检查?若确定是癌症肯定是没法治的,听说还要花许多冤枉钱,要不要预先写个遗嘱?钟又敲了两下,老陆还在想:又没有多少遗产,写个遗嘱反而让人笑话。要不要告诉"退管会"的人不要开追悼会,人都没了,有什么意思?啊,别胡思乱想了,也许没事……

钟敲了五下,天色微明,老陆这才迷迷糊糊地睡了一会儿。

夏天7点多钟已经日头很晒了,老陆起床,头脑晕呼呼的,脑子里还是在想:要不要去医院查查清楚再说。考虑再三,还是理智占了上风,决定去肿瘤医院查清楚!

吃罢早饭,老陆跟老伴借口说去看一个朋友,便随着上班的人群挤上了公共汽车,到了市肿瘤医院。

肿瘤医院门诊部里人山人海,想挂专家号,哪里挂得到?挂普通号老陆又觉得没意思，区中心医院张主任已经看过了，没说出什么名堂来，张主任是老医生，难道比这里的小医生差？正迟疑间迎面走来一个穿黑色短衫裤的中年男子，拍了一下老陆的肩膀，说他有专家号可以让给他，不过要500元挂号费，老陆看过挂号处公布的专家号是200元，便道："专家号不是200元吗？"

"200元？你去挂啊。你看能不能挂到？"

老陆听说过这叫"黄牛""号贩子"，心想这种人心也太黑了，转手倒卖一个号，比专家号贵那么多。本想还个价，问他300元行不行，这时身旁一个患者突然大口大口地吐出血来。老陆一看这患者大约40多岁，面黄肌瘦，表情绝望，他的家属在一旁急得直哭。看得老陆心情坏透，心想自己所患若是癌症，治疗也无希望，若不是癌症，又何必来挂什么专家号，做什么检查？算了，病也不看了，还是听天由命吧。

二

老陆名百顺，祖籍江苏句容，久居沪上。时年64岁，退休前在一家国营工厂设备科工作，从进厂起一直是科员，几次有提升副科长之望，结果因为种种原因，皆未能如愿，直到退休还是个科员。老陆自嘲："我名百顺，实际不顺。"

陆百顺同志上到初中二年级，随后便上山下乡，到祖籍乡下插队落户，后来回城进了工厂，经人介绍与一纺织女工结婚，婚后育有一女。女儿师范大学毕业，在同城一中学教书，已经结婚，并已生子。这个年龄的许多人大多都是如此的经历。老陆一向身体健朗，吸烟，少量饮酒，常穿灰色夹克衫、黑西裤和"一脚蹬"皮鞋，左手腕上戴一串珠手链，据说是家乡茅山道场开光之物，能保平安。

老陆退休后无所事事，不外乎看电视、打麻将消磨时光。去年女儿、女婿送他一部智能手机，开始玩起微信，自觉生活丰富多彩，衣食不愁，安闲之至。几个月前，他曾与以前同事相约，去泰国旅游，回来之后常跟熟人感叹泰国人妖之美……

老陆安享退休生活，又承组织关心，退休职工亦可享受体格检查的福利，前年查过仅有轻度高血压而已，老伴认真，天天督促服药，今年复查居然已经正常。这天，老陆来"退管会"拿体检报告。

退管会办公室分发体检报告的王大姐是个热情的人，她一面发报告，一面

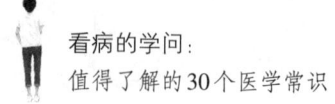

跟老同事们打招呼:"老陆啊,听说你到泰国去旅游啦?泰国好玩吧?"

"蛮好,蛮好。风景好。"老陆只说风景好。

老陆拿到体检报告,边走边看,在"肿瘤指标"项下,有一项名为CEA的指标有一箭头赫然向上,再看体检结论中有"CEA(癌胚抗原)增高,门诊检查排除肿瘤"的建议,不由大吃一惊。这个触目惊心的"箭头"代表的"癌症"占据了老陆全部的思维。老陆眼前一黑,两腿无力,几乎不支。回想许多年来看到不少亲友、同事命丧此病,不想好日子没过几天,这病也落到自己头上了,该如何是好?

走廊里走过的人看到他手扶墙壁,脸色发白,便把他又扶进退管会办公室找个椅子坐下。王大姐赶紧过来询问有何不适,老陆摇摇头,叹息道:"完了,得癌症了。"

"不会的,不会的。"王大姐安慰道。

"血里有癌……"老陆说不出"癌胚抗原"这个词,但癌是明确的,便道,"有癌细胞!"说着把体检报告里的箭头指给王大姐看。

"这个高也不一定是癌。"王大姐好像有点经验。

"不一定的,不一定的。"后勤组退休的李大姐也跟着说。

第二天老陆到做体检的区医院去看了门诊,接诊的是一位老医生,护士称他张主任,张主任问了老陆的情况,摸了老陆的肚子,看了体检报告后只说了两句话:"不要急,'随访'就是过两三个月再复查一次就可以了。"

老陆对张主任的仔细感到很满意,但是对于他的这两句结论却觉得太轻描淡写了点。

张主任看他迟疑,又加了两句:"实在不放心可以做胃镜、肠镜检查。不过不一定需要。"

三

老陆从肿瘤医院回家"听天由命"去了。

老伴看出老陆这几天有点魂不守舍的样子,一再追问,老陆只好如实相告。谁知他这老伴颇有主见,说道:"这指标高,如果确定是癌,开刀。如不肯定,这刀怎么开法?所以让你过两三个月再查。"

"若是癌的话,过几个月不是就长起来了嘛。"老陆的担心也有点道理。

"吃中药,把这个指标压下去就是啦。"老伴说。

老陆去看了中医,接诊的中医望、闻、问、切,未见异常,看他的体检报告,这癌胚抗原只是轻微增高,故也劝他不必担心。但老陆坚持要吃中药,这倒让中医先生很是为难,因为华陀、张仲景也没有治过这"癌胚抗原"高的毛病,只好拟了个"四君子汤加味"的方子,是一剂补气普适的方子。老陆按方配药,回家煎服,心情稍定。

老陆身体不适,老伴将此事告诉了女儿。女儿一听,马上上网一查,已知大半。不过对于网上所说终不敢全信,想起中学时有一好友,后来读了医科,在市立医院做内科医生,上半年同学聚会还建了一个微信群,方便联系,于是便与该医生"私聊"。女儿是中学老师,思路清晰,好友之间一阵交谈,尽知此中之理。遂先电告其父免于担忧,约定周末回家详谈。

周末傍晚,女儿、女婿、小外孙全回老陆这儿来了。老伴早已备好丰盛晚餐,家人团聚,诸人皆乐,唯老陆心中疑惑,怎么女儿像无事一般?

饭后女儿开讲肿瘤指标一事:她把从网上以及医生好友处查问得来的医学知识,现学现卖,通俗易懂地表述了出来。

体检报告上的肿瘤指标在医学术语里称为"肿瘤标志物",是指肿瘤细胞或患了肿瘤的人体产生出来的一些如蛋白质、酶等物质,这些物质如在人的血液中大量出现,或不断增加,那么便提示这人可能是患癌症了。这些物质中有的在胚胎里也会大量出现,所以没有癌症的孕妇的血液里也会查到,如"癌胚抗原""甲胎蛋白"等。肿瘤指标还能大致提示是什么癌,比如这个"癌胚抗原"在胃肠道癌、某些肺癌的患者血中往往增高,甲胎蛋白在肝癌患者的血中增高,一个叫CA199的肿瘤标志物则在胆囊、胆道、胰腺癌的患者血中增高,而"前列腺特异抗原"增高,则有可能是前列腺癌等。

"你爸是这个……"她妈插话了,她只关心她老伴的事,但话到嘴边又止住了,她不忍说出癌这个字。

"爸爸是癌胚抗原稍稍增高一点,没关系的。"女儿无任何顾虑,又接着说,"如果没有任何相关的症状,这种肿瘤标志物只有成倍、成十几或几十倍的增加,或者多次检查不断增加,才应怀疑是癌症。当然要确定是癌还需做胃肠镜或超声、CT等检查才行。"

"那化验这东西有什么用?把人都吓死了,不如直接做胃镜、肠镜了。"她

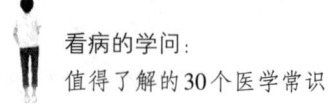

妈快人快语。

"做胃镜、肠镜、CT、磁共振到底费事,花费也多,先验个血检查,有怀疑再做不是很好吗?"

"你爸要做胃镜、肠镜吗?"

"我爸没有这方面的症状,这个指标只稍高一点点,可以过一阵子再复查,不一定要做胃镜、肠镜的。当然,实在不放心嘛,也可以做。"

老陆觉得女儿说的跟主任医生说的一样,这下子放心了,忙说:"不做、不做。"胃镜、肠镜终究是一种"侵入性"检查,让人稍有不适,所以一般人多还不愿轻易做此检查。

"中药还要吃吗?"她妈问。

"这种肿瘤标志物是医生用来观察病情的指标,它不断增高可能表示有癌症的情况。癌症患者手术后这指标降下来了,说明手术有效,假如后来又升高了,就要考虑是不是又复发了,这个指标是做这个用的啊。因为这个高了一点就吃药没有必要啊。"女儿又说,"打个比方吧,这指标好比是观察敌情的望远镜,别说一般吃药不能让它消失,就算吃药后指标下降了,假如敌人来了反而看不见了,这算怎么回事呢?"这话网上没有的,是她做医生的好友说的。

"好了,好了,阿媛会做医生了。"阿媛是女儿的小名,她妈高兴地说道。

……

过了两个月复查,老陆的癌胚抗原指标正常了,真是虚惊一场。老陆觉得他爸爸给他起的名字叫陆百顺,这回逢凶化吉,还是"蛮顺的"。这场虚惊还给他带来了一个好处:老陆知道吸烟不利于健康,是很多癌症的高危因素,但是一直下不了决心戒,这回为了防癌,总算下定决心把抽了几十年的烟也戒了。

肿瘤标志物

肿瘤指标是民间通俗的说法,医学术语为"肿瘤标志物"。肿瘤标志物是肿瘤组织所产生的或患了肿瘤的机体所产生的一些特殊的物质,理论上它们为某些肿瘤所特有。如果在某人血液中查到一定量的此类物质,则提示此人有可能患了某种肿瘤。

临床诊断中常用到的肿瘤标志物有：甲胎蛋白（AFP）可用于肝细胞癌的辅助诊断；癌胚抗原（CEA）可用于胃肠道癌、肺腺癌的辅助诊断；CA199可用于胰腺癌、胆道胆囊癌的辅助诊断；CA125可用于妇科肿瘤的辅助诊断；前列腺特异抗原（PSA）可用于辅助诊断前列腺癌等。

对肿瘤标志物在肿瘤诊断中的价值需有正确的认识。

首先，并非所有的肿瘤皆能产生可以用于诊断的标志物，因此不可能指望通过验血发现所有的肿瘤。即使能产生标志物的肿瘤并非每个病例皆能产生该肿瘤的标志物，即使产生标志物的病例，也不一定在肿瘤早期即能产生出足够的量，使检测得出阳性的结果。故肿瘤标志物检查结果阴性时并不能否定肿瘤的存在。

其次，肿瘤标志物阳性，有时并不能肯定是患了某种肿瘤，某些炎症、溃疡等也可造成"假阳性"的情况。也就是说阳性（或增高）不等于肯定是患了癌。

一些肿瘤标志物的检查可以作为某些肿瘤如肝癌、前列腺癌等"筛查"（即在一般人群中以检出某种肿瘤为目的的检查）的初步检查方法，对检出阳性者，再做进一步的检查以求确诊。而对肿瘤标志物阳性的肿瘤患者来说，肿瘤标志物量的变化可作为评价手术切除效果、监测复发的指标。

 # 钱教授决定"相机治疗"

有点惰性的癌

一

钱老先生全名钱立言,浙江绍兴人士,据考亦是钱越王族后裔。钱老先生年八十,头发花白,身体硬朗,耳聪目明,讲普通话略带绍兴口音。他退休前为某大学经济系副教授,专攻成本会计,一辈子教书育人,为国家培养了大量会计人才,只因缺少了些学术论文,终未能晋升至正高职称。不过钱教授生性豁达,不以为意。退休之后,钱教授在家含饴弄孙,闲暇时挥毫练字,或与邻翁对弈,又有三五好友常相约出游,饱览祖国大好河山。老先生一身经历坎坷,不想退休之后却得安享晚年,甚为自得。

钱教授生活俭朴,除喜喝点"绍兴花雕""古越龙山"之类的黄酒之外,别无其他嗜好,即使喝酒也仅仅小酌而已。钱夫人原为银行职员,退休后在家照顾先生与孙子,擅长烹饪,又注重健康养生,故饮食方面多以清淡为主。人说现代人的病大多是吃出来的,钱家如此注意饮食之科学性,故钱教授虽已年过古稀,但每年体检除有轻度高血压外,其余各项指标竟皆正常,众老友多表羡慕之意。

不料钱教授有次体检中发现有一项名为PSA的指标增高,并提示应向泌尿外科就诊。体检报告书寄到家中,钱夫人一见大吃一惊,因为PSA列在"肿瘤标志"项下,增高可能与肿瘤有关。当即上网一查,知此PSA名为"前列腺特异抗原",该指标增高,尤其是逐步增高者提示为前列腺癌。钱夫人佯作镇静,与钱教授说道:"大概是前列腺有点问题吧,去看看泌尿外科吧。"

钱教授知道许多老年男性有前列腺肥大的问题,排尿会有些困难,而自己排尿顺畅,谅无大碍。

二

第二天夫人陪同钱教授前往市立医院,看了泌尿外科专家门诊。专家戴了橡胶手套,沾了点石蜡油,将手指探入钱教授肛门之中,检查后建议作穿刺进一步诊断。钱教授方才觉得似乎有点不妙,因为要做穿刺检查的大多是有癌症的怀疑,难道自己也有了此病?不过钱教授是有修养之人,表示愿意遵从医生的意见进行检查。钱夫人心中有相似的猜测,也不说破,彼此心照不宣,二人默默地回家了。

穿刺后等待病理切片报告期间,夫人忙着打听前列腺癌的各种治疗方法,钱教授对于自己的病况已经心知肚明,则打听同事、亲友中有无前列腺癌患者以及他们的治疗效果。打听下来,一是发现罹患前列腺癌的患者近年确实不少,二是此病治疗方法亦多,而且疗效都还不错,这使钱教授夫妇稍觉安慰。

病理切片报告确诊为前列腺癌,Greason评分为3分。夫妇二人、子女们都出动了,要寻求最好的治疗方法。

对于癌症,传统的观念是尽早、尽可能地切除,前列腺癌也不例外,不过,前列腺癌切除术有一定的并发症,包括性功能的损伤与尿失禁等。钱教授自觉身体尚好,手术应该可以耐受,至于性功能即使有所损伤也已无大碍,但若是尿失禁,必定会影响生活质量,故对手术一事颇有顾忌。有医生建议作去势手术,所谓"去势手术"是因前列腺癌是一种"雄性激素依赖性肿瘤",其发生发展有赖于患者体内雄性激素的支持,故切除睾丸对前列腺癌有良好的治疗作用。不过钱教授觉得这种手术岂不等于古代的宫刑,心理上有所排斥。又有医生建议放射治疗或化疗,皆因可能的副作用而让钱教授心存顾忌。有建议用抗雄性激素的方法治疗,钱教授亦觉不妥,怕万一落个"不男不女"的模样。有建议服些中药的,钱教授却以中医心、肝、脾、肺、肾之中并无前列腺之说,亦不认可。

钱夫人与子女对钱教授在这个问题上的种种挑剔,颇为不解:如何会不分事情的轻重缓急呢?到底是性命要紧啊。

钱教授是高级知识分子,对于自己的病岂有不认真思考、纠结怠慢之理?

原来他曾听说"前列腺癌发展很慢,高龄老人可以不积极治疗"。但是慢

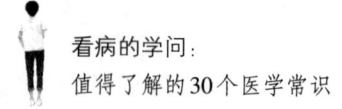

究竟是慢到什么程度呢？3年、5年还是10年？多大年纪才算高龄老人呢？什么是不积极的治疗呢？关于这些，钱老先生也不甚明白，但是"可以不积极治疗"的说法却很打动老先生。于是他从寻求最佳疗法转向了要弄清如何"可以不积极治疗"的问题。

钱教授咨询过不少医生，医生们也证实确有此说，但具体说法并不一致。有一次遇到一个年轻医生，据说是某权威专家的得意门生，性格直来直去，说道："有些前列腺癌发展很慢，老年人还能活多久？前列腺癌还没发展起来，他可能已经因心脏病、脑中风等其他疾病而死……"

钱教授听了真是哭笑不得，心想这医生讲话竟如此直白，好没修养。转而一想，话糙理不糙，自己这把年岁，这癌要是10年、20年后发展又有何惧？那么就不要治疗了，由它去吧。不过，不治心里总有个疙瘩，家里夫人、子女也不会同意。

钱教授的女儿在网上查了治疗前列腺癌的各种疗法和医疗专家，并陪同父亲就诊。就诊时，钱教授不免会向专家问起"不治疗"的可能性。专家们似乎皆知有此一说，不过外科专家还是劝他手术，放疗专家认为可以"照光"，化疗专家开了药方……

钱教授顿悟：治病救人是医生职责所在，对于前来求治的患者，岂有劝人不治之理。

如是者数月。钱教授打听到他们大学"退管会"的老王也患了前列腺癌，并未作特殊治疗已经好几年了，记得前几个月退休教授体检时，老王也一起帮忙张罗，看上去状态挺好，于是特意前去拜访。

老王原是校工会办公室副主任，山东人，转业军人，早已退休，只是闲不住，一直在退管会帮忙，大家都叫他"老雷锋"。老雷锋一听钱教授说明来意，笑道："俺早已知道你也生了这个病，其实学校里得这个病的有五六个呢。李书记也生了这个病，不都好好的嘛。"

"听说你不治疗？"钱教授直奔主题。

"哎哟，不是不治疗，这叫'相机治疗'"。

"香鸡治疗？"绍兴人没听懂山东话。

"唉哟，算命看相的相、机会的机，就是不急着治，等它确实有了发展再治也不迟。"

"不是说癌症越早治越好吗?"

"这俺倒说不上来,反正俺生这病三年,挺好,没发展。你知道不?中文系的周教授,那个留胡子的,还有数学系的吴教授也和俺一样,都好几年了,没事。"

"等到它发展了再治行吗?"

老王觉得自己又不是医生,这个问题没法说得准。想了一想说道:"俺有个朋友,做医生的,俺联系联系,他人挺好的,若是他有空,俺们去听听他怎么说吧。"

三

一天下午老王陪同钱教授到了医生朋友的办公室,医生挺客气,足足谈了半个小时,钱教授心中的疑虑就都打消了。那医生告诉钱教授:"癌症是一大类疾病,各种癌有共性,比如都会转移、扩散,手术若不能彻底切除,都会复发。但各种癌症又各有特性,有的发展快,有的发展慢;有的容易转移、扩散,有的不容易转移、扩散;有的手术切除后容易复发,有的不容易复发。即使相同的癌症,也可有不同的表现。比如同是肺癌,小细胞性肺癌就容易转移、扩散,而非小细胞性肺癌就相对不容易转移、扩散。同是甲状腺癌,如果是乳头状癌,若手术时尚未转移,切除后即可治愈;而若是未分化癌,手术后复发、转移的可能便大。这些情况都与各种癌症本身的特性有关。当然,患者自身的免疫力不同,发现的早晚,治疗是否彻底,这些也都影响治疗的后果。

前列腺癌的情况有点特殊,固然有发展很快、后果不良的,但是,在老年人中,多数发展缓慢,甚至可能有不发展的。有人曾解剖因心脏病或其他疾病死亡老人的遗体,结果发现很多人事实上患有前列腺癌,只是他们生前并没有前列腺癌的症状,当然未曾就医检查和治疗,也非因此丧生,所以推测部分前列腺癌的发展是很慢的,甚至可能是不发展的。考虑到癌症的治疗对人体会有一定的损伤性,因此在高龄老人中发现前列腺癌,若无症状,也可暂不治疗,但需密切观察,定期做PSA检查、超声波检查等,若出现症状或证明癌症有明显进展时,再作适当的治疗也不迟。这种处理的方法,不是简单的'不治疗',而应称为'相机治疗',即有需要时再治疗。如今已为医患双方逐步接受。"

说到这里,问题已经基本解释清楚了。但钱教授还是关心自己的事:"那

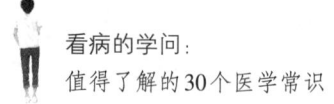

么多大岁数以上算是'高龄老人'呢？"钱教授一辈子跟数字打交道，这个与自己休戚相关的数字不能不问清楚。

"这是一个相对的概念，一般指七八十岁吧。要看患者对这种处理方法的理解而定，即使再年轻些，愿意观察观察，再相机进行治疗的也未为不可。"医学是精密的，但用在具体的人身上也可以有一定的变通。

"噢，是的，数学里也有'模糊数'的概念。"钱教授说，"那么在老年人中有没有发展快的前列腺癌呢？"

"当然也有，不过比较少罢了，这取决于肿瘤的恶性程度。"

"前列腺癌不都是恶性的吗？"钱教授觉得有点奇怪。

"恶性程度有高低之别，病理检查能有所提示。"

"我3分，勉强及格。"钱教授说的是高校通用的5分制绩点。

医生笑了笑道："这是前列腺癌病理分级的标准，从癌细胞的形态上看越接近正常细胞，表示恶性程度越低，评分也越低，反之，则高。最高为10分，通常认为4分以下表示恶性程度低。"

"哦，原来如此，那么我可以'相机治疗'了，对吧？"

"是的。"

"俺们老人家生了别的癌也能这样办吗？"老王问。

"至少目前来看这前列腺癌是个特例。"医生说，"当然癌症的治疗也要考虑每位老人具体的身体条件决定。"

"明白了，谢谢医生。"钱教授道谢。

最终，钱教授决定"相机治疗"前列腺癌，定期检查，一直到88岁也没发现有明显的进展，只是那时心脏似乎已不大好了。

有点惰性的癌

世界卫生组织在关于慢性病防治的文件中将癌症也包括了进去，将癌症列入慢性病的意义在于癌症往往有一个较长的逐步形成的过程，应当关注癌症的预防，癌症治疗后也有一个漫长的康复过程，应当注意防止它的复发。

在医学解剖中发现，一些并非因癌症而死亡的老年男性存在着前列腺癌,许多人生前不知患有前列腺癌。这就让人们想到,前列腺癌也许是不必治疗的。类似的情况还有甲状腺癌,有人对因各种疾病(不包括甲状腺癌)作外科手术切除下来的甲状腺进行病理切片研究,结果发现其中约1/3患有微小的甲状腺癌。而许多甲状腺癌患者行手术切除后都能长期生存,甚至治愈。因此也令人想到,这些微小的甲状腺癌也许并不是非得切掉不可的……

病理学检查是诊断癌症的"金标准",在判断癌症的恶性程度上具有重要价值。前列腺癌的病理检查有一个"格列森(Gleason)评分标准",依其癌细胞形态上的恶性程度划分为:2~4分为高分化(低度恶性),5~7分为中分化,8~10分为低分化(高度恶性)。甲状腺的乳头状癌、滤泡状癌术后转移复发的概率甚低,而髓样癌、未分化癌则高。

故对于高分化的前列腺癌,尤其是高龄患者,多不强调手术等创伤性治疗。甲状腺癌术后病理检查若为甲状腺乳头状癌、滤泡状癌,则手术切除即可意味着治愈。若为少数的甲状腺髓样癌、未分化癌,则术后可能还需作放射治疗等辅助治疗。

癌症当中竟然也有个别的"惰性癌",应对这些癌症有正确认识,并寻求更适合的治疗方案,不过总体上来看,这样的案例并不多见。

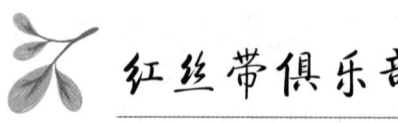
红丝带俱乐部

癌症康复

一

一间颇为气派的会议室,顶部有大型艺术吊灯,置顶空调,丝绒窗帷,中央放着环形仿红木会议桌及一圈可以转动的皮革面转椅,加上四周的固定座椅足可容纳四五十人参加会议。会议桌上放着矿泉水,门角有吧台、茶水间,吧台上放着一只招财猫,上方挂了两幅"财源广进""利达三江"的牌匾。

下午2点,参会的人陆续到了,几乎都是五六十岁的老大姐们,她们互相都认识,讲起话来大都中气十足,分贝颇高,听口音南腔北调,从五湖四海相聚到了一起。她们谈的不外是:最近去了什么地方旅游;哪里新开了一家饭店,味道不错;张阿姨家女儿结婚了,她总算了却一桩心事;何老师、王阿姨下个月"第二次生命"满10岁,我们大家要给她们庆祝庆祝……气氛中洋溢着幸福和满足感。

2点15分时,卢主任带了另外两位女士入场,这两位女士都50岁开外,衣着整洁,眉宇之间还有着点淡淡的忧伤。卢主任招呼两位女士坐在她身边,又摆摆手让大家安静下来,介绍两位新会员:"这位是港务局的王科长,今年2月开的刀。这位是赵老师,两个月前开的刀,大家欢迎。"卢主任带头鼓掌,大家跟着鼓起掌来。赵老师起身弯了弯腰致谢,王科长坐在位置上拍了两下手。

来了新会员,老大姐们觉得义不容辞,急着开导她们:"没关系,只要开心就好。"

"人生在世,能吃就吃,能玩就玩,别想那么多。"

"心情好第一,心情好抵抗力就好,抵抗力一好,什么病都没了。"

"不要紧,吃中药调理调理。"

"看卢主任都10多年了,不是也蛮好嘛。"

这时又进来两位女士,一位40多岁穿一身黑色裙装,十分干练的样子;一位60岁开外,白了头发,十分儒雅的样子。卢主任一见,起身相迎,众人看卢主任恭敬的样子也安静下来。卢主任给进来的二位让座,介绍40多岁的那一位说:"这位便是这里'妇健公司'的傅董事长,谢谢傅董事长为我们今天的活动提供这么好的条件。"

众人鼓掌。

傅董事长表示她们这个公司开办的目的是为了妇女的健康,所以叫做"妇健公司",今后要和红丝带俱乐部合作,不为别的,只为促进大家的健康。接着她介绍身边白头发的专家:"这位是茅教授,家传的世代御医,专门研究妇科疾病,本公司的高级医学顾问,今天也来为大家服务了,一会儿请茅教授给大家讲讲本公司研究开发的'妇健系列胶囊'吧。"

众人又鼓掌。

散会的时候,傅董特别照顾俱乐部的会员,说是会员一律买一送一。结果老大姐们手上大都拎了两箱"妇健胶囊"回去。

二

却说这主持会议的卢主任名喜媛,江西南昌人,时年63岁,短发齐耳,皮肤白净,穿一身深藏青的套装,语言动作甚是干练。卢喜媛原是保险公司营业部的一名职工,48岁那年体格检查查出患了乳腺癌,当时的感觉如同五雷轰顶,痛不欲生。幸得她的先生好言抚慰,积极安排治疗,在市立医院作了乳癌根治手术。术后病理切片检查未见淋巴结转移,经治医师认为尚属早期,用了几年抗雌性激素的内分泌治疗,倒也未见副作用,每年复查,情况一直良好。

虽说术后情况一直良好,但终究是癌症,谁知道它哪天转移复发?而一旦转移复发便表示生命的终结!巨大的精神负担,让卢喜媛无法工作,只好提前退休了。退休之后的卢女士在家中无所事事,除了洗衣煮饭,便是看看电视剧,这电视剧里生老病死、喜怒哀乐是常事,在别人看来知道是"做戏"而已,但她却不然,剧中人悲哀时她悲哀,剧中人快乐时她却乐不起来。后来索性连电视也不怎么看了,甚至不愿意接朋友的电话,因为怕别人问起患癌、开刀的事。这样卢女士闷在家中，心情十分压抑。

放暑假时，在外地读大学的女儿回来了，觉得这样下去肯定不行，想起她的小阿姨卢喜嫒，是外公最小的女儿，只比她大10岁，两人不但看上去像姐妹，相处更像闺蜜。她这小阿姨是心理学专业毕业，在一家发行量甚大的杂志社的社会工作部工作，能说会道，她对小阿姨一直十分崇拜。

既是姐妹又是心理学专业人士的卢喜嫒介入后，卢女士逐步走出癌症的阴影，认识到应该正确对待疾病，正确对待生活。术后1年、2年、3年、5年复查，卢喜嫒都身心健康。姐妹俩商量还要帮助其他同病相怜的同事和朋友们，好在姐姐原在保险公司工作，本也能说会道，妹妹擅长社会工作，于是组织了这个"红丝带俱乐部"，在民政局登记备案，挂靠于市抗癌协会开展活动，创始人卢喜嫒被推选为主任。

红丝带俱乐部以帮助乳腺癌患者摆脱心理困境为工作目标，做了许多好事，多年来好评如潮，许多媒体对俱乐部的先进事迹进行了报道，称之为"抗癌斗士"。

三

这年三八妇女节，抗癌协会、心理学会及众多社团及媒体人士云集抗癌协会大礼堂，召开"红丝带俱乐部成立10周年庆祝大会暨学术研讨会"。与会专家充分肯定红丝带俱乐部以群体形式帮助癌症患者康复，尤其是在心理上战胜对癌症的恐惧，是一种很好的康复医疗形式，是医院医疗的补充，值得推广。

由于这是一个学术讨论会，会上也有些专家发表了很有见地的意见。

有医学专家提到：精神的作用对癌症的康复确实很重要，但是，除此之外也要遵循医学的原则，癌症患者术后需要适当的治疗和较长时间的定期复查。有的患者认为只要开心就好，忽视了认真复查，这不是科学的态度。

也有社会学家指出：癌症治疗后的康复，最终目的应该是争取患者能回归社会生活。回归社会生活不仅仅是指有工作能力的人恢复一定的工作，也包括回归正常的生活和对生活的态度。那种认为"既是劫后余生，便该尽情享乐"的人生观并不适宜。尽管这是更高层次的要求，但随着社会的发展、科技的进步，今后必将会有更多的癌症康复患者，从整个社会生态来说，是应该引起注意的。

更有专家认为:虽然目前对肿瘤尚无治愈率的表述,但在我们身边治疗后长期存活的肿瘤患者越来越多,许多患者事实上已被治愈,这在乳腺癌、甲状腺癌手术后的病例中尤为突出。但他们的社会身份往往还是被视为肿瘤患者,新闻报道中称他们为"抗癌英雄""抗癌斗士"。一些已经事实上得到治愈的人,自己也往往不能彻底从癌症的阴影中走出来,总觉得这癌症随时可能复发,因此有的人甚至术后10多年了还在不断地服药抗癌、调理,其实他们肿瘤复发的概率已经不比未生过此类肿瘤的人的概率高了。定期复查也许还是需要,服药抗癌确实是不需要了。

抗癌协会的负责人作了总结发言,他谈到:随着科学技术的进步,一些癌症患者事实上已被治愈,这已经是不争的事实,相信今后被治愈的癌症患者必将会越来越多。其实癌症也就是一种疾病罢了,社会各界人士应该彻底摒弃"癌症是不治之症"的陈旧观念。生了癌症的人应该用积极的心态,配合医生治疗,争取最好的疗效。治疗取得良好效果的患者,经过相当一段时间康复之后,除了仍需定期复查之外,应该彻底摆脱癌症的阴影。希望新闻界今后多宣传癌症可治愈的观念,而不必将癌症治愈视为奇迹。

会上也有专家提到:像红丝带俱乐部这样的民间社团,社会公益、慈善机构应该多给予关注和支持,使他们能顺利开展工作,避免涉及某些商业行为……

这些专家的发言引发了经久不息的掌声,卢喜嫒、卢喜囡姐妹亦深受启发,表示要进一步思考,努力做好俱乐部的工作。

癌症治愈并非奇迹

癌症是当前严重威胁民众生命健康的疾病之一。由于经济的发展,科技的进步,人类的平均寿命显著延长。我国已经进入老龄化社会,由于一些不良生活行为的影响,也由于医学诊断检测技术的日益发展,所以在人群中癌症的检出率也在不断地增加。

因为癌症早期缺少特异的症状,所以早期发现较为困难,患者既未自觉不适,当然不会主动就医检查,以致许多病例待到诊断的时候已经进入中晚期,

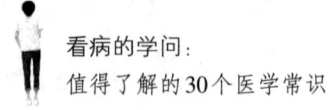
看病的学问：
值得了解的30个医学常识

治疗效果当然不佳,造成在过去很长时间内,许多人心目中都视癌症为不治之症。

但是,随着科技的进步,癌症早期诊断方法与治疗技术也在不断进步,无论是手术还是放疗、化疗,治疗的效果都显著提高,许多癌症患者由于早期诊断与积极治疗,取得了很好的治疗效果。

世界卫生组织早在20多年前就曾经提出:1/3的癌症只要早期诊断,便可以治愈。如今20多年过去了,早期诊断的癌症病例明显增多,能治愈的癌症也明显增多。在我们的周围有许多癌症治疗以后获得长期生存的病例,他们事实上已经被治愈,而且这样的病例还会越来越多。

癌症不是不治之症,而是可以治疗的疾病。对于广大民众来说,应该更多地关注防癌知识,养成健康的生活行为,减少癌症发生的机会。关注癌症的蛛丝马迹,做到有问题及早发现,积极治疗争取治愈的机会。对于治后长期生存的病例,应该用平常的心态来对待这一段疾病的经历,珍惜科技进步带来的健康。

希望新闻界以及社会各界理解:癌症是可以治愈的,过多地宣扬某某癌症治愈的奇迹,对人们正确认识癌症不利。癌症被治愈不是奇迹,将会逐步变为常态,这是科学技术进步的结果,是人类文明的成就。

 # 焦老师家的营养问题

关于"抗癌食品"

一

焦老师单名一个迢字,千里迢迢的迢,安徽黟县人。焦家"耕读传家",合族之人几百年来种田为生,少数族人有开馆课徒或悬壶济世的,都是读书人的行当。据说焦家祖上有家训:只读书种田,不为官经商。

焦迢初中毕业考入县里的师范学校,毕业后分配在乡间小学做了一名乡村教师,教了几年书。不过终究社会发展,时代进步了,焦老师有心深造,一番努力,终于考进省里的师范学院,苦读4年,以优异成绩毕业,分配在省立中学教语文,不久与同校图书馆一职员结为连理,立业成家,生有一子,取名耕读。焦耕读读书用功,中学毕业考入名牌大学,本科毕业后赴美留学,并留在美国就业,去年与一华裔女子结婚。年初,也未劳他们二老费神,来电说已生一子,母子平安。

焦迢生而逢时,又奋发努力,在他看来人生宏图不在千里迢迢之外,而是已在眼前展开。

焦家世代读书,焦迢更觉自己的事业、家庭皆赖读书所赐,故对读书一事极为重视。他好学不倦,视读书为生命之要义,甚至在课堂上对学生说过:"人不读书,与牲畜何异?"鼓励学生年轻时多读书。

焦老师60岁不到,身材修长,皮肤白净,戴一副眼镜,穿一身便西服,头发虽稍疏但整齐,皮鞋虽稍旧但光洁。随身总是携带一黑色提包,其中必是教案与阅读的书籍。

焦老师的阅读面甚广,经史子集早已烂熟于心,中外文史名著也着实读了

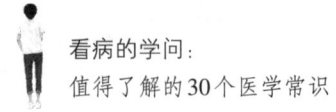
看病的学问：
值得了解的30个医学常识

不少，朱熹、王阳明、康德、费尔巴哈多有涉猎，在课堂上旁征博引，众生得益。唯在科学方面焦老师视为畏途，即科学普及之书亦毫无阅读兴趣，毕竟人的精力有限，亦只能如此了。

　　焦老师的夫人姓朱名丽，师范学校毕业，做过几年教师，后因工作需要调入图书馆工作，终日与书打交道。朱老师也是一位书迷，夫妇二人在家中各有书橱、书桌，每日晚饭之后一般都稍看一会儿电视新闻，然后便各读各的书去了。朱老师不再讲课，读书无关专业，兴趣广泛，悬疑小说则是最爱。不过，随着年龄的增长，也逐渐关心起健康养生的科普书来了。渐渐地朱老师觉得在各类书籍之中唯有讲健康的科普书最为实用，因为这些书能直接造福于人，当然，关键是要实行。朱老师年龄刚过50岁，正步入更年期，原先对此事毫无思想准备，常觉种种不适，后来看了一些这方面的科普书，心中释然，症状也减轻了不少。一年体检查出患轻度脂肪肝，她又按书上所说控制饮食、增加运动，第二年复查竟已不再报告有脂肪肝了。朱老师甚为高兴，对医学健康知识大感兴趣，甚至对各种媒体上乃至道听途说的健康资讯都坚信不疑。

　　朱老师对健康的看法、做法也必定影响焦老师。

二

　　二位老师都认为，如今经济发展、国泰民安、事业有成、家庭幸福，唯健康才是生活的第一要义。焦老师有烟酒之好，而缺少运动，这两者都是不良的生活行为，若为健康着想，本应纠正。朱老师曾提议焦老师改变生活习惯，但焦老师不以为然，以为抽烟提神、饮酒怡情，文人之需，不可或缺，至于运动则徒费体力精神，何益之有？朱老师无奈，只好听之任之。

　　朱老师追求健康，但中西医书晦涩难懂，虽有些讲高血压、腰椎病、脂肪肝的科普书可读，但其中讲饮食和营养的不多，只好"抓到篮子里的都是菜"，想来书上说的应该都不会错。饮食是健康的基础，朱老师看了书便努力实行。

　　家中饮食皆由朱老师主管，自然按朱老师的理解执行，少油早已成习惯，甜食一律拒之门外，饮食日益清淡。焦老师理解饮食清谈有益健康，不便异议。

　　一年朱老师得一书，名为《把吃出来的病吃回去》，据说极为畅销，朱老师仔细研读，书中说绿豆能解百毒，茄子富含维生素，若为了健康，无需其他，只此两项足矣。朱老师大喜,于是家中绿豆、茄子不断,也亏得朱老师擅长烹饪,每日有绿豆粥、绿豆汤、绿豆饼、茄子煲、炒茄子、蒸茄子、水煮茄子,变着花样吃。两个月吃下来,吃得焦老师胃口大倒。幸亏著此书的"神医"被及时揭穿,绿豆、茄子饮食方告一段落。

不久,朱老师又得一书,名为《素食要义》,书中概言素食低碳、环保,十分有益于健康,又举出许多实例,其中不乏知名人士终身食素而得长寿之例。朱老师大喜,决心奉行。某日,朱老师又在一书上看到:杂粮最为有益健康,不仅富含纤维素,且营养保留最全,许多杂粮还有抗癌作用,于是每日煮食杂粮。起初,焦老师也觉得甚好,但日子一久便觉得易于疲乏、腹胀、食欲不振。幸好中午在学校食堂用餐,尚可有所调剂。但待到放暑假之时,焦老师日日杂粮、蔬食,十分苦恼。

坚持了大半年下来,朱老师似乎也感到体力不济,因有同事看出她面色不好,询问是否病了。这倒是提醒了朱老师,便去医院诊治,因自觉体力不济、面色不好,自己判断不是心肝脾肺方面的具体病症,或许调理调理就好。于是挂了中医门诊,挂诊的中医师颇有经验,一望而知,说是有贫血之症,开了"四物汤加减"的方子,主要是当归、熟地、白芍、川芎又加黄芪、玫瑰、大枣、甘草共煎,用来冲阿胶服下。朱老师一查书,知道这是补血圣品,大喜,日日服用。又查得菠菜含铁丰富,据说有补血功效,亦日日食之,不过似乎改善无多。

三

这年学校组织教师体检,朱老师检出有贫血症状,嘱其到血液科进一步检查。朱老师尚未来得及检查,焦老师却查出大事:体检报告中有肿瘤指标名"癌胚抗原"(CEA)者高出正常值许多,且粪便隐血试验阳性。上网一查得知可能是癌症,大惊,赶紧找专家就医检查。专家看罢,为之预约三日后的胃肠镜检查。二位老师精神受到重创,请假在家,食欲全无。朱老师知红薯、山药、麦片之类属抗癌食品,便将这些食材打成米浆给焦老师吃。

挨过三天,做了胃肠镜检查,果然发现在胃小弯处有一新生物,遂取组织做病理切片检查。又四日,病理切片结果证实为胃腺癌,于是安排入院拟作手术治疗。

入院后医生询问病史,焦老师回忆上腹部不适至少已有半年,皆以为是饮食中粗粮过多的缘故,未想却有此变。

焦老师入院作了胃癌根治手术,术后恢复顺利,病理检查未有淋巴结转移,经治医生称是"尚在早期",乃是不幸中之大幸。焦老师为恐其子担忧,术前并未告知,此时才让朱老师打电话给儿子,嘱他切勿挂念。

由于胃癌"尚在早期",术后仅象征性地做了一些化疗,化疗反应不大,尚能够承受。余下来的事便是调养身体了,朱老师主张服中药,焦老师也赞成,找到中医专家,按脉诊舌、开方服药。

在饮食方面,民间多流行术后食用鸽子汤、黑鱼汤之类,身体虚弱者多用滋补之法,除鸡被认为属"发物"而忌食之外,多甲鱼、鲫鱼、猪蹄、鸭子之类都用作补益之食。朱、焦二位老师读书甚多,则不以为然,一是觉得胃癌虽已切除,须防复发,曾见书上说过癌细胞生长比正常细胞快得多,需要摄取大量营养,故癌症患者不宜过多摄取营养物质,以免养痈成患;二是他们素食多年,已不太适应吃鱼肉;三是书上介绍有许多抗癌食品,此时必须尽量食用。

因此焦老师术后,除日常杂粮、蔬食之外,朱老师又设计了一种以黄糙米、小米、高粱米加薏米仁打为浆汁的"抗癌米浆"给焦老师喝,以为营养、抗癌一举两得。

大半年下来,焦老师身体状况似乎没有太多改善,尤其消化道方面的症状明显,腹胀、腹泻、食欲不振、虚弱无力。到医院检查,结果认为并无癌症复发的证据,再求诊中医,中医先生认为是气虚以致脾虚证,可是生晒参用到5钱仍无效果,甚感棘手。

一日在美国的儿子打电话过来问候,朱老师将焦老师身体恢复不佳,此地中西医皆束手无策的情况告诉了他。焦子素有孝心,便劝父亲到美国诊治,美国医学发达,或许治疗能见成效。焦老师本不想赴美看病,但朱老师心中除了操心焦老师的身体外,也惦念着大洋彼岸的孙子,鼓励焦老师赴美查病,还可以与儿孙团聚,一举两得,何乐不为?

四

焦老师夫妇到了美国,见到了孙子,喜不自禁,孙子英文名彼得,焦老师一时语塞:焦家出了个洋孙子。

吃饭时出了一点情况,儿媳准备的牛排、鸡腿,焦、朱老夫妻一概吃不惯,只吃了些土豆、蔬菜、米饭之类。儿媳不解,他们解释已习惯了只吃蔬菜。

该安排看病了,在美国一般情况下只能先看家庭医生,焦子代为预约,约在3天之后。这家庭医生十分细致,详细询问了病史、症状,又做了体格检查,只是没问饮食习惯,因为美国人知道中国人食性很杂,什么都吃,索性不问。家庭医生诊断为"胃肠功能紊乱",建议吃些易消化的东西,可以多喝酸奶,并未处方,因为该医师认为此病并无特效药物治疗。

千里迢迢跑到美国治病,没想到就只得到这么几句话,焦耕读似乎觉得没法交待。第二天在公司提起此事,有同事提醒说是可向某大医院国际诊疗部预约看病,焦耕读依言预约,果然约到一位肿瘤专家在半个月后的某日上午10点30分在医院的第12号诊室为焦老师诊病,心中大喜,晚上回家告诉了焦老师。焦老师感到奇怪:怎么在美国找个专家看病这么难?然而儿子告诉他,为了方便外籍人士,这已经算是很快的了,不然的话,等个半年也是有可能的。

半个月后如约去看专家,儿子陪同,10点15分到达医院,焦老师一看果然气派不凡,人却很少,不仅患者少,医生护士也少,更没有看到排队挂号的窗口。找到二楼第12号诊室,在门前的休息室坐下等候。10点28分,一名护士过来引导焦老师父子进入诊室,专家看起来50岁左右的年纪,态度和善。因知焦迢是位老师,便先说了些他很尊敬教师之类的话,气氛甚是融洽。然后专家问了症状,做了体检,表示应做一种名为"PET-CT"的检查,随即招呼护士为焦老师安排预约检查。做了"PET-CT"检查再预约请专家复诊,又等了十天,专家看了检查报告,很高兴地告知:"没有癌症复发的证据。"焦耕读代为表述有腹胀、腹泻等情况,专家起身用手轻拍了一下焦老师的左肩,说道:"亲爱的焦先生,没有癌症复发是最值得庆贺的事,我也为您感到高兴。您可以多吃些容易消化的食物,多多注意饮食的卫生就可以了,祝您好运。"然后很礼貌地做出送客的表示。

焦老师走出医院,突然想起:怎么看病不用付钱?儿子说以后会有账单寄到家中。果然3天后焦耕读收到一份账单,计专家费2次共1600美元,检查费200美元,其余服务费190美元。账单上有说明:如为困难人士可以申请减免。

焦老师在美看病不得要领,生活方面有诸多不便,尤其饮食习惯的差异,夫妇二人赶紧打道回国了。

五

焦老师夫妇本已届退休年龄,焦老师病后,两人便正式办理了退休手续。

焦老师在家读书写字,读书或尚可以,书法练习渐觉乏力,日渐减少。朱老师亦觉体乏,贫血依旧,铁剂补了不少,四物汤加味也不见效。夫妇二人的身体状况不佳,似乎中西医皆无良策,焦老师还特意去美国看病,仍然不得要领,二人只当是"老了"的缘故,生老病死,人之常情。

如此又过了一年。医疗改革,国家提倡家庭医生签约服务。焦老师本来觉得他的病美国专家都不知所以然,社区卫生服务中心的"小医生"又有何用?不过他是明理豁达之人,既然政府提倡,也愿意配合。准备与焦老师家签约的是新分配来的一位范医生,据说还是一位"全科医学硕士",本地人。

签约之前有个说明会,范医生听说这里有一居民名焦迢,正是他曾经的中学老师,因为用这个名字的人很少,印象特别深。他在会场里张望,回想焦老师当年清秀干练的样子,但没找到。等到签约时才确认原来坐在离他不远处的一位消瘦老者便是焦老师,就走过去问候:"焦老师您还记得我吗?我是高三(3)班的范宜生。"

焦老师努力回想,终于想起是有个叫范宜生的学生,同学们都叫他"范医生",听说他毕业后真的考进了医科大学,一晃十来年了。便问道:"'范医生'你真的做医生了,这些年你在哪里做医生啊?"

"医科大学读了7年,拿了个硕士学位,又'规范化培训'了3年,才拿到全科医生证书,这才分配到这儿来做医生了。"范医生说。

"啊,真不容易、真不容易……"于是焦老师夫妇与范医生签约了。

社区的全科医生是居民健康的守护人,半年下来范医生通过观察、家访逐渐发现了焦老师夫妇健康问题的症结所在:营养失衡。而其发生的原因是对营养知识的认识不够准确。范医生觉得有责任向他们传授正确的营养知识,尽管焦老师是他曾经的老师,如今是他来当一回"老师"了。

范医生知道二位老师喜欢读书,便尽可能地收集一些营养学方面的科普书,送给二位老师,又多次上门拜访并作宣讲,他这样解释:素食固然能够大致满足人体的基本需要,但如果长期完全不进食动物性食品,可能导致某些维生素(如维生素B_{12})的缺乏,容易引起贫血等病症。植物性蛋白的吸收利用率不及动物性蛋白,老年人消化吸收能力下降,长期素食可能导致蛋白质缺乏,引起虚弱、免疫力下降等问题。所以为健康考虑,不宜只吃素食,尤其是老人。

粗粮比之于精加工的细粮,保存了较多的纤维素,摄入一定量的纤维素有益健康,所以也提倡适当吃点粗粮。但粗粮营养的吸收不及细粮。同样,杂粮营养的吸收也不及米、面粉等主粮。

癌症患者术后,提高免疫力是预防癌症复发的重要措施,而提高免疫力的关键之一是应有良好的营养状况,不必担心由此会促进癌细胞的生长,因为癌细胞对营养的需求不等同于人体的正常细胞。通俗地说,它们"并不在同一锅子里吃饭"。

"抗癌食品"只是民间的说法。从科学的角度看,有些食品中纤维素含量丰富,在一定程度上能促进肠道的排泄,减少了可能的致癌物质的吸收,有些食物富含抗氧化物质,可能有助于保护人体的免疫力等,因此,此类食物可能有助于癌症的预防。有些食物中的某些提取物,在动物实验中对某种肿瘤有抑制作用,但并非进食这些食物便能使人体的肿瘤消退。

范医生又直接指出:"焦老师做过胃切除手术,消化吸收功能薄弱,以杂粮制成的'抗癌米浆'虽看上去只是米浆,实际上不易吸收,以致引起腹胀、腹泻,反而不利健康,建议不再食用。何况焦老师的肿瘤已经切除,也无复发情况,对此实在不必过于纠结。"

范医生的解释使二位老师犹如醍醐灌顶,茅塞顿开。焦老师感慨道:"唉,我们缺少了些科学知识,多年来在饮食问题上犯了教条主义的毛病。"

范医生又对焦老师夫妇的饮食做了些具体的指导。几个月下来,二位老师的身体情况大有改善,诸般不适俱已消除,逢人便说:"营养一事大有学问,应该树立科学的营养观念,才能有益健康。"

关于"抗癌食品"

随着科技的进步,健康意识的增强,人们越来越多地关注饮食对健康的影响。世界卫生组织提出"健康四大基石"的理论,第一条便是"合理饮食"。

出于传统医学"药食同源"的理念,我国许多民众总是有通过吃某些食物

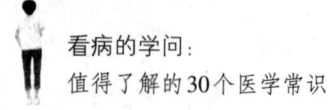

得以防病的愿望。有许多食物被称为"抗癌食品",并在坊间口口相传,影响颇广。

民间常说的"抗癌食品"大致有以下几类:

1. 富含纤维素,尤其是不可降解纤维素丰富的食品,认为可以减少肠道中致癌物质的吸收,因此认为有"抗癌"作用。

2. 富含抗氧化作用的维生素C、维生素E等的食物有提高身体免疫力的作用,免疫力增强,自然有助于抗癌。

3. 富含微量元素硒的食品被冠以"抗癌食品"之名。原因是流行病学研究发现,一些土壤中硒含量低的地区癌症的发病率高。

对于这些"抗癌食品"需要有一个正确的认识:准确地说,应称之为"有助于防癌的食品"较好,因为这些食品并不"抗癌",即使是在动物实验或细胞实验中发现有抑制肿瘤或癌细胞的作用,也是这些食品中的"提取物",即用科学方法提取到的某些特定的成分,而不是吃了这些食物就能抑制癌的生长。

至于硒等元素的"抗癌"作用尚未被证实。硒为人体所需的微量元素,如今人口流动,物产丰富,即使局部地区土壤中缺硒,人体中未必缺硒。

摄入良好、均衡且适合的营养素,能促进人的健康,包括防癌、抗癌。假设一人每日只进食"抗癌食品"而不吃其他食物,长此以往导致营养不良,必定不利于健康。

 # 周阿姨因何贫血

贫血的病因

一

周阿姨今年已经快70岁了,按年龄来算是个标准的老年人了。不过,周阿姨不服老,她说社区里八九十岁的老人多着呢,跟他们比起来她还是个小妹妹,自己手脚还算利索、上下无牵挂,能够为这些老大哥、老大姐们做点事很开心。

周阿姨祖籍浙江绍兴,据说与鲁迅先生同族,而且辈分不低,人很精神,相当干练,头发略见花白,多穿一身灰蓝色人民装(改良自中山装的一种服装款式),讲起话来"刮辣爽脆"。退休前在一家国企工会工作。工会干部做的就是关心人的工作,看望生病的职工、帮助困难职工申请补助、小孩入托、老人病故、大龄未婚等大小琐事她全管,别的不说,光是经她介绍结婚的本厂职工就有十几对。

周阿姨的先生是位工程师,技术精良,有高级职称。二人育有一女,财经大学金融专业毕业,在同城一家银行工作,女婿也是银行职工,有一外孙已读初中。周阿姨退休之初在家无所事事,甚感失落,只把心思全放在照顾先生的饮食起居上。可惜没两年,只长她两岁的先生行将退休之时,却因心肌梗死突然离世。周阿姨陷入巨大悲痛之中,幸得女儿、女婿时时安慰,大约过了大半年的光景,心境方才逐步好转。

先生因心肌梗死过世,周阿姨过去也常跑医院看望患者,因此知道这心肌梗死是因动脉硬化引起,而动脉硬化则是因摄入脂肪饮食过多的缘故。所以先生过世后,心中甚是懊悔,觉得没有把先生的饮食照顾好,吃得还是"太油"了。如今一人生活,于炊事方面本已无多兴趣,又因听得传言说素食的种种好

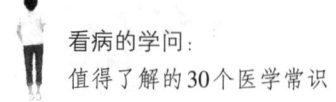

处,周阿姨乃决定不再吃荤菜,每天只吃一种蔬菜,而且尽量少放油。女儿曾经劝过几次,奈何周阿姨执意坚持茹素,有友好邻里听说,还以为她信了佛教。

周阿姨本是个热心助人的人,从悲伤中解脱出来之后,便积极参与一些社区的公益活动,治安联防、交通安全、垃圾分类、纠纷调解等工作中都可看到周阿姨的身影,周阿姨也觉得参加社区公益活动使得生活过得丰富多彩起来。

一次社区里一位80多岁的独居老人在家跌倒,无法自救,也无人知晓,直到第二天她女儿过来才发现,送去医院,说是股骨颈骨折,做了手术。这事让周阿姨觉得里弄便是小社会,要做的事很多,其中关心老人,特别是那些高龄独居老人的事刻不容缓。在里弄居民委员会的支持下,她和另两位志愿者组织了"敬老小组",专门做关心老人的事,比如对70岁以上的独居老人每天都打电话问候,对活动不便的老人安排送菜上门,联系志愿者帮助打扫卫生和联系社区医生上门服务等。老人们都说好,只是辛苦了周阿姨。

年底周阿姨被评为"敬老先进工作者",区里还做了报道,登在报纸上。

二

这一阵子熟悉周阿姨的人都说她面色不好,劝她多休息。周阿姨只是觉得容易疲倦,别的似乎也没有什么不好,并不介意。说她面色不好的人多了,周阿姨自己对着镜子细看,似乎面色确实是苍白了些,转而一想:自己也快70岁了,哪能和年轻时候比呢?

这天周阿姨带了两个年轻的志愿者去为一位90多岁的独居老人打扫卫生。年轻同志不劳她动手,但周阿姨哪里肯闲着,又扫地又抹灰,忽然觉得眼前一黑,竟差点跌倒,幸好同去的青年一把扶住,把她送回了家。

不一会,居委会主任来探望,下了个命令:暂停周阿姨在敬老小组的工作,一定要去看病。又过了一会儿,社区卫生服务中心的吴医生也来了,听了听心脏,量了血压倒也正常,说是贫血较明显,应该到区医院血液科去做详细检查。吴医生帮助周阿姨联系了血液科的郑副主任医师。

郑副主任医师年纪约50多岁,态度亲切和蔼。诊察的结果确认是贫血,又做了相关的化验检查,化验检查的结果进一步认定是"缺铁性贫血"。郑副主任医师十分仔细,问起周阿姨的饮食情况,周阿姨告以坚持吃素已经数年,目的是听说吃素可以防止动脉硬化。郑副主任医师觉得这正是导致贫血的原

周阿姨因何贫血

因,劝解周阿姨道:"我们也赞成多吃些蔬菜,但是从营养学的角度看,人也需要吃些动物性食品,纯粹的素食中往往缺乏维生素 B_{12} 等造血原料,铁元素在红肉、肝脏等动物性食品中含量丰富。你现在查出是缺铁性贫血,可以开些补铁的药吃,但你也有必要调整一下饮食结构。至于预防动脉粥样硬化确实应该控制过多的脂肪摄入,但并不是不吃荤菜。"

周阿姨听了郑医师的话有些将信将疑,心想怎么好多人都说素食好还"环保"呢?看了看手中的化验单,看见粪便隐血试验有一个"+"号,她知道"+"号是不好的意思,便问道:"请问医生,这加号要紧吗?"

"这叫隐血试验阳性,一个加号问题不大,吃了肉类食品便会如此。"

"医生,我不吃荤菜的。"

"吃了大量的蔬菜,里面的维生素C也会造成假阳性。这样吧,给你再开三次化验单,如果每次都阳性,要再进一步检查。"

郑副主任医师给周阿姨开了铁剂及维生素C,又不忘叮嘱:"不能只吃蔬菜不吃荤菜啊。"

周阿姨回家服药,略微吃了点茭白炒肉丝之类的荤菜。至于再送粪便化验的事,没有放在心上。周阿姨在家闲不住,又要去敬老小组关心老人,但小组里的其他成员都拦着她,只让她每天打打电话问候一些独居的老人,电话那头有时也有老人家劝她:"周阿姨,你也年纪不小了,要多保重啊。"

周阿姨听了很是暖心。

药吃了一个月似乎并无多少效果,而且有时肚子还有点隐隐地疼痛,大便次数也略多一些。周阿姨想自己吃了几年素食,看来这肚子已经不适应吃荤菜了,就又改回只吃蔬菜。周阿姨吃药不见效果,有人劝她不妨吃中药调理。她在区医院里挂了中医专家的号,中医专家姓王,是位年近60岁的女主任医师,据说出身医学世家,戴副金丝边眼镜,面色红润,身边还围着几个抄方的学生。知道周阿姨已经西医确诊为缺铁性贫血,把脉、诊舌之后王主任对身边的学生说道:"这位患者面色少华,没有光泽,是一位贫血患者,一望便知。西医做了许多检查,查出是缺铁性贫血,既然是缺铁性贫血,那么投用铁剂为何还不见效呢?在中医看来,患者不仅仅是血虚的问题,还有体乏无力,呈气血两亏之像,只顾着补血,不去补气怎么能见效?患者还说腹部不适,有轻泻,这是脾虚泄泻,脾怎么虚的?气虚啊,气不足以推动脾的运化功能,还能不虚吗?

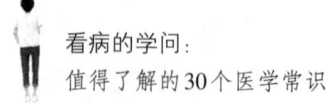

所以治疗要从气血两方面入手,可以化用八珍汤、补中益气汤。"

王主任说得头头是道,学生们忙着记录。周阿姨虽然听不太懂,但确信是遇到了好医生,便不多问,拿了处方连声称谢,回家虔诚服药。

服完再续,这样又过了一个多月,面色依然少华(中医中所说的面色少华一般指脸上没有光泽),泄泻似乎更明显了。

三

母亲生病,女儿常回家探望。知已在血液科检查,查明为缺铁性贫血,服用铁剂又看过中医,但终不见效,这让女儿甚是不安。说与丈夫听,丈夫是某银行分理处主任,听罢立即警觉,说他行中曾有一职员因贫血就医最终诊为肠癌,当然那患者还有腹痛、腹泻的症状。女儿听罢更加不安,立马打电话询问妈妈究竟有无腹痛、腹泻。答曰:"有是有的,但不严重,没关系的。"电话这头女儿闻言几乎要哭了出来:完了,是肠癌!

第二天女儿、女婿请了假,把周阿姨带到市立医院,费了一阵子事挂上了肿瘤专家的号。专家是位50多岁的冯教授,问诊仔细,查阅了在区医院中西医的诊疗记录,检查了患者,还做了直肠检查,又开了验血、超声波、胸部摄片等检查,并要求连续送三次粪便检查。

周阿姨的三次粪便隐血试验都呈阳性。复诊时教授说:"看来很可能这就是贫血的原因,肠道不断地有少量的出血,这个出血不止住,只吃补血的药有什么用呢?那么肠道为什么会出血呢?从化验的指标来看,癌胚抗原(CEA)的指标高出许多,应做肠镜检查明确诊断。"

"医生,我生肠癌了是吧?"周阿姨快人快语,"医生,你直说吧,我不怕。"

"还是做了肠镜检查再说吧。"冯教授的回答很是严谨。

肠镜检查的结果是在升结肠部位发现一个肿瘤,表面有小溃疡渗血,病理切片检查的结果是"腺癌二级"。至此诊断明确,肝脏超声与胸部摄片未见有癌转移,于是冯教授安排周阿姨入院手术治疗。

手术过程顺利。术后的病理检查未见淋巴结转移,病房里的医生们认为周阿姨的病虽因种种因素延误了一段时间,但幸而尚未发生转移,这次手术也很可能就此解决了问题。

一天女儿前来探望,与负责周阿姨治疗的陈医师聊起她母亲的病况,问道:"明明是肠癌,区医院血液科怎么诊断'缺铁性贫血'?这不是误诊吗?"这是女儿一直耿耿于怀的事。

"就贫血而言,你母亲所患确实是缺铁性贫血。"

"她生了两个病?"

"这两个病有关联:血液里有红细胞,其中血红蛋白中含有的铁在红细胞新陈代谢时是反复利用的,也就是老的红细胞衰亡后,它所含的铁又为新生的红细胞所利用,所以若是有大量的或是不断有少量的血液流出体外,损失了铁,便会发生缺铁性贫血。你母亲缺铁的原因就在于出血。"陈医师说。

"当时要是追查缺铁的原因就好了。"

"是的,应该多次做粪便的隐血试验检查。"

"哦,区医院医生是让查的,我妈没去查。"

"为什么呢?她不是还有些腹痛、腹泻的症状吗?"

"唉,她腹痛、腹泻的症状,不很明显,没有在意。"

"这是右半结肠癌的特点。"

"什么是'右半结肠癌'?"

"这是个学术问题,简单跟你说说吧:人的结肠起于右下腹部的盲肠,在腹部右侧上行到右上腹部,这一段结肠叫升结肠,然后转向左上腹部到达脾脏的下方,这一段叫横结肠,然后在腹部左侧向下行到左下腹部接上乙状结肠,这一段叫降结肠,乙状结肠进入骨盆通向直肠直到肛门。"说着陈医师还用手在自己腹部自右下而右上、左上而左下比划着,"我们把升结肠、横结肠叫右半结肠,降结肠、乙状结肠叫左半结肠,它们的胚胎起源不同,其中寄生的细菌种类和数量也不同,甚至组织中的癌基因、抑癌基因也不尽相同。

食物经小肠消化吸收后成为糊状的食糜进入结肠,继续消化吸收,随着水分的逐步吸收这些食物残渣成为成形的粪便。若肠道里生了肿瘤,早期时以出血为主要症状,若出血不多,又混在粪便之中,肉眼便看不出,只有做粪便隐血试验才能查出。肠癌可以有腹痛、腹泻或便秘的症状,这症状与肠内容物对病变部位的肠道形成的刺激有关。右半结肠中的食糜为糊状,刺激较小,左半结肠中粪便逐步成形,所以刺激较大,因此右半结肠癌早期腹痛、腹泻的症状可能不明显,容易被患者疏忽。"陈医师化繁为简,解释得很清楚。

"哦,谢谢医生,我明白了,我妈的情况就是这样。"

"这右半结肠癌在老年女性中较多,尤其应该提高警惕,若是有不明原因的贫血就更应该注意了。"

"怎么注意呢?"

"做粪便隐血检查啊,若多次结果呈阳性就应该考虑作肠镜检查。"

"唉,是的,医生你说得对。谢谢你,陈医生"。

贫血应追查病因

"贫血"是一个很容易理解的医学名词,但贫血往往只是一种表现,并非疾病的本质。治病必求其本,故有贫血时应追查其病因,方可做针对性治疗。

总体说来,贫血的病因不外乎两大类:造血不足或损失过多。前者因骨髓造血功能障碍,如再生障碍性贫血、骨髓瘤、白血病等,严重的营养缺乏或如慢性肾病等导致缺乏红细胞生成素等引起贫血。后者可因红细胞本身的缺陷,如细胞膜结构异常、某些酶的缺乏等以致红细胞易于发生自溶,更多见的是因为显性和不显性的失血,显性的见于外伤或疾病导致的出血,病因不难明确,不显性失血中消化道持续少量出血最不易引起患者的注意。

贫血的诊断不可止于贫血或缺铁性贫血,而应深究其原因。若已定为缺铁性贫血,更应多考虑为失血所致,因血红素中所含的铁在体内可以反复利用,若非铁随血液流失体外,一般不致缺乏。

消化道上部的食管、胃、十二指肠等部位出血时,若过多则很可能有呕血现象,若不呕血,血与粪便相混,粪便颜色变深,甚至出现柏油样黑便,自然容易引起注意。若一次出血不多,粪便外观可无明显改变。消化道下部的小肠、升结肠、横结肠出血较多者也会形成黑便,若出血不多则粪便外观可能无明显变化。降结肠、乙状结肠、直肠出血在粪便外部多可见血迹。贫血而粪便外观无明显变化者需考虑为持续性小量出血。钩虫病可引起贫血,如今已少见,肠癌一旦出血往往会持续出血,时间一久便会导致贫血,则极需警惕。

故对于贫血者,尤其年长之人,应仔细问问病史,作粪便隐血试验检查,若持续呈阳性,便应劝导患者接受肠镜检查;若系肠癌,早期诊断手术切除可获较好的治疗效果。

 # 庞阿姨减肥记

肥胖与减肥

一

初秋,炎夏的暑气稍稍收敛,人们还没有感觉到凉爽的到来。

服装公司大楼里的空调仍然送着冷气,秋装已经上柜,大幅的广告牌上时装模特儿展示着最新款秋装,她们苗条的身姿,让人觉得皆是因为穿了这些衣服所致。6楼女装部的生意明显好于5楼男装部和4楼童装部。

四五位中年妇女走进一家品牌服装的营业厅,从她们的穿着打扮看得出都有一定的经济实力而且舍得花钱。穿着黑色套装的女营业员,满脸堆笑,迎了上来:

"庞阿姨好,费阿姨好,这两天刚刚新到一批秋装,你们就来了,来得早不如来得巧啊。"老顾客她都认得。

"我陪张阿姨、李阿姨来逛逛。"庞阿姨说。

"好的、好的。请到里边来。"看来好货在里面,庞阿姨觉得挺有面子。

从"里边"出来时她们每个人手里都拎了一个大包,而且面带喜色。

晚饭后庞阿姨的先生在客厅里看电视,庞阿姨回房换装,要展示她今天猎获的秋季晚礼服:一袭藕色的连衫长裙和白色的纱网披肩。庞阿姨记得在商店里间,营业员还特意放了视频给她看:那些模特穿着这套衣服,走着台步,真是美若天仙。她和李阿姨都各买了一套,看着李阿姨穿着很是"登腔(沪语:像样之意)",当然,李阿姨比她年龄小些,身材更苗条些,不过她想:我也会减下来的。庞阿姨换上新装,很费了一点力气才把腰部的扣子扣上,又束上一条白色的时装腰带,这才招呼她的先生:"阿祥你看。"

二

庞阿姨"芳龄"五十,由于保养得法,看上去说是四十岁也不过分。她把部分头发挑染成红棕色,更衬托出面色红润,皮肤白净,平时出门略施粉黛,风韵犹存。唯一自觉不妙的是近五六年来身体逐步发胖,虽试过各种方法,努力减肥,但终无效果,着实令人沮丧。

庞阿姨苏州人,姑苏天堂之地,鱼米之乡,祖上在观前街开一家绸布店,虽非官宦大户,也是小康人家。到她祖父辈绸布店公私合营了,他父亲算是子承父业,夫妻二人在百货公司的一个门市部工作了一辈子,一家人靠工资生活,勉强维持。庞阿姨是家里老二,天生丽质,尽得姑苏女子灵秀之气,读的是工商管理的大学专科,嫁的是工商银行的信贷主任。拿了几年工薪之后,二人决定下海经商,开办一家外贸公司,夫妻合力,努力掘金,收获颇丰。

事业有成之后,便更有余力关注生活了。不知何故,庞阿姨未有生育,夫妇二人曾多方检查,中西医药治疗俱无结果,初时二人也曾怏怏,但日子一久也就逐渐释然了。她先生向她表示:就这样过到底,也是一种人生,与别人并无优劣之分。先生有此表示,庞阿姨自然心定不少,决心将这"二人世界"过好。

公司的业务不断发展,先生全力以赴,自然希望有个"安静的港湾",渐渐地庞阿姨不再过问公司之事,成了个全职的家庭主妇。不过这个家实在也无多杂事,夫妻两人的上一辈都还健在,或自理生活,或有其他子女照料,全不劳她们费心。庞阿姨尽情地享受着生活。

日月如梭,时光荏苒,一晃庞阿姨已经40多岁了。由于善于保养,皱纹、眼袋之类似乎都不明显,让庞阿姨心烦的是腰围变粗了,好些本来很合身的衣服穿在身上"紧绷绷"的,买新的衣服当然不成问题,问题是身材走样了!一次一个好些年未见的老大姐从美国回国探亲,见面就是一句:"小庞发福啦。"言者无心,听者有意,庞阿姨从此与肥胖较上了劲。

最初的办法是束腰带、穿塑身衣,辛辛苦苦坚持了大半年,她自己也觉得此法终非长久之计,随着夏季来临,只好放弃。

第二轮办法是喝减肥茶,某电视节目里有介绍,称是台湾地区一营养师发明,后传入大陆,试者皆灵,犹如饮茶,绝无副作用。于是按图索骥,购买来服,服一周,无效,电询经销商,告知应加量服用,仍无效,再询,已无法接通,方知是骗局。

三

前两种方法都未奏效,庞阿姨决定寻医问药。

庞阿姨先去了市立医院,门诊挂号时先问看什么病。庞阿姨一时语塞,只好如实相告:这几年逐渐发胖……这年头胖的人多了,挂号员也有了经验:"挂内分泌专家!"

内分泌专家是一位女性副主任医师,看病很仔细,告诉庞阿姨需作些检查方能对症下药,于是开了不少检查单。庞阿姨检查的结果是:血脂高,还有脂肪肝。复诊时副主任医师开了降脂的药,嘱其控制饮食、多加运动。

庞阿姨得着降脂药,以为便是减肥药了,连连称谢。回家按医嘱服药,却把"控制饮食、多加运动"的话忘得一干二净。

降脂药吃了3个月后复查,血脂倒是有所下降,体重、腰围却是分毫不减。复诊时询问,医师方知其意在减肥,乃告知:减肥主要是靠控制饮食、多加运动,即所谓"管住嘴、迈开腿",而不靠吃药。

庞阿姨觉得自己吃得并不多,年轻的时候吃得比现在还多些呢,怎么不胖?至于运动一事,她也知道如今甚是时尚,于是在女友中鼓动,希望能有志同道合之人。几次商量之后有费阿姨等二人附议,三人遂在一健身俱乐部缴了费,成了会员。去锻炼了几次,累得很,慢慢地也就懒得去了。

健身俱乐部懒得去,减肥的愿望并未消减。一次费阿姨不知如何打听到,说有一名不见经传的"普天医院"开设有减肥专科,专治肥胖之症,可以配到中药减肥药物,甚为有效,且无副作用。服药即能减肥,自然是好,于是费、庞二人相约前往。

普天医院开设在城乡结合部,门面不大,也就是一个门诊所的规模。进得门来便有年轻护士小姐躬身相迎,大厅设有沙发,入座献茶,甚是殷勤。但见等待诊治的患者果然都很胖,甚至有的行走都艰难。费、庞二人相比之下真是小巫见大巫了。不久,有一肥胖人士入座,并主动告诉二人,他在此治疗一月,已减10斤。二人听罢,信心大增。

就诊时,主诊医师年近60岁,体态清秀,举止文雅,先听诊心肺,又按脉诊舌,表示其精于中西医两法之意。然后概言肥胖于健康之危害,称肥胖可以引起高血压、高血脂、高血糖,即"三高"等。该医师见二人衣着入时,且多修饰,自然也知道她们为爱美而来,便又说起:"西药中的减肥药主要在抑制食欲,人一旦失去食欲,则营养不良,面黄肌瘦,何美之有?而若用中药减肥,则绝无副作用。"并称某影视明星、某时装模特等也在服用其药,俱有显著效果,还从抽屉中取出她们的玉照以证不谬。该医师又介绍该院有用超声波测体内脂肪厚度之法,用以考核疗效最准,建议检查。二人欣然,遂有护士引导前去,查毕返回,已在该医师电脑上显示:费阿姨之体脂厚度较同龄女性超标126%,庞阿姨超标135%……

庞阿姨服了减肥药,感觉小便增多,体重轻了2斤,对镜自顾,似觉面庞瘦削了些,大喜。继续坚持服药大半年,体重下降不明显,但普天医院检查的脂肪厚度每次"皆有下降"。

一日庞阿姨对镜梳妆,忽见眼皮水肿,就医诊治,发现"肾功能损伤"。肾病科医师径直询问过去有无服用减肥药物,并认为肾损当系此类药物所致,于是赶紧停药。庞阿姨不忘电告费阿姨:"普天医院这药不能再吃了,肾脏吃出毛病来哉,快点停掉、快点停掉。"

四

几经折腾,痴心不改。

庞阿姨最近又打听得有"素食疗法",说是素食有益健康长寿,而且低碳环保,众多名人皆趋之若鹜。庞阿姨想:鱼、肉、蛋、奶都不吃了,何来脂肪?那减肥是必无疑问的了。于是除安排好先生的饮食,自己努力素食了。

庞阿姨真是位有毅力的人,她认定的事必定努力去做。不过半年素食下来,减肥效果并不明显,而且容易疲倦,体力似乎也不如以前。直到一天,有女友问她是否月经过多,觉得奇怪,她的月经已经逐步减少,何有此问?方知是说她"面色不好"。庞阿姨一注意似乎确有其事,遂就医,诊断为贫血。医生认为可能与纯素食者容易缺少维生素B_{12}等造血物质有关,建议酌情食用些动物食品。

不久以后,庞阿姨又获最新减肥信息,说是美国科学家发明:不吃或少吃碳水化合物,如米饭、面条、馒头、面包之类,但进食脂肪与蛋白质食物可以减肥,名为"阿特金斯疗法"。这则信息与人们的传统认识大相径庭,庞阿姨也不敢贸然跟风。

一日庞阿姨在女友中说起此事,众人都十分疑惑。唯李阿姨说她早有听说,并解释:碳水化合物本是为身体提供能量的主要来源,进食过多,消耗不完的确会转化为脂肪。但不吃碳水化合物而依靠脂肪、蛋白质提供能量,短期内体重确会下降,却不能持久。而且,大量脂肪分解会产生如酮体等代谢废物,于健康不利。李阿姨早年做过护士,医学知识丰富,同伴中多称她为"李医生",所说之言众人皆信服。

"那么怎样才能减肥呢?"庞阿姨对此事最为关注。

"三言两语一时讲不清楚,我下趟带本书给你们看。"李阿姨终究不是减肥专家,以攻为守了。

众人皆说好。

这些阿姨们有一个小小的社交圈子,这回就在李阿姨家,她先生出差去了,儿子在外地上大学。客厅中七八位女友坐定,李阿姨准备了下午茶,有咖啡、点心、水果招待。

李阿姨取出一本《食品与健康》杂志,翻到一篇文章,让大家看,众人看到文章题目是《究竟应该如何减肥》,这才想起上次李阿姨说过此事的。

庞阿姨最来劲,争先拿了去,费阿姨亦想先睹为快,又怕看不懂,便提议:"不如让李医生给我们大家解释解释吧。"

众人拍手。

庞阿姨难违众意,只好把杂志交还给李阿姨。李阿姨边读边作解释,大意是:关于减肥的说法很多,从原理上说,肥胖是因为过多的脂肪聚集在皮下与内脏中引起的。脂肪是人们吃进来的,所以要减肥便应该控制脂肪的摄入。但是过多地摄入碳水化合物即糖类,如果消耗不完,也会在身体里转化为脂肪,所以要减肥也得控制碳水化合物的摄入。不过,即使计算得十分精确,控制得十分认真,至多也就是不再"增肥"罢了。若是想单纯靠控制饮食来减肥,则需作更严格的控制,使得"入不敷出",让身体处于饥饿状况,被迫消耗体内积存的脂肪才能达到目的。但这样一则难于接受,再则也影响健康。所以若要减肥,还得在控制饮食的前提下作一定强度的运动,让运动来消耗体内过多的脂肪,而不是用饥饿来消耗掉体内的脂肪。也就是俗话说的"管住嘴、迈开腿",要减肥两者缺一不可。

"懂了吧？"李阿姨问。

众人点头。

李阿姨又接着说:"饮食控制的关键是控制吃进来的食物进入人体消化吸收后在体内产生的热量，即俗称的'卡路里'。但必须保证身体活动及新陈代谢所需要的卡路里，而且人体需要的各种营养物质，必须在摄入总卡路里这个前提下兼顾，即'平衡膳食'、平衡各种营养物质的摄入，使得既满足人体多种需要又不突破总卡路里的限制。"

这"平衡膳食"的话比较难懂些，李阿姨问："懂吧？"

众人有点茫然。

"好比，一个月就这么些开销，但要把衣食住行都安排好。"庞阿姨反应快。

众人点头称是。

庞阿姨又道："怪不得李医生苗条，原来这里学问不少。这杂志叫《食品与健康》是吧，这两桩事都重要，我们也去订了来看啊。"

众人皆称是。

庞阿姨从科普杂志里学习了健康饮食的理念，掌握了控制饮食的方法，和费阿姨一起又走进了健身俱乐部。

半年之后，庞阿姨体重减了不少，她和先生说是减了3500克，她先生笑她："你是黄金吗？论克称啊。"

肥胖与减肥

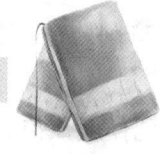

随着科技进步、生产发展，食品丰富了，人们体力的消耗却明显地减少，许多人都胖了起来。现代医学发现肥胖是许多慢性疾病的祸根。其中最突出的是包括糖尿病、高血压、动脉粥样硬化在内的代谢综合征，肥胖常常是这些严重危害人体健康疾病的先兆。甚至一些癌症，如结肠癌、乳腺癌、子宫内膜癌、前列腺癌等的发病也与肥胖有关。所以，应该提倡保持健康的体重。

体重是否健康，可用体重指数（BMI）来衡量，其计算方法为：体重（千克）除以身高（米）的平方得到的数值，如体重70千克，身高1.7米的人，体重指

数 = 70 千克 ÷（1.7 米 × 1.7 米）= 24.2（千克/平方米）。

按我国成人的体重指数标准：18~22.9 千克/平方米为正常，＜18 千克/平方米为消瘦，23~25 千克/平方米为超重，≥25 千克/平方米为肥胖。在肥胖的人士中，尤其一些大腹便便的"腹型肥胖"的人，健康问题尤多，健康专家指出，我国男性的腰围宜控制在 90 厘米以下，女性则宜控制在 85 厘米以下。

若已明显超重，应该注重减肥，减肥既是预防肥胖症、高血压、糖尿病、动脉粥样硬化的必要措施，也是预防大肠癌、乳腺癌等癌症的重要措施。

减肥一事如今甚为风行，方法很多，古法、洋法、服药、抽脂不一而足，但实际上万变不离其宗，合乎生理并确实有效的方法不外有二：一是控制饮食，减少摄入的总能量，尤其需要切实减少脂肪及减少淀粉类食物的摄入；二是增加运动，将体内的脂肪转化为供应运动所需的能量消耗掉。

然而，欲达此目的必需要有相当的毅力才行。重度肥胖，通过节食、运动改善无多的，尤其已并发糖尿病者或可考虑手术治疗，此类"代谢手术"国内外医学界已积累相当经验。

当然一般肥胖者想减肥，还是应从节食、运动入手，循序渐进、持之以恒，必能达到一定效果。

 # 县中的范骝老师

胃食管反流

一

离城不远的五里甸,有一处小山冈,山冈上疏落地散布着七八栋两三层半新不旧的房屋。冈下有一片平地做了操场,操场一侧的正中有个简单的主席台,台前有旗杆,国旗飘扬,县立中学便设于此处。县中是个完全中学,有学生千余人,大多是本县子弟,少数是附近县城慕名而来,托着各种关系在此"借读"的高中部学生。

县中在省教育界有点名气。正如某著名教育家说:"大学之谓大者,不在于有大楼而在于有大师也。"县中虽非大学,也谈不上有"大师",但确实有好些学识渊博、教学认真的老师,他们甘贫乐道、兢兢业业在此教书育人,以致每年毕业生中录取著名高校的学生颇多。

范老师单名一个骝字,骝有骏马之意也。江苏吴县人士,书香门第出身,据考著有《岳阳楼记》并提出"先天下之忧而忧,后天下之乐而乐"的范仲淹老先生便是其族祖。师范学院毕业之后任教于县立中学教授语文,先教初中,后教高中,前年起兼任语文教学组长之职。

范老师年方半百,身材修长,皮肤白净,头发略见花白,戴一副细框眼镜,穿一件灰色夹克衫,典型的文教人士形象。他喜欢喝茶、抽烟,平时讲话不多,但是讲起课来却是抑扬顿挫、有声有色,教起古诗词来,往往还会吟唱一番。据范老师说他在师范学院读书时,他的老师、著名的古诗词专家尹昌教授曾说:古诗词只有吟唱起来才能体会其中三味,他常吟唱也有了些体会,可惜如今学生们对此似乎少了点兴趣。

范老师有幸福的家庭,范师母在县第二中心小学任教,贤惠端庄。两人育有一女,聪明美貌,在县医院做护士,追求者众多,唯因工作太忙,对个人之事尚未考虑。范老师有"老胃病",主要是偶有烧心、嗳酸之类的症状,并不严重。女儿在医院工作,配药不难,故有时会配点治胃病的药吃,但并不经常服药。范老师平时喜欢看点医学保健方面的书,知道"是药三分毒"的道理,一般情况下药能不吃就不吃。好在除了有点"老胃病"及慢性气管炎外,血压、血脂、血糖都不高。至于有点慢性气管炎的原因,范老师自知是吸烟所致,但凡常年吸烟者皆有之,也就不太在意了。

二

这阵子范老师很累,先是省里布置各县中学教育评比,县中接受检查,范老师代表语文教学组汇报工作、示范教学;后又被县教育局抽调,代表本县参加调研组,跑各县中学调研教学改革之事,偏又被任命为教改调研组副组长,负责起草调研报告,着实忙了个把月才稍安定。不料又患了一次感冒,并发支气管肺炎,挂了好几天盐水才算退了烧。

范老师工作认真,病才好了一些,便又活跃在讲台上了,不过一堂课下来觉得"喉咙有点毛",想来感冒、肺炎刚好,这点不适也是难免的。

过了两周左右,范老师的身体状况大致恢复如前,只是喉咙的问题未见好转,反而更明显了一些,老是痒痒的,讲话的声音也不如以前那么响亮。范老师想:大概是慢性咽喉炎,学校里好几位老教师都有这种情况,算是教师的职业病吧。

又过了大半年,范老师的"慢性咽喉炎"似乎更严重了,以致声音都有点嘶哑。一次给学生讲柳永的《雨霖铃》:"……多情自古伤离别,更那堪冷落清秋节!今宵酒醒何处?杨柳岸晓风残月……"讲到动情之处,情不自禁地吟唱起来,突然发现声音嘶哑,心中一惊。幸而柳词温婉,这首更显凄凉,吟唱嗓音低沉嘶哑倒也合适。范老师觉得这虽说是教师的职业病,但如果影响教学效果总是应该治疗的。

决心已下,范老师抽了个空,由女儿陪同,在县医院看了耳鼻喉科主任的门诊,据主任检查下来说,的确是慢性咽喉炎并涉及声带,形成声带炎,以致声音嘶哑。这主任甚是仔细,问出范老师有吸烟之好,劝他戒烟,并劝告要少讲话,让声带休息,开了杞菊地黄丸、蝉蜕响声丸让范老师服用。

范老师吸烟多年,一时戒不了;至于少讲话一项,觉得平时话就不多,做教师的人上课总不能不讲话,这两条实在无法执行,只好吃药了。等到主任开的药吃完,让女儿去再配了来吃。不过,这样药吃了几个月,似乎并无效果。

范老师声音嘶哑,上课甚感吃力,吟唱诗词自己听来也不满意,便很少唱了。上课少了些风采,心中不免郁闷。

放暑假了,范老师与女儿商量,决定到市里的大医院去看看专家门诊。女儿因工作忙走不开,想起以前在市立医院进修学习时熟悉的市立医院门诊部护士长,便打电话托这位护士长照顾,对方一口答应。范老师夫妇遂择日启程,到了市立医院,护士长已经为范老师挂好耳鼻喉科主任的专家号,介绍说这位主任身兼医学院教授,擅长喉部肿瘤与颅底外科,并将范老师介绍给专家。范老师夫妇心中甚为感谢。

专家50岁开外,接诊时甚是客气,听范老师说话的声音心中已知大概,并不多问,只用双手摸了一下范老师的头颈,便道:"不用着急,仔细查一查吧。"专家随即吩咐助手开出电子喉镜与磁共振的检查单。范老师的病在县里没治好,专家要"仔细查一查"自然是好,于是拿了检查申请单称谢告退。在护士长的帮助之下,检查安排均算及时,只一周时间便告完成。再请专家复诊,专家一看报告,面露喜色,给范老师解释道:"磁共振报告上的'未见占位'即是没有肿瘤的意思,电子喉镜检查有些咽喉炎,吃点药吧,没事、没事。"随即吩咐助手开出了"六味地黄丸"与"爽声丸"的处方。专家很忙,已经在叫下一位患者就诊了。范老师无奈,只好称谢退出,又去找了护士长道谢而归。

在市里看专家也不得要领,范老师看着"六味地黄丸"与"爽声丸",与县医院开的药差不多,心想大概此生就这样了。抽支烟解个闷吧,一支烟抽到一半又是一阵咳嗽,而且酸水往上泛,喉咙口觉得热辣辣的。

三

范老师的女儿范小姐陷入了热恋之中。

范小姐名冰清,芳龄23岁,大学专科毕业,对护士工作认真负责,每获嘉奖。范小姐皮肤洁白无瑕,身材凹凸有致,明眸皓齿,一笑有两个酒窝,加以性格温婉,友善同仁,入职以来成众多男士追求的对象,其中也不乏"高富帅"一族,不过范小姐总以工作忙为由,不加考虑。她母亲也曾以"男大当婚,女大当嫁""年纪不小了"等词劝说,范小姐一概一笑了之。

不过,近来范师母发现女儿下班之后经常外出,每次出门还必多修饰,疑是赴男友约会。知女莫如母,母亲相信女儿的眼力,自不加过问,但是几个月下来又有些忍耐不住,终于有一天走到女儿房中去问起此事。

范小姐落落大方地告知:确实在恋爱之中,男友是县医院一位消化内科医师,姓肖名骅,28岁,是本地人,父母是本县农科站的工作人员。肖医生上海医科大学硕士研究生毕业后主动回家乡工作。还说肖骅上中学时是爸爸的学生。

范师母听到这里不再多问,记下肖骅这个名字,高高兴兴地去问老伴了。

范老师想起确有一个叫肖骅的学生,缘是这学生几乎与他同名——"骅骝",骏马名,乃周穆王八骏之一。记得该生长得高高大大,老老实实的样子,人很聪敏,数理成绩很好。毕业之后已快十年不见了,不料却真与范家有缘。于是便让老伴转告女儿,早些带回来看看。

俗话说:"丈母娘看女婿,越看越欢喜。"而老丈人这头,既有同名之缘在先,又有"确实不错"的认识在后,范小姐与肖医生的恋爱之事便也在她父母层面确定了下来。

肖医生成了范老师的"毛脚女婿",自然注意到未来岳父的健康问题,在医生看来:未来岳父的烟是应该戒的,但他深知戒烟不易,劝人戒烟也不易,不便唐突提出。消化系统疾病是他的专业,"老胃病"应该可治,不过似乎未来岳父却更关心嗓音嘶哑的问题,并听说了曾经市里耳鼻喉科专家诊察的事。内科医生长于临床思维,肖医生几乎立即把这事与病人所说的"老胃病"联系起来了:会不会是"反流性食管炎"导致的慢性咽喉、声带炎?

四

肖医生建议做胃镜检查,范老师自然十分乐意,于是在县医院胃镜室肖骅医生为这位未来的岳父做了胃镜检查。果然,胃部只是一点轻度浅表性胃炎,而食管反流的情况却十分明显,确诊为"反流性食管炎并发慢性咽炎、声带炎"。

傍晚下班前,范冰清给肖骅打了个电话:"我妈妈说让你今晚过来吃饭,我爸要听你说说什么叫反流性食管炎呢,6点钟,别迟到噢。"

热恋中的肖骅如奉圣旨,忙说:"一定一定。"他哪敢迟到,忙给自己妈妈打个电话:"妈,今天不回来吃饭了,医院里有事。"他妈也知道儿子在热恋中,认定他又与女友约会去了。

在范老师家的饭桌上,肖医生说:"食管下面是胃,两者连接的地方叫贲门,贲门有括约肌,食物从食管到达贲门时括约肌放松,食物即进入胃中,平时这括约肌是收紧的,胃里的胃酸等消化液不能倒流到食管里来。但是有的人括约肌力量不强,会有一部分胃酸等消化液,严重的甚至还可能有十二指肠里的胰液、胆汁等倒流到食管里来,这些物质如胃酸是酸性的,胰液胆汁是碱性的,刺激了食管黏膜,引发食管炎,称为'反流性食管炎',多见于老年人。胃酸等如果刺激了食管的下端,患者会有'烧心'的感觉,如果反流到食管的顶端、到达口腔,患者便会觉得'嗳酸'了。"

"我主要的症状是烧心、嗳酸,还一直以为是老胃病呢。那么嗓子怎么会哑了呢?"范老师问道。

"食管与气管都开口于咽喉部位,反流的胃酸等液体刺激咽喉,也会形成慢性咽喉炎,声带在气管的开口部位,紧邻咽喉,如被波及则为声带炎,影响发声。"

"哦,原来如此。"

"好了好了,吃完再问吧。"范师母盛了一碗鸡汤端过来放在肖骅面前,丈母娘心疼"毛脚女婿"了。

饭后,范老师给肖骅倒了一杯茶,问道:"这毛病治得好吗?"这当然是最为关心的事。

"可以用些止酸的药以减少胃酸对食管、咽喉、声带的刺激。用些胃肠动力药以加强贲门括约肌的力量和促进胃的排空,这样能减少胃液等向食管的反流。刺激减少了,受伤的食管、咽喉、声带能逐步自行修复。"肖骅接着又说道。"饭后宜稍散步、少躺卧。要避免增加腹部压力的动作,如下蹲、搬重物、用力排便、咳嗽等,以免促成胃内容物的反流。"

"这些都好办,只是要不咳嗽或少咳嗽难以办到。"范老师说。

"老师的咳嗽与吸烟有关,所以最好能把烟戒掉。"肖骅终于找到劝诫未来岳父戒烟的时机了。

"别老师老师地叫了,叫爸爸!"范师母也找到表态的由头。

"噢,爸爸最好能把烟戒掉。"肖医生终于盼到这一天,反应来得快。

"好,好,好,一定戒、一定戒。哈哈哈……"范老师心想:真吾婿也。

"你们笑什么?"范小姐从自己房间走出来,明知故问,其实她都听到了,脸胀得绯红。

"死丫头,不告诉你!"她妈心里别提多开心了。

胃食管反流

胃食管反流是一个近年方引起重视的疾病。以往将患者诉述的"反酸水"称之为"嗳酸",认为只是一个胃病的症状而已。

随着社会人口结构的老龄化,老年人群大幅度增加,在老年人中胃食管反流有比较高的发生率。老年人的贲门比较松弛,贲门是食管通向胃的大门,正常情况下食物经贲门进入到胃,在胃里进行初步的消化。贲门的四周有括约肌,并有一定的张力,食物通过后贲门收缩,大门关闭,胃的内容物不会反过来流向食管。但老年人贲门括约肌的张力下降,当腹部或胃内的压力增高时胃内的胃酸以及正在消化当中的食物等便会反流到食管里来。由于胃酸有相当的酸度,会刺激食管黏膜,久而久之可能引起反流性食管炎,患者会感到胸骨后部有烧灼感。若是这反流的现象进一步上升到咽喉部,甚至于口腔,患者便有了嗳酸、嗳食的症状,进到口腔的胃酸与食物当然可以再咽下去,但是在不经意当中这些反流物有可能进入气管,引起呛咳,令人不适。气管的开头部位是声带,酸性物质的刺激可以使声带发炎,造成声音嘶哑,常年的刺激甚至可以引发声带肿瘤。有时这些反流物还会被吸入到气管内,便有可能发生吸入性肺炎。这对于老人,尤其是高龄老人来说,是非常严重的事。

对于胃食管反流需要加以重视,比如一次进食不要过多,餐后不要立即躺卧,尽量避免下蹲、弯腰等增加腹压的动作,腰带不宜过紧。如果反酸比较严重,可以用一些抑制胃酸的药物,也可以用一些胃肠动力药以促进胃的排空,减少食管反流的机会。

 苗医生妙解胆固醇

胆固醇的摄入

一

在车水马龙的大城市里,像幸福邨这样闹中取静的小区确实是不可多得的。幸福邨小区由十余栋电梯小高层公寓楼组成,绿化不错,治安良好。6号楼的底层有一个小区业主会所,包括一间大会议室,可容七八十人开会,撤了轻便座椅可以容纳三四十人做体操、歌咏或舞蹈,两旁还有几间用作图书室、乒乓球室等。物业管理与居委会合作,常在此推出各种集体活动。

幸福邨小区的居民以公教人员及文艺界人士居多,小区建成近十年,居民人口结构逐渐老龄化,小区的退休老人多为知识分子,生活行为大多较为传统,关心集体活动,也关注保健知识。最近,关于胆固醇究竟能不能吃,血液中胆固醇高了要不要紧的话题引起了不少居民的关注。

会所左侧的图书室里有8排书架,上面放满了各种图书,林林总总足有五六千本,这些书除了当初房地产商为宣传小区楼盘设施齐全、营造出浓厚文化氛围而放置的几百本外,其他多数是小区居民自动捐赠的,也有搬离的居民索性将家中图书尽数捐赠的,多年下来数量十分可观。尽管如今上网查阅、手机阅读十分流行,但许多退休老人还是保留找纸质书看的习惯。

这天赵老师在图书室里查阅了《实用内科学》《临床心血管病学》,是以前住在这小区里的陈医生留下的两本专业性很强的医学书籍,赵老师是第八中学的退休教师,知识面甚广,所以也能读出个大概来,两本书里都明确说到:脂类物质,主要是低密度脂蛋白胆固醇,进入动脉血管的内膜之下,为吞噬细胞所吞噬,形成泡沫细胞使动脉血管壁向血管腔内隆起,阻碍血液流动,形成动

脉硬化。若隆起之"斑块"破裂,则其中的脂质并凝血块流出阻塞冠状动脉、脑血管,形成心肌梗死、脑梗死。故要预防心肌梗死、脑梗死必须从源头上控制脂肪饮食的摄入。教书的人最相信的就是书,而且赵老师知道这两本书的分量,所以对此笃信无疑。这时恰好钱行长走了进来,不爱读书的不会来图书室,钱行长自然也是爱书之人。钱行长是退休的银行职工,退休前还曾担任过当地一家支行的行长,所以熟悉的人都称他钱行长。钱行长不但精于金融业务,退休之后对营养的学问也很有研究的兴趣,缘是他每年体检血脂都高,医生开了降脂药的,叫做什么他汀,不过一看药品说明书,钱行长决定"终止这笔业务",因为血脂高点并无不适,吃药吃坏了肝功能,岂不等于"坏了账"。但钱行长是有识之士,觉得这脂肪是吃进去的,何不在营养学上多下功夫,饮食上既保证营养又不增高血脂岂不是很好。所以手上总拿着一本《中老年营养大全》研究,不过看了几天,发现对于胆固醇一事,书上除了说"需要控制"之外并无详解,正准备将书归还图书室。赵、钱相遇,说起胆固醇,二人所见略同:需要控制!

二

这会所右侧是一间乒乓球室,放了两张乒乓球桌,随时开放供居民使用。这天恰逢周末,孙主任一身白色运动服、白色网球鞋,和李科长在台前大战正酣。

孙主任退休前是广播电台采编部副主任,曾经的新闻界从业人员对新的信息自然十分敏感,孙主任认为:如今是信息爆炸的时代,书本上的知识只是基础,科学知识日新月异,不可能仅靠书本传播。互联网应是新知识的来源,现代人即使是退休人员要跟得上形势,必须时时关注网上传播的新知识,当然网上的信息有时真伪难辨、参差不齐,这就需要有科学的思想、科学的方法加以分辨。孙主任前几个月获悉美国新版膳食指南中"不再强调控制胆固醇",因为与传统的知识大相径庭,也曾经有所怀疑。等到后来新版的《中国居民膳食指南》中提到可以适当地吃些蛋类,而且还强调包括(胆固醇含量颇丰的)蛋黄时,孙主任确认无疑了,再上网一查:原来这胆固醇是人体不可或缺之物,而且人体中的胆固醇居然80%是人体自己的肝脏制造的……

孙主任觉得人的科学知识固然重要,科学的思想更为重要,什么是科学?

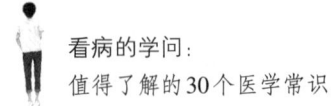
看病的学问：
值得了解的30个医学常识

孙主任认为"不断更新"是科学的本义，以前认为要控制胆固醇的摄入，现在"不再强调控制"就是科学。所以孙主任有意无意地在微信朋友圈里对于这个"不再强调控制"胆固醇的道理做了许多宣传。

李科长相对年轻，是市科委分管科学普及工作的一位科长，科普是他职责所在。李科长对孙主任强调"科学思想"的意见十分赞同，对孙主任关于胆固醇问题的观点自然欣然接受。

孙主任传达的观点在许多朋友中大受欢迎，原因很简单：相信新观念横空出世必有道理，新的总是好的。

三

钱行长最近经常觉得胸闷，因为原来就有高血压、高血脂，所以十分警惕，就医检查的结果：血脂、血压皆高，而且已患有冠心病。医生检查诊疗记录，发现其血脂、血压增高已久，似乎较少服药治疗，询其原因，答以恐药物有副作用之虑，医生解释道："他汀类药物确实可能有损肝等副作用，但发生率甚低，服药过程中定期检查，如有发生，减量服用即可，毋需过虑。"钱行长突然想到"不再强调控制胆固醇"之说，顺便询问医生："不是说美国已经不再强调控制胆固醇了吗？"

医生笑了笑说道："你是今天第六位提到这个疑问的患者了。美国膳食指南不再强调控制胆固醇，不等于血液中胆固醇，尤其是低密度脂蛋白胆固醇增高时不需要治疗啊。"

医生看着他的患者似乎一下子还没有明白过来，便又补充说道："食物中胆固醇的多少与血液中的胆固醇含量是两个不同的概念，食物里的胆固醇吃进来不一定能完全吸收，也不一定完全演变为坏胆固醇，而血液里的坏胆固醇会堵住你的血管，怎么能不控制呢？"

这么一说，钱行长总算明白了。不过这一查又查出了冠心病，据医生说这与血脂增高日久，未能很好控制有关。钱行长心事重重，也不再问了。医生又开了药叮嘱要认真服药，定期复查。

一会儿说不强调限制胆固醇，一会儿又说血里坏胆固醇过高会生冠心病必须控制，真把人给弄糊涂了，究竟应该怎样认识？幸福邨的居委会干部想到了他们小区有保健医生，幸福邨所属的安宁街道卫生服务中心的苗解医生是他们小区大多数居民已经签约服务的全科医生,心想可以请他过来给居民上一课。电话打了过去,苗医生欣然同意,于是居委会发出了布告:

健康讲座

讲题:胆固醇究竟要不要控制?

时间:×月×日下午2点

地点:业主会所

主讲人:苗解医生　安宁街道卫生服务中心全科主治医师

欢迎各位居民准时参加!

当日下午幸福邨小区会所活动室座无虚席,加了座椅还是不够,有人就站着听。

这苗医生好口才,他先说:"美国膳食指南不再强调限制胆固醇的摄入确有其事,人体确实需要一定量的胆固醇,人体内的胆固醇八成是自己肝脏制造的,这话不假。不过所谓'坏胆固醇'能堵塞动脉血管也是毫无疑问的。这当中的关键问题是饮食中所含胆固醇的量与血液中的胆固醇,尤其是坏胆固醇的含量是两个不同的概念:吃进来的不一定能完全吸收,吸收了也不一定都演变为坏胆固醇,所以可以不强调控制,当然,也没说可放开来吃。但血液中的坏胆固醇能堵塞你的血管,怎么能不加以控制呢?"

钱行长也在座,觉得他说的跟心脏专家说的一样。

苗医生把话题一转,打了个比方:"养花的人都知道:花盆底上有个洞,这个洞是为了排水的。种花是要浇水的,为什么还要排水的洞呢?原来若是浇水过多,水在花盆中积蓄排不出去的话,花会'烂根'死掉。这就好比人是需要摄入一定的胆固醇的,等于花是需要浇水的;但是如果血液中胆固醇过高,好比花盆中有了积水,就必须把盆底的洞疏通一下,把积水排出去。当然,这时候也应该暂停浇水也就是控制一些胆固醇的摄入了,这道理是一样的。还有些花更喜欢干燥些的或是潮湿些的土壤,若要养护好这些花,必须时时关注花盆里土壤的干湿度,对人来说就是验血查血脂,降脂治疗就是注意盆底孔洞的排水功能,必要时疏通疏通,少浇或多浇点水,意味着要适当地控制脂肪摄入"。

大家热烈鼓掌,表示全都听懂了,都说这个比方好。

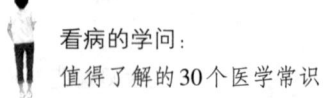
看病的学问：
值得了解的30个医学常识

胆固醇的摄入

  脂肪是人体必须的营养素，它能提供人体生命活动的能量，其提供之能量为9千卡/克，远高于蛋白质与碳水化合物（即糖类）的4千卡/克。脂肪还有保护人体内脏、维持体温等作用。胆固醇是一种脂肪类物质，其作用是：神经传导的介质，犹如邮局装载邮件的邮车，信息靠它传送，而这介质是由胆固醇转化而来；胆固醇是性激素的前身，假若全无，世上将无亚当、夏娃之分；骨骼需要钙，吸收钙需有维生素D，而人体皮肤下面的脱氢胆固醇经紫外线照射，能自动生成维生素D；脂肪在肠道内吸收离不开胆汁酸，而胆汁酸由胆固醇衍生而来……

  但病理学研究也证明：沉淀在动脉血管壁中造成动脉粥样硬化，以致引发心脑血管疾病的便是氧化了的低密度脂蛋白胆固醇。于是美国、欧洲的心脏学会多次推出控制胆固醇的计划：口诛笔伐、改进食品、研制新药，许多年努力下，随着人们血液中低密度脂蛋白胆固醇的降低，心脑血管疾病的发生率的确有了下降。

  "量"的概念是科学的基础，看来这胆固醇不能不吃，也不能过多，研究下来，每人每天摄入约300毫克胆固醇是适合的。所以美国的膳食指南不再强调限制胆固醇了，我国的膳食指南也说可以适当吃点鸡蛋包括蛋黄了。当然，两国的指南都没说可以放开来吃。

  食物中的胆固醇摄入后未必都能被百分之百地吸收，吸收进来的胆固醇转化为高密度脂蛋白胆固醇还是低密度脂蛋白胆固醇也未可知。但血液中的低密度脂蛋白胆固醇过高，则引发动脉粥样硬化势在必然。所以饮食中的胆固醇或许可以"开放"一点，但血液中的（低密度脂蛋白）胆固醇高了必须治疗，不能放松。

 ## 刘老师跌了一跤

胆囊炎、胆石症

一

刘老师在家里跌了一跤,这一跤跌得不轻,刘老师躺在地上已经无法动弹,亏得刘师母在家。刘老师人瘦,一米七几的身高,体重100斤都不到,刘师母没费多大力,便把刘老师扶到床上躺了下来,赶紧打电话给儿子。儿子子承父业,也做教师,好在当日无课,立刻赶了回来。问刘老师有何不适,答曰:"右侧髋部疼痛。"儿子力主送医院检查,打电话叫来救护车送到医院急诊室。医师检查见右侧髋部有大片皮下出血,认为可能有"股骨颈骨折",马上拍片,果然证实确实为右侧股骨颈骨折,于是住入骨科病房准备手术治疗……

刘老师名宗厚,安徽人士,退休前在一所中学教语文。他63岁,头发稀疏泛黄,面色白净少华,戴一副黑框眼镜,常穿灰色夹克衫、黑裤、黑色旅游鞋。刘老师教学经验丰富、教学认真,几乎年年都获先进荣誉,爱生如子、友善同仁,在师生中口碑甚佳。唯不足之处在于刘老师体质羸弱,有一次竟在课堂上晕倒。到医院检查,血压、血脂、血糖均正常,亦无脂肪肝、老慢支之类的常见疾病。刘老师自己觉得应是缺乏锻炼的缘故,也曾努力尝试,但体力甚乏,实难坚持,只好作罢。

刘老师住院之后医生检查发现其骨质疏松明显,股骨头部尤其显著,若为骨折打入钢钉,估计不久股骨头部塌陷,势必前功尽弃,因此建议作股骨头置换术,即置入人工股骨头、股骨颈,代替行将塌陷的部分。因为手术牵动面较大,医生为刘老师作了全面检查,又发现其凝血功能不佳,只得将手术日期推迟,先注射促凝血药物。

病房里主任医师检查患者的诊疗情况,查罢问道:"以前生过什么病没有?常吃什么药?"

"生过胆囊炎,平时并不常吃药。"

"胆囊炎跟这没有关系。"主任医师笑了笑,走开了。

刘老师觉得有点莫名其妙。

傍晚,主治医师例行探望患者时,刘老师问到此事。主治医师说是:"主任觉得,虽说年龄大的人难免有些骨质疏松的情况,但你的年龄不算很大,而骨质疏松严重,与你的年龄有点不相称,所以问你有没有什么内科的毛病,比如慢性肾病、甲状旁腺病等,或是长期服用肾上腺皮质激素等药都会引起骨质疏松的。"

"我平时身体比较弱,但也没大病,只生过胆囊炎,我自己比较注意,从来没有发作过,也没有什么不舒服,已经有好些年了,不过这些年来身体明显不及以前了,不服老不行啦。"

"胆囊炎跟骨质疏松没有关系。"主治医师说的与主任医师一样。

刘老师心里的疙瘩仍未解开:我的骨质疏松与年龄不相称,到底是什么原因?

二

儿子下班之后前来探望,刘老师将此事说给儿子听了,儿子师范大学毕业,在一所中学教数学,对何以骨质疏松也是一无所知。回家之后上网查询,倒是查到有关骨质疏松的定义和一些引起骨质疏松的原因,但是跟他爸所说全"对不上号",再查"胆囊炎"也没有任何会引起骨质疏松的说法。忽然想起有位中学同学毕业后考入医科大学,现在就在该院做内科医生。现代知识青年跟老一辈有点不一样了:崇尚"尽量少麻烦别人",应该说这也是一种进步,所以他爸看急诊、住院、准备手术等,都未想过要找这位同学帮忙,好在一切也都顺利。现在想到他爸这骨质疏松之事,似乎骨科医生们无解,便想:或许问问内科医生能有个说法。找出同学通讯录,给这位内科医生同学打了电话,孰料电话那头也是问:有无慢性肾病、甲状旁腺病、是否长期服用肾上腺皮质激素等……

第二天傍晚,儿子照例到病房探望,得知经过治疗,刘老师凝血功能好转,不日将安排手术。父子二人正说话间,内科医生也来探望同学的爸爸了。这内科医生长得眉清目秀,30多岁,步履稳健,刚走进病房,小刘热情招呼他,他看到一位苍老消瘦的患者,知是同学的爸爸,便走近床前口称伯父,安慰说如今医学进步,对手术之事不必紧张等。但心中也在纳闷,何以这位患者如此苍老、虚弱。

忽然他注意到病人床旁有一碗剩菜,是今晚医院供应的晚餐:炒青菜垫底加竹笋烤肉,刘老师基本未动。便问道:"伯父觉得医院的伙食不好?"

"不是不是,菜是挺好的,只是我不能吃油腻的东西。"

"吃了不舒服?"

"也不是,因为有胆囊炎。"

"胆囊炎常常发吗?"

"没有,没发过。"

"那怎么知道有胆囊炎的呢?"

"体格检查,做超声波查出来的。"

"怎么治疗的呢?"

"医生开的是'胆宁片',关照不要吃油腻的东西。我想药吃多了不好,'不吃油腻的东西'办得到,对心脏也好是吧。"

"我爸对饮食的事很注意的。"儿子在一旁插话了:"这几年已经不吃荤菜了,吃蔬菜也很注意,尽量少放油。"

"现在不是都说只吃素菜好吗。"刘老师说。

刘师母是家里的大厨,在旁边补充说:"老刘有胆囊炎,医生关照不要吃油腻的东西,我烧菜已经尽量少放油了,老刘还嫌油多,菜也吃得少,有时基本不吃什么菜了。"

"不吃菜,吃什么呢?"

"酱菜,一天三顿都少不了的。"刘师母说。

刘师母还说:"我家老刘即使吃菜也把菜放在白开水里涮一涮再吃,怕油多啊。"

内科医生心中有点数了,换了个问题:"牙好吗?"

"不好,掉了几颗,牙龈常出血。"

"掉了牙怎么没去装假牙呢?"

"人老了，算了算了。"

"老伯才60出头，不算老啊。"

"自从查出胆囊炎以来，这几年身体一年不如一年，这胆囊炎真厉害啊。"

内科医生笑了笑，说道："看来问题不在胆囊炎，怕是伯父的营养出了问题——营养不良。"

刘老师、刘师母、小刘几乎异口同声："啊，是吗？"再一想：是啊，这几年为了怕胆囊炎发作，不但不吃荤菜，连蔬菜都吃得很少，这营养从哪里来？人没营养怎么行？自从发现胆囊炎以来衰老许多，以前一直以为是胆囊炎引起的，可是别人生胆囊炎也没这样啊，看来的确是营养出了问题，只怪自己糊涂，没想到这点。当然，这其中刘师母自责最多，觉得自己没照顾好先生的饮食。

三

"这骨质疏松也与营养有关系？"刘老师回过神来，还是回到出发点的问题上来了。

"当然，骨骼是在不断新陈代谢的，也需要蛋白质，钙、镁等许多矿物质和维生素参与。比如钙的吸收需要维生素D的帮助，维生素D是脂溶性维生素，如果很少摄入脂肪性食物，则脂溶性的维生素A、D、E、K容易缺乏，维生素A缺乏的人会得夜盲症，即在光线稍暗时，便看不清东西了。"

"我就是这样。"刘老师忙插话说。

"缺少维生素A的人皮肤无光泽、毛发稀疏。"内科医生接着说，刘师母心疼地撸了撸刘老师稀疏的头顶。

内科医生继续说道："缺少维生素D，钙不能吸收，儿童会发生佝偻病，成人会引起骨质疏松。缺少维生素E会加速人体衰老，缺少维生素K便影响血液凝结。"

刘老师全神贯注，听到这里脱口而出："我这几天就是打的这维生素K！"

"可是，看胆囊炎的医生说是不能吃油腻的东西的啊"。刘老师觉得这几年营养上出的问题也是事出有因，这胆囊炎的事也不能不管啊。

内科医生笑了一笑，说出一番话来，却让刘老师佩服得了不得。那医生说："胆汁是肝脏制造的，它的功用是帮助消化，尤其是脂肪性食物的消化非它不可。胆囊是贮存胆汁的仓库，当食物尤其是脂肪性食物进入十二指肠时，它会收缩将胆汁排入十二指肠中帮助食物消化。有些胆囊炎反复发作的患者胆囊壁与周围的腹膜有粘连,吃了油腻的东西,胆囊收缩时会引起牵拉的痛感,其实不是胆囊炎发作。引起疼痛总不好,所以医生多会告诉患者不要吃过于油腻的东西,因为不管怎样,少吃点油腻的东西总是对的,当然不是绝对不能吃油,脂肪是人体必需的一种营养素啊。而且,事实上如今医学发达,这种胆囊炎反复发作、造成胆囊壁与周围粘连的情况已经很少了。许多如伯父这样没有明显症状的胆囊炎、胆结石患者,其实并没有胆囊壁与周围粘连的情况,只要没有胆结石阻塞胆管,没有黄疸,那么稍吃点油的东西,胆囊收缩一般也不会疼痛的。"

骨科病房里另一位手臂骨折的患者听得入神,插话了:"这医生说得对,我就有胆结石,随便吃什么,不疼的。"

"当然,要看具体情况而定,若是吃油腻的东西就疼,那就不能随便吃了。"这话明明是对手臂骨折的患者说的了。

内科医生又继续说道:"其实像伯父这样没有症状的胆囊炎,稍微吃点脂肪性的食物,促成胆囊收缩,胆汁不断更新,只会有利于胆囊炎症的消退。"

"啊,是的,'流水不腐、户枢不蠹'嘛。"刘老师完全听懂了……

尾声:

刘老师顺利地做了手术治疗,一周后出院,骨科医生给开了些治骨质疏松的药回家服用。遵照医嘱,半个月后开始逐步起床锻炼,几个月后竟完全康复了。不但是骨折完全康复,刘老师的营养不良问题在刘师母悉心调理下也完全解除了,而且胆囊炎没发,血脂也没高。

隔壁邻居都说:"刘老师跌了一跤,身体反而跌好了,怪吧。"

刘师母听了脸上露出会心的微笑。

胆囊炎、胆石症

肝脏的重要功能之一是分泌胆汁帮助消化食物,胆汁中有许多消化酶,其中帮助脂肪消化吸收的酶最为丰富。如果没有胆汁的帮助,脂肪很难被消化吸收。肝细胞产生胆汁昼夜不停,先进入胆囊中贮存,一旦含脂肪的食物进入十二指肠,十二指肠便会分泌一种名为"胆囊收缩素"的物质,使胆囊收缩,胆汁便被排到十二指肠中去,与脂肪食物会合,开始了脂肪的消化过程。

胆囊发炎时胆囊壁上会有许多炎性渗出物,这些物质会使胆囊壁与周围形成粘连。如果胆囊炎反复发作,那么这胆囊壁就和周围的组织粘在一块儿了。当吃了脂肪类的食物,胆囊收缩时会引起牵扯性的疼痛。若是有胆石在胆囊管或胆总管中,也可因进食脂肪性食物后大量胆汁排出推动胆石移动而致胆绞痛发作。为了避免进食脂肪食物引起的这种疼痛,以往医生确实告诫胆囊炎、胆石症患者应忌食油腻食物。

如今体格检查盛行,超声波查出大量的无症状胆囊炎、胆囊内小结石。结果这些人也缘引此例,不进脂肪类食物了。长期绝对忌食脂肪性食物的结果,必定形容枯槁,而且必须溶于脂肪才能被吸收的维生素A、D、E、K也可能严重缺乏,以致新陈代谢紊乱、抵抗力下降。其实像这些患者并没有胆囊壁与周围的粘连,胆石也不在胆囊管、胆总管中,完全不必杞人忧天,担心进食脂肪饮食诱发疼痛。何况进食些脂肪性食物可以促使胆囊时常收缩,胆汁得以常常更新,反而有利于胆囊炎症的消退,甚至有利于胆囊中小型结石的排出。

世间万事皆需分别对待,胆囊炎、胆石症患者需不需要禁忌脂肪食物亦是如此。

 # 乙肝又加酒精肝

乙 型 肝 炎

一

初夏的傍晚,华灯初上,美食一条街上人声鼎沸,空气中飘着的油蒸气夹杂着烤肉的香味。

两旁的饮食店早将桌椅搬到人行道上占道经营,原本不宽的马路布满了大排档摊位,车辆无法通行,行人走过也觉逼仄。不过这里的行人几乎都是为小吃而来或是观光者兼食客,要的就是这个气氛,没有觉着不悦的。

美食街上小吃居多,食客们大多是这里吃一点,那里也尝一点,有的索性拿在手上边走边吃,真正坐定在那儿慢慢品味的不多。不过也有例外。路边一角,一位40多岁的汉子坐在一张小桌前,两碟炒菜,二两白干,在那里独酌,一件制服脱了放在身旁的椅子上,还有一顶大盖帽。此人姓陈,名观大,江苏武进地方人士,该地农村过去有将大儿名字中用一"大"字的习俗,大概视"大"字为吉祥之兆。

陈观大乃是此地市容监察小分队(即"城管")的小队长,虽然这个小队只有三四人,但是他好歹是个头头,人称他"陈队",观大颇为受用。

陈观大原是一家国营工厂的勤杂工,做过清洁工、干过门卫、卖过饭票,因为肝不太好,很长时间在工会办公室帮助干点杂活。虽然浑名"官大",实则芝麻绿豆的官也没做过。后来企业转型,观大下岗回家,闲散无聊,东游西荡。不多久,他老婆也面临下岗危机,便催他去出门谋事。观大没法,应聘于某物业公司做了保安。如此过了大半年,觉得物业公司"规矩太多",跟以前在厂里做门卫时自由自在大不一样。后来保安的主管要安排他值夜班,观大拿出"肝

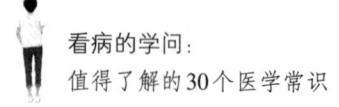

不好"作托词,希望照顾他长值日班,哪知主管放出话来:"有病请回府休养。"观大一气之下便辞了工作,闲赋在家。这一闲又闲了大半年,老婆让他摆个摊子卖点小百货,多少赚点小菜钱。观大不肯,觉得没有面子,还有城管队的人"凶是凶得来",专找小摊小贩的麻烦,所以坚决不干。老婆拿他没法,好在下岗工人饭还是有得吃的,只好由他去了。

过了半年,区劳动人事部门招聘市容管理人员,经里弄推荐,他去应聘。大约主管部门觉得陈观大原是国企下岗职工,而且表格上填的是"工会干部",又做过保安,人长得还算高大,对本地情况也熟悉,便录用了他。

陈观大对这份工作十分满意,因虽名为"市容管理",实际是个"管人"的工作,主要就是管理小商小贩。观大从初中毕业进厂工作以来,徒有个"官大"的浑名,从来都是被人管的。这回倒好,得了个管人的工作,尽管城管队员不是官,但小商小贩还都怕他们三分。更有些无证经营的,看见他就像老鼠见了猫。他知道这一带的小贩背地里都叫他"黑猫",就是警长的意思啦。观大每次上街值勤,心中甚是得意,甚至下班了也还穿着制服在街上遛达,真是很"享受"这份工作。

观大在队里学习,他记得大队长曾说:"执法要严,不循私情。"观大理解为他们是执法人员,执行法律的,他们的所作所为都是法律的反映,执行法律是不讲面子的。

一回一个农村老太太带了一篮鸡蛋和一袋马兰头,不知怎么到了他管的地段,坐在路边,恰好有位女士看她的马兰头新鲜,便要买。正问价间,观大到了,马上判定老太太是无证经营,立即驱逐。那女士坚持要买,老太一迟疑,观大"不循私情",上去就要抢夺,老太不给,争夺间打翻了篮里的鸡蛋,路人皆指责观大的不是,观大只好嘴上说着摆摊要办证,脚下已开溜了……

过了两年,恰好区里城管大队为加强美食一条街的市容管理,成立一个专职的小分队,考虑到陈观大工作认真,便让他担任小分队队长的职务。陈观大别提多开心了,这下真的"官大"了。

二

陈观大担任美食一条街城管小分队的队长,新官上任三把火,带领几个队员煞有介事地挨家挨户走访沿街商户,关照他们把路边的桌椅摆放整齐,收市

乙肝又加酒精肝

之后做好清洁工作，又逐个查验大排档的营业执照，不为别的，只是让他们都认识"陈队"。

陈队工作态度认真，不时地挑些毛病，叫这些商家"整改"。慢慢地，美食一条街的市容管理小分队与商户们、摊主们"打成一片"了。美食一条街的营业主要在下午和晚上，上午基本无事，城管们的工作时间也相应设在下午和晚上，这是当初要成立专管小分队的原因。这个工作时间段涉及晚餐问题，城管大队的食堂下班了，各人回家吃饭耗费时间，解决的办法自然是就地取材。在美食街执勤会饿肚子？按规定付钱就是了。大半年下来，也没人提到每晚在外用餐"开销太大"的事。

陈队每天晚上有"小酒"喝，钱当然也是付的，付一张100块出去，找回来两张50块的"零头"，更觉得这官真是做得了得，因而工作积极性更大了，以致"终年无休"。

陈队每晚酒饱饭足，带着一股子酒气回家，老婆倒是提醒他："阿大，你肝不好，要少喝点酒。"

"没事的，专家讲过'少量饮酒有益健康'。"

他老婆上回听过一趟"健康讲座"，确实听说过有这话的，也就罢了。

陈队的哲学是"靠山吃山，靠水吃水"，自己管理美食街，不弄点吃喝枉费了此番好运了。

如此吃喝了一年，有一天竟喝醉了，由另外两个城管把他送了回家。第二天醒来，只觉头痛，只好休息在家。他老婆不放心，请了假，坚持陪他去医院检查。检查的结果是高血压、高血脂、慢性肝炎、乙肝"小三阳"。医生开了降血压、调血脂以及一些保肝的药。

医生说："饮食要清淡，少吃油腻的东西。"

他老婆在一旁提醒医生说："医生，他喜欢喝酒。"自然是希望医生劝他不要喝酒的意思。

"你有慢性肝病，酒是万万不能喝了。"医生说得很中肯。

"听见吧，阿大，酒不能喝了。"

"不是讲'少量饮酒有益健康'吗？"陈队说。

"可是你的肝不好，再喝下去要变肝硬化，酒精还有促癌作用。"医生说。

陈队又去"城管"了。

他今天要"修理"一下卖炸鸡排的小安徽,那家伙跟卖油豆腐粉丝汤的小苏北一搭一档,背地里对他说三道四。其实他们小队一般还挺照顾这些摊贩的,至多偶尔揩点油而已,晚上吃喝多数在马路两边的店家,而且是分散的、不固定的,甚至吃喝的时候都脱了制服的,很注意影响了。这小安徽不知好歹,要敲打敲打,查查他用的是不是地沟油!

傍晚,陈队的手机响了:"陈队吧,我老李啊,有空过来,弄二两竹叶青,好酒啊。"老李是仁和酒家的大堂经理。

"好嘞。"陈队听到酒,心底里便有了莫名的兴奋。医生的话早已抛到九霄云外了。

陈队依然吃喝如故,医生配的药也不吃,也不复查,因为他觉得这样挺好。

三

最关心陈队的身体的人当然是他老婆。

陈队老婆觉得如今患高血压、高血脂的人很多,既然大家都高,那陈队应该问题不大。只是她知道肝不好的人不能喝酒,连医生也是这么说的,偏偏在这个问题上她老公完全不当回事,怎么劝说也没用。

一次又因为喝酒的事夫妻两人起了争执。

陈队也不知哪里来的急智:"你倒想想看,医院里消毒用什么?用酒精!为啥用酒精?因为酒精能杀菌!酒喝到肚皮里去,啥个细菌能抗得住它,肝炎细菌不怕它?我就听过一个老中医说的:用藏红花泡酒喝,能治肝硬化。肝硬化了弄点药酒都能治,我这点肝的毛病喝点酒只有好处。"

他老婆吃瘪,没话说了。

陈队天天吃喝如故,果然没事。

又过了一年,事来了。陈队先是觉得右边肋骨部位有点隐痛,他知道这是肝的部位,不免暗自吃惊,傍晚小南门酒家的钱经理约他喝酒,他推说家里有事没去。回到家中随便吃了点,也不看电视,倒头就睡,却又睡不着,在床上翻来覆去。老婆问他哪儿不舒服,他也不说。一夜折腾,他知道这是酒瘾,天快亮的时候起身找到一瓶黄酒,倒了一杯,也无需菜肴,喝了下去,方觉舒坦,于是倒头再睡,一直睡到日上三竿方才起身。仔细体会,似乎肝区不痛了,方才放心,又去当他的"城管"了。晚上在小南门酒家吃了些酒菜回家。

乙肝又加酒精肝

这回钱经理是有事相托:小南门酒家店基西侧有一个废弃的花坛,钱经理想把它整平了占地营业。此事已向陈队疏通过几次,陈队怕动作太大,影响不好,但经不起钱经理一再攻关,便答应了下来,嘱其下半夜悄悄动工,动作要快,天亮就摆好桌椅,再放上几盆花……

几年下来陈队对此类事情的操作已经很有些经验了。

又一个月,陈观大肝区甚痛,几乎难以忍耐,只好就医检查,一查大惊:超声波检查发现肝右叶赫然长出一个肿瘤,直径已有七八厘米,一种查肝癌的化检指标叫"甲胎蛋白"的值竟高出正常百倍之多。医生表示:肝癌诊断肯定,当以手术切除为治疗之首选,不过肿瘤已经颇大,手术风险不小。

别看陈观大的老婆文化程度不高,遇事却十分干练:宁冒风险,争取希望。在医护人员的努力下,陈观大的肝癌被切除了。

医生告知其妻:陈观大的肝癌是因肝硬化而引起,他的肝硬化既是乙型肝炎肝硬化又是酒精性肝硬化,这两种肝硬化,每一种都可能引起肝癌,何况他是"乙肝又加酒精肝"。当今的医疗水平有一些抗乙肝病毒的药可用,但酒精性肝硬化则尚无药可治。现在他的肝癌是切除了,但剩下来的肝脏问题不小,要好生保护,酒是绝对不能再喝了,可以服些抗乙肝病毒的药,或许可以减少在剩下来的肝上再长肝癌的可能。

一周后,陈观大出院休养。酒瘾发作,甚是难熬,但用他的话说:"打死也不敢喝酒了。"如此挨了个把月,总算挺了过来。

城管大队让观大在家休息,他自己也不敢上班,只求保命了。在家闷得慌,偶尔去美食街走走,熟人都恭维他:"气色好多了。"美食街的美食琳琅满目,他相信忌口之说,只敢弄碗油豆腐粉丝汤吃吃。这油豆腐粉丝汤6块钱一碗,他自己明白今日之陈观大已非昔日之"陈队",吃了之后要付钱,小苏北不肯收,观大坚持要付,双方谦让了半天,众人劝小苏北收了,说是:"陈队对自己要求严格,你就收了他的钱吧。"

我国乙肝控制成效卓著

病毒性肝炎分经口传播与经血液传播两大类,有甲、乙、丙、丁、戊五种。

甲肝、戊肝经口传播，多呈暴发流行，但多能痊愈，甚至不留后遗症。而经血液传播的乙、丙、丁三种肝炎，虽说多数也能痊愈，但有相当一部分病例会演变为慢性肝炎、肝硬化，甚至肝癌。

我国曾是乙肝流行的大国。一国或一个地区乙肝的流行情况以该国或该地区人口中乙肝表面抗原（HBsAg）的阳性率为评价标准，大于8%者为高流行区。我国以前的调查报告该指数皆在10%~15%，属于乙肝的高度流行区。我国曾有慢性乙肝病毒感染者1.5亿人左右。

20世纪90年代初，乙肝疫苗被引进我国后，政府将其纳入儿童"计划免疫"之中。"计划免疫"是按照儿童生长发育过程中可能遭遇到的传染病而采取的预防接种措施，是一种法定的行为，民众若无禁忌证（即不能接种的特殊情况）皆应接受此种预防接种。为推进乙肝疫苗的接种，我国政府已将其列为完全免费的接种项目。

乙肝疫苗应在婴儿出生当日、满一个月及6个月时各注射一剂，完成免疫接种后有良好的免疫作用。据国家卫生行政部门官方网站公布：由于近30年来我国推行乙肝疫苗的计划免疫，已使儿童、青少年的乙肝病毒感染率大幅度下降。据该网站报告估计，自1992年以来，我国已避免了约8000万儿童感染乙肝病毒，减少了约2000万乙肝病毒慢性感染者，使我国全部人口乙肝表面抗原的阳性率下降为7.18%，最新资料显示该指数又进一步降为6.1%。我国已不再属于乙肝高度流行的国家。

乙肝疫苗的使用避免了人体感染乙肝病毒，也就避免了急慢性乙肝、乙肝肝硬化及由乙肝肝硬化演变成的肝癌。我国的肝癌至少90%与乙肝病毒感染有关。因此，有理由相信，由于乙肝免疫预防的结果，若干年后中国的肝癌患病率也必定会减少。

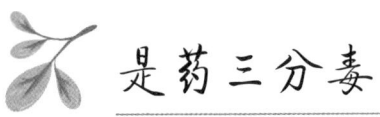
是药三分毒

药物性肝损伤

一

我国自古有"神农尝百草,日遇七十毒"之说,说的是神农氏在尝遍百草、教人耕种的过程中遇到了许多的毒物。神农氏乃我国先民的典型化人物,他们在分辨稻麦粟稷的可食性的同时也发现了不可食但可用于治病的毒。此处之"毒"字应作"药"解,于是有了医药。因此,有"药食同源"之说。不过自神农氏起,两者有所区分:食物为民之营养,一日三餐不可或缺;而药为治病之需,非不得已,不可用之。

无病不吃药本属常识范畴,然而大千世界林林总总,总会有些不寻常之事。

艾君名启耀,安徽宣城人氏,原供职于某国营企业,改革开放之后,辞职下海经商。随后,夫唱妇随,他的妻子也辞职相帮,夫妻二人同心协力,办一小企业倒也得以生存发展。二人育有一女,渐长成,已在省里读大学。艾君事业、家庭渐入佳境。

艾君其人生得白白净净,戴一副度数不深的近视眼镜,言谈举止一派斯文,闲暇时还喜欢读些书,处处追求个"儒商"的形象。之所以如此,大约与家学渊源有关。据说艾家祖上有人中过进士,艾君从记事起,便知道老宅中有许多书籍。其曾祖父曾行医,名闻乡里。不过从他祖父辈起,却无人再承医业,而是进了钱庄,学了会计。不过或许有此"基因",艾君阅读除文学、历史之外,对中医书籍甚感兴趣,读多了,对阴阳五行、气血经络之说也略知一二,甚至汤头歌诀、君臣佐使之法也能粗通。因此,自己或家人遇有伤风、感冒、肠炎、腹泻之事皆不劳医师处方,自去药店购些防风、柴胡、黄芩、甘草之类,服之有效。艾君自我调理得法,并无"三高"症状,自信无病,自然也就从不作体格检查。

时光荏苒,艾君将近半百,逐渐感到有些"肾虚"症状,托人购些牛鞭、羊鞭,又加枸杞、黑豆之类,渍于酒中,日日服用,但并无效果,自忖自己终非医学专家,还需请教医师。前往就医,几乎不劳医师询问,尽说肾虚之状,一如书中所说。医生不必劳神分析,便轻松诊断为"肾阳不足",开了补肾壮阳之剂,艾君称谢,回家服药。服药不过数日,艾君仔细体会,似乎房事有些改善,于是虔诚服用不断。

不过服药数月,未达初衷,艾君自是认为药力不足的缘故。适时正值冬令时节,商界诸君于"膏方"一事多有趋之。艾君医书看了不少,"秋收冬藏""冬令进补"之说亦体会颇深。既然肾虚,虚则补之,于是诊于某大药店坐堂之名中医,自述有腰酸耳鸣、小便清长的症状,名中医听后便知其意,淫羊藿、巴戟天尽入膏中。艾君日日服用补肾壮阳之剂外,又服此类膏方。在艾君看来,既然单服汤剂药力不足,加服膏方恰是弥补之法,有何不可?甚至鹿茸、鹿血、海马、狗肾也常格外添加。夫人见艾君每日要吃许多药物,心生忧虑,尝提出要当心药物副作用,艾君则告之:"中药皆天然之物,无副作用。"夫人知丈夫医书读了不少,必有道理,不再相劝。

二

艾夫人人到中年,体型渐胖,社交场合上见赵总的夫人身材甚是苗条,心生羡慕,开始萌生减肥之念。听说减肥需节食与锻炼,但节食尽失口福,似乎不妥,锻炼身体一事则属时尚之举,不妨一试。钱老板的夫人也正有此意,两人便相约去某健身房办了健身卡,前去练了一回,感到疲累,心想坚持下去就好了,便又去了两次,不巧又扭伤了膝盖,终悟出"方法虽好但不适于自己"。艾夫人回到家中与先生说起此事,夫人想要减肥,艾君自然赞同,既然运动之法不适合,他主张服药减肥。不过凭借艾君的中医知识,似乎减肥之事难与心肝脾肺挂钩,也难与虚实寒热匹配。为难之中,忽然想起尝见报端载有广告,某明星现身说法推荐的"减肥灵",说是纯中药制剂,绝无副作用,遂说与夫人。夫人对该明星一直十分心仪,曾听说明星为适应演出戏中人物,需在短期之内减肥十数斤,因此对此药深信不疑,便购来服用。服用"减肥灵"才3天,便觉尿多,体重竟减去一斤,大喜,于是坚持服用,一旦停药,体重便增,只好持续服用。

有一天,艾君女儿自学校归来,艾君夫妇视其如掌上明珠,爱女心切,一见女儿似觉其面色少华,发色暗淡,询问女儿身体情况,女儿只说是功课繁重缺少体育活动所致。艾君认为虽然无病,但应用中药调理可以"治未病"。女儿以在学校服中药不方便为由推辞。艾君购买了何首乌若干,嘱药店加工为饮片,交给女儿泡茶喝,并告知:"此药名何首乌,相传古代有何姓老人,日日服之,须发皆黑,所以得名何首乌。"

"有没有副作用呢?"

"此药生于山野之中,得天地之精华,何来副作用之说?"

"此药健肾强身,我也已服用多年,纯中药绝无副作用,你可安心服用。"艾君又补充强调。

三

艾君补肾,补了几年,虽说那事也不见得改善多少,但认为亏得吃了这些药物,总算还说得过去,最重要的是这些药物并无任何副作用。艾夫人亦以为亏得服了减肥药,这几年来体重只长了3公斤,而且确实没有感觉有任何副作用。

又过了数月,平日身体尚健的艾君忽感疲惫,食欲下降,似乎真的病了。艾君也是心细之人,注意到尿色深黄,心想:尿出于肾,可能是肾脏方面的疾病,尿清长为肾虚之证,尿短赤应反之,是什么病证呢?补肾的药吃得过头了,肾实之证?似乎医书上未曾见过,这时艾君觉得"书到用时方恨少"这句话是千真万确的。

正在艾君对"肾实之证"无解之时,艾夫人忽然发现先生眼白发黄,似乎是黄疸了!夫人大惊,不由分说拉着先生到了市立医院,立马查血,肝功能大有损伤,确诊肝炎。再查甲、乙、丙、丁、戊各种肝炎病毒抗原抗体,以及自身免疫抗体,却都是阴性,证明既不是病毒性肝炎,也不是免疫性肝病。医生追问服药情况,艾君回答:"未服特殊药物。"艾君并非有意隐瞒,而是认为中药无副作用,不属于"特殊药物"。孰料医生直接追问:"近期服过中药吗?何种中药?"

"中药倒是一直吃的,不过中药无副作用啊。"

"因为什么病吃中药?"医生不想与患者争辩中药有无副作用,听说一直吃中药，便追问是因为何种疾病。

"并无疾病，调理肾虚。"

医生不再追问，以药物性肝损害将艾君收住院治疗。

在院治疗两周，黄疸消退，肝功能好转，症状减轻。患者即将出院回家休息。经治医生觉得有责任向患者及家属交待病情，约了患者与家属一同到病房办公室一角，坐定之后，医生说明此次发病为药物性肝炎，幸而现已好转，据服药史看来，应与所服中药有关。今后如继续服此类药物仍可能再发此病。

"不是说中药无副作用吗？"艾君强调此点。

"不，中药也有副作用。中医也认为'是药三分毒'。"

"那么以后不能吃中药了？"

"倒也不是，药物是治病用的，如为治病之需，则权衡利弊，考虑是否必须用药、用什么药、用多久等。有些有肝、肾毒性的药物，必须要使用时还需定期作肝肾功能检查，如有损害，应及时停药并作相应处理。"

"不是说要'治未病'吗？"

"'治未病'是近年中医学界提出的一种理念，其意相当于防病的概念。"

"'治未病'不就是在没病的时候先吃药吗？"艾君对服药强身情有独钟，只是这回吃了个大亏，心中终是难以释怀。

"清代医学家曹庭栋在《老老恒言》一书中说：以一纸方药治已病，不若以饮食起居之调摄治未病。'治未病'是应以养成良好的生活行为为主的。"不料这医师中西精通，言之有据。

艾君无语了，回顾这些年来自恃看过几本医书，诊病时有意无意地误导医生开药，又自说自话地加倍服药，胡乱服用"名贵药材"的做法确实欠妥，表示今后诊病、服药皆遵从医嘱。

艾君回到家中，那些剩余药物自是不敢再服了。忽然瞥见夫人所服的减肥药，想到也已服用数年，自应作些肝肾功能检查以策安全。艾夫人在医院听医生一席话，早也想到此点，于是就医检查，果不出所料，肾功能受损。艾夫人一惊，赶紧在肾病科就诊，接诊医师似乎见多不怪，说近年发现有些可影响肾功能之中药被用于减肥药中，长期服用必伤肾脏，应立即停药。减肥一事应从控制饮食与增加运动入手，不能滥用药物。

艾夫人回到家中说与先生，如此这般。马上想到曾让女儿服用何首乌之事,随即电话询问情况,女儿回答:"并未服用,因上网查过,此药如果炮制不善,可有肝脏毒性。"夫妇二人才放下心来。

艾君夫妇误信"中药无毒性"之说,不仅擅自服药,还加量服用,而且久服数年,结果一个伤肝、一个损肾,此后开始相信"是药三分毒"的道理。

谨慎用药 当心损肝

食物被吸收以后都需经过肝脏的新陈代谢方能为人体所用。药物又何尝不是?进入人体的许多药物最终都将由肝脏处理,解毒后经过肾脏、肺或肠道排出体外。药物在肝脏中不仅是"废物处理",许多药物是在肝脏中一系列酶的作用下,被"活化"才起到作用的。药物在被"活化"的过程中多数毒性下降,但也有被"活化"后的产物毒性增加。面对药物的毒性,首当其冲便是肝脏。

药物性肝损伤可表现为急性的,如在用药过程中突然发生黄疸,此时作肝功能检查可见血中胆红素升高,转氨酶也可随之升高,此种情况常见于应用同化激素、甾体类避孕药、红霉素等药物的过程中。也有并不引起黄疸,只引起急性肝细胞损伤的,如对乙酰胺基酚、四环素等,发生肝损肝的主要是导致血中转氨酶明显升高,患者常表现出体乏无力、食欲不振等表现。当然也有上述两种类型兼而有之的,如应用异烟肼、三氟拉嗪等药物时发生的混合型肝细胞胆汁淤积性损伤。还有表现为慢性的,甚至在停药后一段时间才表现出来。

中草药能引起肝损伤的也不少,雷公藤、黄药子、苏铁、商陆、苍耳子对肝脏有毒性,常用的合欢皮、番泻叶、苦楝皮、贯众、石蒜、黄芩、柴胡、白藓皮、牡丹皮、槲寄生等也可能损害肝脏。近年国内外特别强调含马兜铃酸的中药对肝、肾的毒性。

药物引起的肝损伤,尚缺少特效的有针对性的治疗方法。幸而停药后多数会逐步减轻,但也有不能完全消除者。

一旦生病,对于用药是应该仔细权衡的。必须要用的还得用,可用可不用的则不用。如果必须要用,涉及损肝药的,除了剂量、疗程上需要仔细推敲之外,患者应定时做肝功能检查,如发现问题应及时停药处理。

"用药如用兵",应该慎之又慎。

消化科办公室里的一幅油画

免疫性胰腺病

一

画家王顺生,年近花甲,祖籍浙江宁海,身材伟岸,体格魁梧,擅长油画,以作历史题材油画享誉业界。起初,王顺生任职于出版部门,后来许多综合性大学为加强对学生综合素质的培养,争相延聘著名画家入教职,王君也受某著名大学之聘,任艺术系历史题材创作研究室教授之职。王君任职后如鱼得水,佳作迭出。

王君为人友善,且异于一些画家不修边幅、不善交际的形象,理平顶头,戴棒球帽,穿T恤衫、牛仔裤、运动鞋,虽已近花甲之年仍是活力四射的形象。王君语言能力极强,能模仿各地方言,姑苏评弹、山东快板俱能脱口而出,凡友人聚会,王君至,必定气氛欢乐。

某年初夏,天气闷热,王君恰逢手头有一紧急任务,废寝忘食地作画,画成,倦极,次日午睡竟至傍晚方醒,起床后觉得头昏脑胀,自以为是"缺觉太多"的缘故,但家属视其四肢无力,力主就医检查。孰料到了医院,医生发现王君眼白发黄,于是按黄疸之症追踪检查。

检查的结果出人意料:CT检查发现胰腺头部呈肿块状,并在右肺下叶发现小结节两枚,考虑有"胰腺癌合并肺转移"的可能。医师避开王君,将诊断结果告知家属,并称肿瘤已经转移,手术切除也无根治的希望,建议做些化疗。家属得知消息犹如晴天霹雳,大恸。王君乃心细之人,自医生表示要单独与家属交谈起,便知情况不妙,又见夫人悲戚之状,心中已经了然,反而安慰夫人道:"诊断或不准确,即使的确是顽疾,生死由命,毋需烦恼。"不过话虽如此说了,心中也感到十分不安。想到自己为人忠厚,对国家、社会、家庭、亲友莫不尽职尽责,为何遭此劫难?

自从医生初诊之后,王君夫妇因听说胰腺癌乃"癌中之王",化疗"得不偿失",心情极为压抑,以致寝食难安。疾病诊疗方面也分寸大乱,既不去医院复诊,也不愿进行化疗,有友人建议不妨服些中药,服了几帖,自觉未有改善,就不服了。不过,王君夫妇也并非放弃治疗,而是到处寻求奇方异法,希求"出现奇迹"。人的思维常有矛盾,越是陷入绝境,越有求生欲望,指望能绝处逢生。而大千世界各种信息纷至沓来,人们又往往会按自己先入为主的想法选择性地接受,在这方面王夫人表现尤为突出。

王夫人也是浙江人,小王君数岁,原在出版社任会计之职,虽精于财务计算,却每在大事上把握不准,故王君常笑称她是"聪明面孔笨肚肠",当然这是他们夫妻间恩爱戏谑之语。王夫人那时恰好刚退休不久,先生出此变故,爱夫心切,自然全力搜寻各种治疗方法,而且说得越离奇者越信,她有自己的一套哲学:坚信"天无绝人之路",既是病,总有治疗之法,只不过未被发现、未被验证罢了。而王君是艺术家,艺术重形象思维,对新奇的事物容易在感情上接受,更何况来自相濡以沫的夫人的意见。所以自初诊之后几个月已经试验过蒸汗排毒疗法、古方穴位理线、火罐拔毒治疗等诸多方法,却似乎未见疗效。

二

一日王夫人自外面归来,面露喜色对王君说打听到有"辟谷疗法"可治此病。说是:"古人云'人吃五谷难免不生灾',所以要不生灾,办法便是不吃五谷,这便是辟谷疗法的根据。"

"不吃饭,要饿死的。"王君道。

"不吃饭可以'服气',服天地之精华,可以强身治病,人家说的,已经治好好多这种病了。"王夫人就是不愿提这个"癌"字。

王君想起以前确实听说过辟谷之法,许多企业家、演艺名家趋之若鹜,想来或许有些道理,于是表示可以试试。王夫人又道:"你想糖尿病也是胰腺的毛病,病人胰岛素不够了,所以一定要少吃饭,这也就是辟谷能治胰腺毛病的根据。"王夫人像被人洗了脑,说得有理有据。

三天之后,王君夫妇上了一家公司接客的面包车,车上还有七八个人都是去辟谷治病的。汽车出城后进入山区,在山间行驶了三四个小时,到达一处寺庙门前停下。只见庙门上有"山清宫"三个大字,来迎接的人有着道士装的、有着便装的,还有一人穿了一件泛黄的、皱巴巴的白大褂,登记、收费、量血压、安排住宿后,众人被集中到殿前,连同先期到达的共约20人,跟随老道进香礼拜。众人看这老道,须发花白,面色倒是红润。小道士称他系该道观主事,法号紫金真人,今年已经88岁高龄。紫金真人诵经为各人祈福。然后有工作人员领至斋堂,各人喝了一种有着枸杞、红枣的"养元粥",暂时充饥,言明次日起即不再进食,需坚持三天,必大利于病。

次晨旭日东升,众人被集中于后山盘腿而坐,紫金真人传授"吐纳之法",即有意识地将呼吸放慢,又张口吞气,名曰"服气",吸收天地日月之精华,能在人体内合成高能量物质,荣养肌体,却病延年。众人坚持了两三个小时,饥肠辘辘,纷纷起身,欲回宿舍,老道只好作罢,称待晚间月明之时还需前来再做"功课"。随后让小道士向各寝舍送去"玉露饮",众人饮了,估计是一种米浆之类,稍解饥渴。及晚,月光之下复又练习吐纳服气之术,练了近一个小时,众人纷纷自动解散,又要求服那玉露饮果腹。有人取出自备的点心吃了。王君未曾想到来辟谷还需自带点心,只好靠那"玉露饮"勉强维持,幸好王夫人到底心细,带了两包巧克力略补不足。又过了两天,众人似乎皆未得着天地精华之能量,除两人外,皆感体力不支,表示"吃不消",而那两人则说"已经得气""周身舒坦",众人皆怀疑两人是"托儿"。王君此时也已明白是上当受骗了,因此事是夫人主张,也就不提了。众人因是自己未能坚持做这"功课",而且多有病痛在身,也无精神追究此事的真伪了。

王君在家休息半月,学校领导也曾前来探望,并建议到正规医院治疗。恰好其时夫人又打听到有御医的后人,身怀祖传专治胰腺癌的秘方,在市郊某处悬壶济世。王君虽觉多次折腾,并无实效,但觉得有病不治也不是办法,何况据夫人说此人祖先曾以此秘方治愈乾隆皇帝的胰腺病。王君想到历来有"秘方气死名医"之说,试试又何妨。于是由夫人陪同,跟了介绍人去看了这御医后人,花钱逾万,得了秘方回家虔诚服用。王君的病本是因劳累之后头晕无力就医检查而发现,其症状并不十分明显,黄疸也需仔细分辨方才察觉。孰料服了乾隆皇帝曾服的秘方将近一个月,这黄疸反而明显起来,食欲也大大减退,自料必是疾病发展了,心中大惊。夫妇二人商量此事总得让儿子知道,遂告知在外地工作的儿子。

三

小王知悉,迅即回家探视,了解治疗情况,深觉不妥。上网一查知某大学附属医院就在附近,随即预约专家,陪同父亲前去诊察。专家详细了解病情并作了有关检查,发现有药物性肝损伤情况,追问所服何药?王君回答:"秘方。"王夫人嘴快,说是乾隆皇帝吃的专治胰腺毛病的秘方。专家听罢笑曰:"乾隆皇帝的御医没有CT,怎么诊断胰腺的这个毛病?而且他们恐怕连胰腺在哪也是不知道的。"

由于药物肝损伤严重,王君需入院诊治。

经过一个阶段的治疗,肝损伤的情况好转,王君食欲改善,黄疸也有减退。医师又对其胰腺及肺部情况进行了复查,发现与半年前所查并无变化。

某日下午3点,一间会议室内,20多位各级医师正襟危坐,消化病科举行病例讨论会。经治医师报告病历:患者王顺生,入院诊断为胰腺癌肺转移,药物性肝炎。经治疗后药物性肝炎好转,但对胰腺癌肺转移的诊断似有疑问,特提出讨论。

消化科张副主任医师认为胰腺头部肿大,肺部有转移病灶,可诊断为胰腺癌肺转移,癌症虽是进行性进展之病,但半年无明显变化并不足以排除。

应邀前来的放射科王主治医师读CT片指出:患者肺部的小结节状病灶,由于病灶过小未见明显的肿瘤特征,目前虽不能确定是否为肿瘤转移病灶,但是肿瘤转移病灶的可能性很小。胰腺头部均匀肿大,的确有肿瘤的可能,不过与常见的胰头癌又似乎不尽相同。

李主治医师强调患者肿瘤指标CA199明显增高,应考虑诊断为癌症。

赵副主任则称不然,凡阻塞性黄疸者此指标皆高,非癌性病变也可如此。

讨论热烈进行,主持讨论的消化病科沈主任让其研究生孙医师介绍一篇免疫性胆胰疾病相关的文献综述,其中述及IgG4胰腺炎,提到此病可引起胰腺肿胀,若在胰头部表现明显,有可能被误诊为胰头癌。

沈主任称此病为患者免疫功能紊乱引起,并不多见,以往医界对此病缺少认识,近年开始受到重视:验血查IgG4若高于130 μg/dL,即可确诊,用免疫抑制剂治疗有效。沈主任遂吩咐为患者做此项检查。孰料孙医生取出一纸化验报告，称已为病人做过此项检查，结果为386 μg/dL……

沈主任对他这个学生的机敏甚为赞许。在会上表示：医学无止境，为医者须树立终身学习的信念，方能更好地造福病员，服务于大众。

散会，王顺生夫妇得知，喜极而泣，出院，继续免疫抑制剂治疗，黄疸消退。

半年后，一幅名为"白衣天使"的油画挂在消化科办公室的墙上，表达了患者的心声。

免疫性胰腺病

随着医学研究的发展，人们对疾病的认识也有了很大的提高。许多以往认为病因不明的疾病，现在看来其中有一部分可能是免疫性疾病。

"疫"在古代是指传染病。传染性疾病是由细菌、病毒等病原体侵犯到人体所引起。但为什么有些人会生病，而有些人不会呢？原来有的人身体里对于这些外来的细菌、病毒有一定的抵抗力，即免疫力。免疫力来自身体的免疫细胞或免疫细胞产生的抗体，免疫力原本是针对外来的细菌、病毒的，但是这种功能有的时候"犯糊涂"，把自身正常的器官、组织、细胞当成了攻击的对象，于是就产生了许多免疫性疾病。免疫性疾病的产生本质上是免疫系统功能的混乱。

人体的免疫性疾病很多，可以涉及身体的各个部位，比如红斑狼疮除了皮肤的损害外事实上也损害心、肝、肾甚至神经系统。肝、胆、胰疾病当中有一部分属于免疫性疾病，如免疫性肝病、硬化性胆管炎等。最近这几年来注意到胰腺的免疫性疾病，而且这种免疫性胰腺病会在胰腺上形成肿块。以往，若不做病理切片诊断这种疾病常会被误诊为胰腺癌。

胰腺是一个深藏在后腹膜的器官，胰腺癌早期诊断不易，若非剖腹手术，很难取得病理诊断。由于胰腺癌难于早期诊断，所以治后效果不好，也导致一些患者，甚至个别医生查到胰腺有肿块便以为是胰腺癌了。对免疫性胰腺病可以产生胰腺肿块的认识提醒了人们对此类患者应作相关的免疫学检查，以判定是否为胰腺的免疫性疾病。因若是免疫性胰腺病，采用免疫抑制剂治疗，会有相当好的效果，与胰腺癌的后果是大不相同的。

医学的每一个进步都会给人类带来福祉。

 ## 李奶奶的"最后一跌"

老 年 跌 倒

一

李奶奶一向身体硬朗,虽说已经七十高龄,但是眼不花、耳不聋,行动也还利索。有点高血压,还是退休前医务室的王医生量出来的,高到多少不记得了,好在头不晕,自己认为没事,也不吃药。前几年退管会组织退休工人体检,也说是有高血压,李奶奶想这高血压已经说了快20年了,既不头晕,也没吃药,就不当它一回事了。许多老同事还查出血脂高、血糖高,李奶奶暗自高兴的是她这两项都不高,以致后来几次通知体格检查,李奶奶都不去了。

李奶奶大名秀华,江苏徐州市附近郊县人士。徐州地属津浦、陇海两大铁路干线交汇之处,当地许多人一家世代在铁路系统工作。李秀华就是出身铁路世家,她爸还做过一个小站的站长。秀华初中毕业也进了铁路工作,先在站上卖票,后来协助做些站务管理工作。22岁那年嫁给机务段的张姓技术员,生有一子一女,名建中、建芬,如今皆已成家立业。儿子毕业于唐山铁道学院,任职于铁道部技术管理部门。女儿毕业于铁路中专,在铁路局任会计,女婿也是一位铁路工程师。

李奶奶虽已年迈,依然显得干练,短发齐耳,说话声音洪亮,常穿一身藏青色两用衫裤,她很喜欢这样的衣服,觉得与穿了一辈子的铁路制服相去不远。前年老伴去世,被女儿接过来一起生活。女儿这边的大外孙女已经上小学,主要由亲家照顾。国家开放二胎政策,女儿又生了个小外孙,当然就要有劳外婆了,李奶奶自是欣然承担起照料之职。

不料一天李奶奶在家中拖地板,脚下一滑,跌了一跤。幸好尚无大碍,自

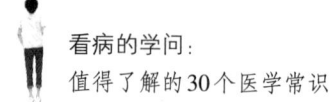

己起身,只是右手臂擦破一块皮,皮下有一片淤血。李奶奶很是要强,自己涂了点红药水,还坚持着把晚饭做好了。傍晚女儿回家,看到妈妈手臂上的伤情,觉得应该去铁路医院检查一下。李奶奶不肯,还将右手举起挥动了一番,表示无碍,女儿也就没有再坚持。

二

大约过了几个月光景,一天李奶奶去菜场买菜,回家的路上有几个土豆跌落在地上,弯腰去捡,却重心不稳,一头跌倒在地,篮子里的菜散落一地。幸好被街坊邻居看到,扶起来送回了家。这次跌倒除摔破面部皮肤之外,还扭伤了肩胛,幸而手臂能动,估计没有骨折,李奶奶仍不愿就医检查,女儿请假在家陪了妈妈两天,李奶奶坚持让她上班去了。

事不过三,两个月后,一天李奶奶走过家中楼梯拐角处时,踩了一下跌倒在地。这一跌,却是跌得不轻,李奶奶怎么也动不了了。幸好女儿、女婿都在,赶紧叫了救护车送到铁路医院急诊室,医生一查,几乎立马断定:右侧股骨颈骨折,随即拍片,证实诊断不差分毫,于是收入骨科病房诊治。

进入病房后进行了一系列的检查,除了右侧股骨颈骨折、骨质疏松之外,还有高血压、动脉粥样硬化、腔隙性脑梗死、血糖增高、肾功能不全等。主治医师与家属商讨治疗方案,指出:股骨颈骨折以手术治疗为好,方法是在骨折处打入钢钉,不过患者骨质疏松严重,恐难受力,最好是做髋关节置换手术,就是植入金属的人工关节,以代替骨折的股骨头及骨质疏松的髋臼。不过这个手术较大,患者还合并许多内科疾病,因此手术风险也大。若不做手术,则可以"保守治疗",方法是患者需长期卧床牵引(即在床尾吊一重物拉伸病腿),待骨折处自行愈合,由于卧床时间长,患者可能生褥疮、肺炎等并发症,需得有良好的护理和较长时间的住院治疗,当然患者本是铁路系统的职工,住院时间长些也无妨⋯⋯

消息传到李奶奶那儿,她表示坚决不做手术,理由其实也说不清楚,她只是觉得把自己骨头锯掉,换上金属的人工关节简直匪夷所思,既然"保守治疗"能自己长好,那就让它长呗。她女儿主要是考虑手术后的风险,觉得平时不够关心妈妈的身体状况,这回还查出许多内科的疾病,颇有几分内疚,不能让妈妈再冒手术的风险了,万一有个三长两短不好交待。好在有医生、护士的悉心照顾,让它慢慢地长好便是了。

她给哥哥打了电话,哥哥是铁路技术人员,对医疗之事一窍不通,告诉其妹一切相信医生的处置便是。过了两天,他还赶回来探望了一次,并拜托医院院长多加照顾。

三

李奶奶股骨颈骨折,实施"保守治疗",医院在护理方面确实很尽心尽力,两个月下来,疼痛倒是基本上消除了,也没生褥疮。不过一个原本能吃能动的李奶奶,被迫卧床如此之久,全身的肌肉进一步萎缩。每天躺着吃饭,食欲全无,除了医院的伙食外,女儿不时地送来鸡汤、鱼汤、骨头汤,李奶奶感念女儿的好意,只勉强喝两口,喝时还常常有些呛咳。最近医生安排拍X光片复查,李奶奶追问:"长好了吗?长好了吗?"医生回答:"不能心急。"李奶奶知道这意思是没长好,一下子心里凉了半截,从此郁郁不乐、心事重重。

一天,李奶奶觉得胸口很闷,还咳嗽、发热,医生来做了检查,初步诊断是肺炎。

这种长期卧床的患者是很容易发生肺炎的,于是开始输液,使用抗生素。抗生素换了四五种,用了七八天总算把体温压了下来,不过一查血,肾功能进一步减退。若非不宜搬动,几乎要做血液透析了,只好停用了抗生素,但是一旦停药却又发热。骨科医生束手无策,请了内科主任前来会诊,内科主任建议用"最高级"的抗生素,体温才又控制住。

体温下降才两天,李奶奶突然觉得胸闷、气急、心悸,而且来势汹汹,骨科医师知道不妙,再请内科主任会诊,内科主任吩咐做心电图、胸部CT检查,还验血查一种叫"D-二聚体"的指标,最终确诊为肺梗死。内科主任说这是长期卧床的并发症,系由于缺少活动或不能活动,下肢静脉血液凝集形成血块,随着血液循环进入肺动脉,阻塞了肺动脉所致,病情往往十分凶险。给予溶解血栓的药物作溶栓治疗,哪知溶栓药物还未全部输完,患者已经神志不清,立即再请神经科主任会诊,神经科主任推断是并发了脑溢血,赶紧做颅脑CT检查,果不其然……

骨科、内科、神经科,主任、医生、护士同心协力抢救了三天三夜,仍然未能挽回,李奶奶一命归西。女儿哭了三天三夜,儿子回来给医院送了一面锦旗,

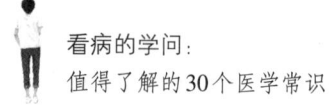

感谢医院对母亲的救治,尽管最后未能抢救成功。

儿子工作忙,母亲的丧事办完,便又赶回部里工作去了。女儿和母亲最是贴心,又共同生活了好几年,这次目睹母亲从跌倒到去世的全过程,心中很是不解:怎么跌个"跟斗"会跌死了呢?她上网查,无明确说法,问过几位医生,也没得到完整的解释,这个困惑一直存留在心头。

四

随着社会进步,医疗卫生事业发展,人口结构老龄化,与老年人健康密切相关的问题越来越多地受到医疗卫生界的关注。"跌倒"这样一个在生活中十分常见的事件,在老年人群中却有着特殊的意义,因此医学界呼吁社会各界引起重视,积极预防老年人跌倒。

某周日,铁路新村社区卫生服务中心假座铁路中心小学礼堂举办科普讲座,讲题便是"老年人要预防跌倒",主讲人是与李奶奶的女儿、张建芬家签约服务的王医生。"老年人跌倒"是个令张建芬十分触目惊心的话题,心中一直有许多困惑,所以早早坐在前排等待开讲了。

王医生说:"在世界各地,跌倒都是一项重要的公共卫生问题,老年人因跌倒受重伤或死亡的风险最大。在我国,跌倒是65岁以上老人因伤害而死亡的首位原因,据统计我国65岁以上老年人中,男性21%~23%、女性43%~44%曾发生过跌倒。65岁以上老年人有1/3的概率会发生跌倒,80岁老年人的跌倒发生率更高达50%。

老年人跌倒常引起骨折,其中以髋部,主要是股骨颈、股骨大转子部位的骨折或腰椎骨折导致丧失活动能力的最为严重。如最多见的股骨颈骨折,是可以采取手术治疗的,但由于伤者多为老人,常合并许多慢性疾病,手术风险较大,手术及术后1个月内的死亡率约10%,而需长期卧床的'保守治疗'问题更多,其伤后3个月内的死亡率有统计更高达40%。所以高龄老人的股骨颈骨折有'最后的骨折'之说,其意是一旦发生,便预示着生命无多了。"

王医生接着说:"老年人骨折后的风险很大,所以关键在于预防。从根本上说应该预防骨质疏松,而骨质疏松的预防从年轻时便应该开始关注,要多进食富含钙质的食品,多做体育活动,使得骨密度尽可能地提高。随着年龄增长,老年人的肌肉、骨骼、神经等功能都在退化,躯体感觉迟钝,稳定性差,下肢肌力明显下降,甚至平衡、协调功能也有损害,都是易于跌倒的原因。

造成老人跌倒的因素很复杂,室内、室外都可能发生,不平的地面,照明不足的场所,都是老人容易跌倒的地方。家中的洗澡间、厨房、楼梯转角等处以及地面杂乱、湿滑之处,更应小心。"

王医生最后还强调,老人发生了第一次跌倒,应开始有所注意,如果发生第二次,那么这位老人就属于跌倒的"高危人群"了,家属对其必须充分关注和保护,并应该就医检查以发现其跌倒的内在原因,加强有针对性的防控措施。

张建芬听罢勾起心中的内疚:妈妈两次跌倒,她未坚持去医院检查,以致发生第三次跌倒和致命的骨折。不过,对于当初她妈妈骨折后采取"保守治疗"的决定是否正确,还是有些想不通:避免了手术的风险,怎么会是死亡的结果呢?

王医生讲罢走下台来,张建芬迎上去提出自己的疑惑。王医生原是铁路局保健站医生,对李奶奶还有些印象,说道:"其实,宁冒一定的风险动手术治疗,以争取早期起床活动,避免长期卧床带来的种种并发症,因为有些并发症事实上是难以预防且也有相当风险的。"

"唉,左右为难……"

"是的,所以关键在预防跌倒。"王医生说。

老年人防跌极为重要

我国已经进入老龄化社会,跌倒是影响老年人健康的一个重要问题。

老年人骨质疏松,容易骨折。高龄老人一旦骨折,尤其是跌倒后导致下肢或脊柱骨折,以致卧床不起者,对生命恐有很大威胁。因为骨折后的卧床不起是一种无法动弹的卧床不起,极易发生肺部感染、泌尿道感染、褥疮等情况。由于不能活动,全身血液循环缓慢,还容易发生血栓性疾病。由于骨折引发应激性溃疡,导致胃出血也很有可能。至于便秘、食欲下降、心情焦虑或抑郁等的发生概率大,而且也很难避免。老人多有慢性病在身,此时往往会加剧。故老人跌倒导致骨折卧床不起者,最终死亡的概率不低。这种引起卧床不起的跌倒也被称为老年人的"最后一跌"。

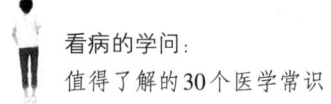

看病的学问：
值得了解的30个医学常识

虽说老年人容易骨折是因骨质疏松引起,老人应该多食含钙质丰富之食物,多晒太阳,以利身体合成维生素D,帮助钙的吸收,必要时还可应用一些减少钙从骨骼中流失的药物等,但是多数是缓不济急。预防跌倒要求老人有一定的平衡能力和一定的肌力,需有适度的锻炼,同样也不是一蹴而就的。关注可能引发跌倒的危险因素并力求避免极为重要。据统计,老人跌倒大多发生在家中:从容易发生跌倒的部位看,一是浴室,二是楼梯;从容易发生跌倒的动作看,一是起身,二是攀爬。而防滑一事更需老人与家中子女等处处留心,时时注意。

老人跌倒后应送医院急诊检查有无骨折,若有,医师认为尚能进行手术治疗者,宜积极配合采取手术治疗。虽手术治疗本身有一定的风险,但手术治疗多能缩短老人卧床的时间而减少上述因被迫卧床而引起的并发症,常是利大于弊。手术与否,医患双方宜仔细斟酌,但总体应积极处置。

老胡画钟

阿尔茨海默病

一

老胡是个好同志,退休前在县医院做勤杂工,准确地说应是后勤部门的清洁工,负责门诊部的清洁工作。县医院的规模不大,门诊部是一座两层楼的半新不旧的房子,楼上楼下总共有十几间房子,内、外、妇、儿、眼、耳鼻喉、皮肤、口腔科等各科齐全,放射科、化验室、中西药房一个不少。这些年国家经济发展,民众生活水平提高,对健康的要求与日俱增,加以农村新型合作医疗的推广,郊区农民有病也多赶到县医院来诊治,所以门诊人数不断增加,这也给门诊部的清洁工作带来更多的压力。老胡二话不说,带着两个小青年把门诊部里里外外弄得干干净净。

清洁工的工作除了打扫卫生外,医院规定的就只是保证职工和患者的开水供应一项。但事实上老胡是个"闲不住"的人:诊室里的椅子坏了找老胡,窗帘拉不动了找老胡,小护士一箱盐水瓶搬不动了叫老胡,有患者吐了叫老胡……老胡的家属在乡下,他常年以院为家,住在门诊部底楼的一个小房间里,每天早晨门诊部开门、晚上关门熄灯、检查门窗、防火防盗等都自动地归了他负责。老胡师傅工作勤勤恳恳,几十年如一日,先进工作者的奖状确实拿了不少。

这年胡师傅60岁要退休了,县医院的同事还真依依不舍,为他开了欢送会,院长、书记、门诊部主任和他一起聚餐,主任还找了辆车送他回乡。

老胡的家离县城大约40公里,家里有三间瓦房、一个小院子、几分自留地。老伴小他几岁,是个"里外一把手"的女强人。老胡有一儿一女,儿子从小

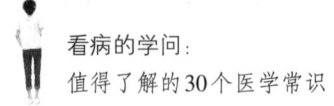

读书用功,上高中时大概是常去县医院看他爸的缘故,对医学有了兴趣,所以考进了省里的医学院,毕业后留在省立医院做一名内科医生,跟同院的护士结婚成家,生了个儿子已上小学了。老胡女儿中专毕业,在县里的一个药厂里做会计,嫁了厂里的一个技术员,生了个女儿也已经进了小学。说来有趣,这一家人都与医药有缘。老胡父母早年亡故,妻子那边唯岳母尚在,90岁高寿,还能操持家务,跟他大舅子一起生活。总而言之,老胡退休下来,生活有所保障,全无负担。

老胡的老伴觉得结婚几十年,老胡基本上是一人在县里生活,挣钱养家,真不容易,现在退休回家了,理应好好照顾他的生活,好在现在经济好转,衣食不愁。她承揽一切家务,自留地的农活也不劳老胡动手,老胡只需饭来张口,衣来伸手即可。

二

老胡退休回家,老伴天天煮鱼烧肉,每顿饭还有"小酒"。个把月下来,老胡觉得这样下去,会像他在县医院里听医生说的,怕要得高血压。于是便对老伴说了,饮食还需以清淡为主。酒呢,老胡倒无异议,原来许多年来老胡独自一人在外,自是寂寞,养成每晚独酌的习惯,往往一把花生米或几块豆腐干,便可下二两白酒。老伴以往一人在家,农村人节约惯了的,并非天天大鱼大肉,就顺从了老胡的意见,只是酒不但晚上,中午也是准备了的。

老胡读过小学,识些字,能看看报,以前门诊部阅报栏的报纸每天也是由他更换的,每天晚上看看换下来的报纸或是听听收音机是唯一的消遣,现在退休回家报纸没得看了,只剩下听收音机一项。退休前两年女儿给他买过一个手机,但只是用来打电话,别的用途一概不会。家里有个电视机,除了地方戏曲的节目外,其他娱乐节目大多也无兴趣。左邻右舍的年轻人都到外面发展去了,留下的七老八十,活动能力都已不大,跟老胡年纪差不多的虽也有几个,但老胡几十年在县城生活,生活环境和接触的事物与农村不同,和他们似乎谈不到一块儿去。还有件糟糕的事是,老胡几十年独自一人在医院里"闲不住",一些休闲的活动,诸如打牌、钓鱼、下象棋之类,他都不会,在这些方面远不如他的农村邻居们。

老胡从一个"闲不住"突然变得无所事事,实在觉得不习惯。跟儿子通个电话,说没事做也难过。儿子说这叫"退休综合征",时间长了慢慢适应了便好。老胡没法,只好在家吃饭、睡觉、看电视,冬天晒太阳,夏天乘风凉……

几年下来老胡慢慢适应了这种生活,只是人胖了不少。

又过了几年,老胡看上去老了不少。

再过了几年,老胡电视也不怎么看了,吃饭胃口也小了,也不愿意出门走走了,因为出门碰到邻居,别人跟他打招呼,他会想不起来对方是谁,邻居觉得老胡"架子大了"。

渐渐地老伴发现老胡的记性越来越差,"前脚做的事后脚就忘",这让他的老伴很感慨:"啊,我家老胡老了!"

老胡为人忠厚老实,平时话就不多,这两年说话更少了,有时说的话还有点让人莫名其妙,比如一天吃晚饭时,老伴给他倒了一杯酒,他喝了,还想再喝一杯,说是:"把那个……叫什么……圆子,再来点。"

"要吃什么圆子?哦,汤团,明早做,明早做。"他老伴说。

"不是,不是。"老胡这个"酒"字就是想不起来,想到了甜酒酿,说的却是酒酿圆子(江南地区民众喜吃的甜酒酿中混有糯米小圆子的一种甜品),他见老伴不解,只好拿酒杯示意,要加酒喝。

这种词不达意的事情越来越多,老伴只叹惜:"老糊涂了。"

有一天早晨,老伴做好早饭,迟迟不见老胡起来吃饭,再一看老胡把个棉裤当棉袄,在那里努力地穿,但怎么也穿不上。老伴心里一沉:"坏了,老胡脑子坏了!"

当天晚上老伴安排老胡上床睡下,便打电话给女儿,告诉女儿:"你爸脑子坏了。"母女两个商量着要不要告诉在省里当医生的哥哥,她女儿决定自己先过来看看。隔了一天是周末,女儿带了外孙女,拎了两盒老胡平时喜欢的松仁枣泥芝麻饼,下乡来看她爸了。

女儿是在快近中午的时候到的,她妈在灶间做饭,老胡坐在小院子里晒太阳。女儿敲门,老胡开门一看却问道:"你找谁啊?"

"爸爸是我啊,秀芳啊。"又叫她女儿,"快叫外公啊。"

"外公、外公。"小女孩欢快地叫着。

"这是玲玲啊,你不是最喜欢她的吗?"

老胡似乎努力地想,但是怎么也想不起来,便道:"玲玲是谁啊?"

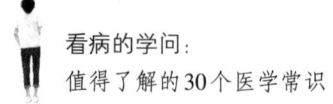

老伴出来了,"妈""外婆"母女齐声叫着。老胡还愣在那里想:这玲玲是谁啊?一会儿又一想:一个大人,一个小孩,哪个叫玲玲啊?

老胡连女儿、外孙女也不认识了,但是看见家门口路边有一块砖头却拾了回来,还小心翼翼地放到自己的床底下。

女儿跟她妈商量下来,决定这事是一定要告诉哥哥了。于是饭后便给哥哥打电话:"阿哥啊,爸爸脑子坏了,人也不认识了,你快点回来看看,怎么办呦。"

三

过了几天,做医生的哥哥回来了,一看果然情况不妙。

第二天妹妹也带着玲玲来了,本来一家人团聚是开心的事,但爸爸病成这样,大家心里好像都压着一块大石头。

吃罢午饭,医生哥拿出几张纸、一支笔,说是让他爸画钟。

老胡还没反应,玲玲倒抢在前面了:"舅舅,我来画、我来画。"

舅舅笑了笑,说好吧,先画9点30分,再画11点45分,玲玲一会儿就完成了。

玲玲很得意,母女两个很不解。

老胡只在旁边傻笑,儿子把笔交到他手上,鼓励他画,题目是10点15分。

老胡在县医院做了几乎一辈子清洁工,有个在省医院做医生的儿子,内心是很自豪的。此刻这种细腻的感情似乎也模糊了,不过"服从领导、听指挥"习惯成自然,便按儿子的指挥做了。

老胡拿起笔在纸上努力地画圆圈,倒是画成了,虽然不圆,不过不用圆规的话,哪怕画家也难画得很圆。医生儿子说:"只要大致像个圆就可以得一分。下一步是把1到12标在钟面上。"玲玲是把12、6、9、3先在钟面上上、下、左、右标上,然后再补齐的,老胡没有这个思路,他先把1、2、3、4、5并列写在圆圈里,玲玲马上提醒他:"外公写错了。"

老胡这才想起这些数字是要排成圆圈的,于是重写,总算是写成一圈了,但是,是从12点钟方位写起的,而且前松后紧,他儿子说勉强算得一分吧。接下来是要画长短两根针,表示时间是10点15分,老胡怎么也不理解这两根针应该在圆心相交,玲玲提醒也没用,老胡针没画对,10点15分当然也标不出来了,他笑了笑,放下手中的笔,到一边抽烟去了,却忘了火柴放在哪儿,想了一想,还是想不出,便道:"我的自来水哪里去了?"

儿子以为是老爸想起他的"自来水笔",便将刚才画图的笔递给他,他不要。他妈倒猜到了,说是:

"他要自来火,吃香烟。"递了火柴给他,原来这种词不达意的情况已经常常发生了。

妹妹问哥哥这画钟的试验能说明什么问题?她哥道:"这是一种判定老年痴呆的简单而有效的方法,先要画成圆形的钟面,准确标上1至12数字,再画出长短两根在圆心相交的针,并将针指向为比如10点或12点30分之类要求的时间。能画出圆圈的得1分,标出12个数字也可得1分,能画出长短两根在圆心相交的针,并正确指向要求的时间的得2分,若针画对了,但时间指错的只能得1分。4分为满分,为正常,若3分则有痴呆的可能,如果只能得1分、2分则表示痴呆已经严重了"。

"那么,爸爸只有2分了,怎么办呢?"

哥哥本想说:这病没有好办法治的。但终究患者是自己的爸爸,似乎不便由他嘴里说出这样近似绝情的话。愣了一下,说:"明天我带他去省医院,请精神科专家看看再说吧。"

母子二人带老胡到省医院,做了几项检查,又请精神科主任看了,确诊是阿尔茨海默病,即通常所说的老年痴呆的一种。儿子当着妈妈的面请教主任如何治疗,主任明确说明只能由家属在生活上多予照顾……

四

儿子要留爸爸、妈妈在省城里住下,以便照顾。但他妈看做医生护士的儿子、媳妇工作忙碌,居住条件也局促,决定仍然回到乡下去。还是那句话,老胡大半辈子一个人生活,如今需要人照顾,她义不容辞。

儿子送爸爸、妈妈回来,跟妹妹做了交待。妹妹明白了,这个病如今还没法治,重点在预防。妹妹想了想,突然问她哥:"这病会遗传吗?"她哥说:"不会的,这个不是遗传性疾病。不过,我们也得注意预防才好。"

"那么怎么预防呢?"妹妹问。

"关键是要有健康的生活行为,合理的饮食,补充充分的蛋白质、维生素、纤维素,少脂肪、少盐、少糖的饮食,最好不抽烟、少喝酒……"

"爸爸喝酒太多了。"妹妹说。

"要多活动,不但要锻炼身体,还要多动脑,多参加社会活动、多与人交流,多看书学习。"

"是的,爸爸退休后这七八年,就是吃饭、睡觉,看看电视,基本上不动脑子了。"

妹妹忽然想起她婆婆现在"记性"也不好,向哥哥简述婆婆的近况。

"会不会也是老年痴呆了?"妹妹问。

"对老年痴呆,确实要早期发现,不过一般老人都较容易忘事,但是有两点不同:一般老年人容易忘记近期的事,久远的重要的事反而记得,这叫做'近事遗忘',而老年痴呆的人则近事、远事一齐忘记;一般老年人忘记事情,别人提醒一下,马上想起,老年痴呆的人则怎么提醒也想不起来。"

哥哥接着说:"老年痴呆不仅是忘记事情,患者的智力下降,计算能力、判断能力、方位的识别能力也都不行了。"

"妈妈说,有一次看见爸爸拿棉裤当棉袄穿,穿来穿去穿不进。"

"老年痴呆的人还会有人格上的改变。"

"啥叫人格上的改变?"

"就是为人处世的行为方面的变化,比如变得蛮横无礼、不爱清洁、瞎疑心、捡拾收藏无用的东西等。"

"唉……"妹妹不胜唏嘘,表示:一定协助妈妈照顾好爸爸,让他安度余生。

阿尔茨海默病

如今我国已经进入老龄化社会,这些年来民众十分关心血压、血脂、血糖的"三高"问题,因为这些"高"涉及心脑血管病、糖尿病等严重危害人们健康的疾病。不过,还有一类精神性疾病其实也需引起关注才好。精神性疾病中与年龄关系最密切的莫过于阿尔茨海默病,一个以发现这个病的德国医生的名字命名的病。这病是一个世界性疾病,而且越是发达国家,人的寿命越长,此病越多,我国如今正面临着这样一个问题。

阿尔茨海默病这个名称在我国民众中知之甚少,多泛称为"老年痴呆"。其实,严格地说,老年痴呆还应包括因动脉粥样硬化而导致脑血供不足引起的血管性痴呆以及其他几种较为少见的痴呆。在我国血管性痴呆颇为多见,较诸阿尔茨海默病,血管性痴呆从理论上说可以预防,也就是预防了动脉粥样硬化便可预防血管性痴呆;可以治疗,改善脑部血供有可能改善该病症状。而阿尔茨海默病至今病因尚未最终明确,治疗亦无特效之法。人们能做的事是预防,但既然病因尚未最终明确,预防就难以绝对有效。因此,早期识别,关注、照顾患者就显得重要了。

要识别阿尔茨海默病需注意:老年人容易健忘,但健忘不等于痴呆,痴呆还包括智力的减退、行为与人格的异常等,当然,诊断确立还需医师排除有类似症状的其他疾病,如慢性酒精中毒、帕金森病等。

虽说阿尔茨海默病的病因尚未完全明确,但已有充分证据证明勤于用脑者患此病者少。老年人也应该学习自己有兴趣的东西;老年人应融入社会,不可孤芳自赏;老年人应有充分的营养,以保障脑力活动的需要;老年人应戒烟限酒,以减少对脑细胞的损害;老年人多有些慢性疾病,应积极控制,这对预防阿尔茨海默病和血管性痴呆都极为重要。

 # 农妇叶月珍的故事

不开心与抑郁症

一

农妇姓叶,名月珍,沪郊青浦人,58岁,短发齐耳、衣着洁净、语言爽朗,一派干练的江南水乡农妇形象。月珍有小学文化,喜欢听沪剧、越剧,还能唱两段《燕燕做媒》《庵堂相会》之类的选段,更稍异于一般农妇者。月珍还喜阅读些如《红楼梦》《西厢记》之类的小说,读到动情处,甚至常为主人公洒一把热泪。

40年前月珍嫁与邻村张姓男子为妻,生有一儿一女,儿女都已婚嫁另居。改革开放,经济发展,叶月珍所居之处的农田被征用,她家成为了"失地农民"。其夫张某被安排在一合资企业做绿化工人,不外做些锄地种树、修枝剪叶之类的事情,对拿了一辈子锄头、铁锹的农民来说,并非难事。月珍起先也曾在该企业做清洁工,不过合资企业规矩不小,月珍觉得很不自在,又惦记着家里的那一群鸡,好在失地农民生活都有保障,老伴便叫她辞职回家了。

月珍夫妇住有三间瓦屋,屋后有一竹林,另有几分自留地种些瓜果蔬菜,竹林中又养了些鸡,月珍饲养得法,下蛋甚多,自给有余,时而拎一篮鸡蛋上集市,不肖半个时辰,便变成一叠钞票,就近买些日常用品,给老伴买瓶好酒,还给小外孙买个玩具之类,生活甚是顺心,月珍很"享受"这种平静的田园生活。

如此过了几年,国家建设发展,新建城际高速铁路从她们村通过,要征用她家宅基地,建设部门给了她家充裕的经济补偿,还在镇上曙光新村的电梯房安排了八层楼的三室两厅。她们老俩口已经无需任何工作,可以一辈子安享城镇小康生活了。

"跳农门"离开农村,曾是许多农村青年的追求。中老年人未尝没有此种

想法,因为城里的生活条件比农村好,"人往高处走"无可非议。不过也不尽然,过了一辈子田园牧歌式生活的人未必都能适应城市"朝九晚五"的工作,甚至难以适应高楼电梯的生活。

记得征用宅基地的那一段时间,月珍心中五味杂呈。她的子女都说这是千载难逢的好机会,从此生活方便了。儿子说今后父母年纪大了,万一有个头疼脑热的,看病也方便了,女儿说妈妈喜欢听个戏,镇上的文化馆三天两头有戏班子演出,有的甚至不用买票,多好。月珍自己也觉得一个崭新的生活在向她招手,但又舍不得这片竹林和几分自留地,尤其舍不得给她带来快乐的鸡。她养的这十来只鸡,是轻易不杀了吃的,当然主要是留着生蛋,但也实在是有了点感情,她甚至在心里给这些鸡们起了名字,叫它们"王熙凤、薛宝钗、林黛玉、袭人、晴雯、司棋、崔莺莺"……有一回丢了"司棋",过了两天在河边看到鸡毛,好像是司棋的,心里着实难过了好几天。这回要搬到镇上去住,鸡是没法养了,老伴劝她逐个杀了吃,她不肯。儿子住在城里、女儿住在镇上,也都不能养鸡,一直拖到临搬家前两天,实在没法子了,才把"薛宝钗"和"林黛玉"送给了邻村的亲家母,其余的拿到集市上卖了。

月珍住进曙光新村的三室两厅,宽畅、明亮、卫生,生活方便,心里确实喜欢。住了近一个月下来,新鲜劲一过,觉得这个新生活似乎缺了点什么,想了好一阵子才明白了,是因为无事可做,闲得慌。老伴还在合资企业做绿化工,早出晚归,平时家中只剩她一人,四邻也不熟悉,邻居见面甚至连招呼也不打。月珍在家除了烧饭吃之外,只有看电视和偶而看点小说两件事可做。她怀念起旧宅的竹林和竹林里的"王熙凤""薛宝钗",还有自留地里的新鲜蔬菜、香糯的玉米和硕大的南瓜。

她忽然省悟到,以前的她是个劳动者,能"生产物资",如今的她变成了一个十足的消费者,消耗别人生产的物资、不劳而获,岂不是变成"寄生虫"了……

二

渐渐地,月珍觉得胃口不如以前,似乎没有了食欲。起先还自己解释为是镇上小超市里买来的蔬菜没有过去自家自留地里临吃时现摘的新鲜,但后来发现即使买了活鱼、活虾来吃,也没有胃口,连过去最喜欢吃的油爆虾也提不起兴趣了,虽然吃得少还觉得肚子胀,大便常秘结,想到大约是生病了。到镇上的卫生服务中心看了,医生说是消化不良,开了些胃药、消化药、通便药,吃了也没效果。又看中医说是湿困脾胃,需要健脾利湿,开了七帖药,不外是山药、米仁、陈皮、木香、山楂、神粬之类,吃了也未见效。医生认为要做胃镜,月珍又害怕做胃镜痛苦,不敢答应。

饮食一差,人便瘦了下来,全身无力,更加疑心有病,使得情绪十分低落。又加失眠严重,夜里一旦醒来,再也无法入睡。这样整日昏昏沉沉,凡事皆无兴趣,小说是看不进了,电视也不想看了。后来连自己烧饭吃也有了问题,一次忘了关煤气,差点酿成火灾。居委会的人上门来,看她不过60岁上下,觉得应该还不至于老年痴呆。知她是从农村迁来,向她宣传了安全使用煤气的知识,并叮嘱说:这种大楼,万一发生火灾救援不易,还会祸及邻里,所以千万要小心使用煤气。月珍听罢十分自责,觉得自己已经完全是个"废人"了,生活在这个世界上既不能"生产物资",还会祸害别人,活得有什么意思?可惜搬家时把家里的农药都丢了……

丈夫知道老伴有病了,力劝她去看病,好在城镇居民都有医保,可以报销大部分医药费用,再说现在他们又不缺钱。于是叫了女儿过来,要她陪妈妈去看病。她女儿、女婿也是"失地农民",早两年已经安置在另一镇上,女婿买了部卡车跑运输,几年下来弄大了,开起了一个什么物流公司。女儿做了全职太太,只需负责带孩子,别无他事。这边父亲一叫,便带了小孩回娘家来了。

月珍本来对这小外孙极为疼爱,有什么好吃的东西都会想到留给小外孙,十天半个月没看到小外孙还会想念他。但这回女儿带了小外孙过来,不知怎的,她却嫌烦,完全没了往日的心情。

女儿过来第一大事是陪妈妈看病,在她看来:不想吃东西肯定是病源所在,直奔镇卫生服务中心看内科医生,医生自然是询问饮食情况,有无腹胀、大便如何之类。考虑一位近60岁老人,有此症状首先应该查明胃部情况,尤其要排除胃癌可能,所以建议其作胃镜检查。在女儿的劝说之下,月珍做了胃镜检查,却未发现重要病症。接诊的内科医生根据患者食欲下降、形体消瘦、疲惫无力的"失健"状况,又考虑到胰腺问题,担心有胰腺癌的可能,乃劝告患者最好能作上腹部CT检查。女儿陪伴在侧,认为确实应查清病根,方好对症下药,赶紧去了县医院作CT检查,检查结果却是肝、胆、胰、脾皆无异常。

拿了报告仍回社区卫生服务中心复诊,对于这个结果,接诊的医生觉得很有些为难,仍未判断出毛病。

月珍的女儿倒也很得她妈的遗传,快人快语,当着医生的面对她妈说道:

"妈妈,CT查出来没毛病,你不要不开心啊,好好地调养就会好起来的,医生是吧?"

这一说倒提醒了医生,医生觉得这患者愁容满面、语言迟缓、动作迟钝,看来或许是有心理问题,便问道:"什么事不开心啊?"

月珍慢慢摇了摇头,轻声地回说:

"没啥不开心。"嘴上虽这么说,却落下两滴眼泪来。

医生看到了,越发坚定了自己的想法,该患者应该是有心理障碍。他对陪同的女儿说道:"你妈妈是心理上有问题,你们要劝劝她,不要想不开。"医生对"不要想不开"这几个字还特别加重了语气。

"是的,我妈不晓得什么道理,这几个月以来一直不开心。"

"今朝(今天)我不开药了,明朝有市里医学心理科的专家来这里门诊,来看看心理科专家吧。"那医生说。

三

医学心理科专家是一位年纪与叶月珍相仿的女医生,据说还是位教授,花白的短发,戴了一副无框眼镜,言谈举止十分平和。

教授关上诊室的门,让月珍母女并排坐下,自己也把坐的椅子从诊台后面移出,没了诊台相隔,三个人好像老朋友一样谈心了,这让月珍觉得:这个医生挺好。

教授鼓励月珍自己讲述症状,她耐心地听,从不打断她的话。月珍的女儿有时要插话,教授会摇手示意:让患者自己讲。月珍仍是低着头,缓慢地、轻声地、断断续续地讲了一点,讲着讲着月珍又哭了,教授从她自己的包里拿出面巾纸为她擦眼泪。这么一来,月珍的心理触动了,她说她自从搬到镇上来住,已经成了一个无用的人,成了寄生虫,不但无用还会祸害别人,说她想念她的鸡、她的竹林、她的自留地。她知道这些已经不可能再有了,她生活在这个世界上还有什么盼头呢……

教授安慰了患者几句,询问她女儿患者以前的性格、表现,又问起搬到镇

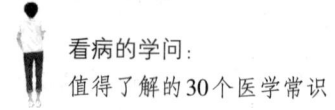

上来住的原因。教授明白了,这个患者的表现虽有些"躯体症状"如食欲不振、腹胀、便秘之类,但心境极度低落,甚至表现出思维迟钝、行动、语言能力的减退,起因只是生活环境的变化,虽说事出有因,但是反应超出寻常,显然已是抑郁症的病态。

于是教授抓住核心问题向月珍说道:"国家建设发展,你们让出在农村世世代代居住的地方,搬到城镇里来,这就是对国家的贡献。你支持了这件事,对国家来说就是有用之人啊!"

月珍觉得这医生说的道理跟村里干部说的一样,还说我是对国家有用之人,"是这样吗?"

"年纪大了,退休了,国家发给退休金,就是因为你们以前对社会作过贡献啊,你现在还照顾老伴的生活,也是作贡献啊。怎么能说是无用之人呢?"

月珍想想,这医生说的也是个道理啊。

教授开了些药,又关照她女儿要如何照顾患者的事,母女二人称谢告退。

月珍认真服药,女儿悉心照料。过了半个月,镇上文化馆上演沪剧《阿必大回娘家》,女儿知道妈妈喜欢沪剧,问月珍要不要去看,月珍竟说:"好的。"

于是,母女、外孙三人去看了沪剧,月珍脸上露出久违的微笑。散戏的时候走出剧场,月珍发现文化馆里还有图书室,居民都可以来看书、看报,办个手续还可以把书借回家去看,而且是免费,觉得蛮好的。

过了个把月,月珍跟着一群大妈在文化馆门前的广场上跳起了广场舞。

又过了几个月,月珍在曙光新村居委会报名做了"维护环境卫生志愿者",每周轮值两次、每次两小时,帮助小区清洁工维护环境卫生,劝人不要乱扔烟头、垃圾,劝导遛狗的人及时清除粪便。有一回发现36号在墙角里养了两只鸡,月珍上门劝告:养鸡影响卫生……

年底,居委会表彰志愿者,叶月珍阿姨的照片贴上了光荣榜。月珍很高兴,觉得自己也是个对社会有用的人。

不开心与抑郁症

有句俗话说:人生在世,不如意事常八九,是说世事的艰难。不如意便会不开心,那么不开心是不是就是得了抑郁症了呢?

　　抑郁症的患者确实不开心,而且很不开心,但是不开心不等于是抑郁症。首先,是程度上的区别:一般人对某件事情不开心了,但对其他事情的心情还是好的,而抑郁症患者是对几乎所有的事情都不开心。通常人不开心也就是那么几天时间,而抑郁症患者的不开心会持续很久,有的抑郁症是发作性的,一次发作至少有半个月到一个月的时间,一段时间后似乎好一些,但很快又会复发,而且会越发越频繁。

　　除了不开心、情绪低落以外,抑郁症患者的思维迟钝,思考和判断都出现困难。有的人会觉得自己脑子里一团浆糊。此外,抑郁症患者的行为与语言等也都明显减少,甚至卧床不起,终日不言不语、不吃不动。情绪低落、思维迟钝、动作语言减少就是所说的"抑郁三联症"。

　　此外,抑郁症患者还有许多躯体症状,比如失眠、心悸、疲乏、腹胀、食欲不振等。

　　在这许多症状当中最明显也是最严重的是患者常常自怨自责,甚至觉得自己根本就不配做人,容易有轻生的想法,甚至于顽固地尝试自杀。自杀是抑郁症最危险的并发症,也是医生和家属最需要注意防范的事。

　　还有一种叫躁狂症的病,患者情绪高涨,盲目乐观,不切实际,还常常伴有思维敏捷,当然往往流于浅表,语言和动作增多,终日夸夸其谈,忙个不停。该症刚好是与抑郁症相反的一个三联症:情趣高涨、思维敏捷、语言与动作增多。躁狂症与抑郁症正好相反,但有时会在同一个患者身上交替出现,成为双向感情障碍症。

　　抑郁症需要及时识别和治疗,尤其需要预防其自杀的行为。

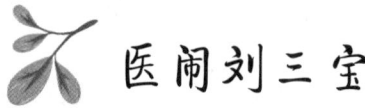
医闹刘三宝

医 疗 纠 纷

  初冬的一天,天气阴沉,上午10点,正是省立医院门诊部最繁忙的时刻,门诊大厅里挤满了人,人声嘈杂。几个挂号窗口都排着长龙,一个中年汉子跑到前面把一个试图插队的小青年向外拽,两人发生了争执;墙边一排座椅上,一个患者突然吐出几大口血,患者家属大叫:"医生、医生,快点抢救……"一个护士推着轮椅跑了过来……

一

  "啊哟,我的天啊,你就这样走啦,我也不要活啦!"一声长嚎发自门诊大厅入口之处,众人的注意被吸引了过去,大厅里的"分贝"反而降低了不少。
  一个60多岁模样的妇女,花白短发,黑布衣衫,形体稍胖,面色还算滋润。只见她进门来便就地一坐,先捏一把鼻涕,再拿右手在地上拍着:"这个短命医院哟,我的人好好地进来的啊,一个礼拜不到就被他们弄死啦,我的天啊,我也不要活啦!"
  接着又进来两个中年人,一男一女,男的衣着像个农民工,面无表情,女的有点面熟,好像是就在附近给小旅馆拉客的,眼睛贼溜溜地转着。他们进来一声不响,拉出一个脏兮兮的白布横幅,上面用红墨水写着:医疗事故,讨还血债。
  "这个短命医院哟,还我的人啊,我也不要活啦!"
  "短命的医院哟,害死人啦,我也不要活啦!"
  老妇坐在地上边哭边叫,颠来倒去也就这么几句话,并没有什么具体内容。

看热闹的人渐渐围了过来。

"什么病啊?"意思是问你家的人是生什么病死的。

"没病。"打横幅的女人说,一想不对,没病怎么会到医院来呢?便改口说:"肝癌。"一想又不对,肝癌本身就比较严重,死了也不能全怪医院,又更正道:"肝不太好,来检查检查的。"

医院的保安过来了:"有意见请到医务处去提。"保安要来拉坐在地上嚎哭的老妇人。老妇大叫:"打人啦!打人啦!"

保安只好松手,对那拉横幅的女人说:"你们到医务处去讲啊。"

"伲阿哥已经去了。"原来他们兵分两路了。

保安无奈只能站在一旁看着,能做的事只是劝围观的人:"没啥好看的,你们忙自己的事去吧。"

"现在的医生真不负责任!"

"前天第二医院那边,病人家属打医生了。"

"活该,病看不好,钱倒照收。"

"也不能这么说,医院收费是国家规定的。"

围观的人议论着。

"我的天啊……"老妇干嚎着。

大楼底层一间挂着"医务处接待室"牌子的办公室里,两个气势汹汹的中年男子,面对着一个穿着白大褂的工作人员拍着台子。"你不能解决,叫你们院长来!"一个五大三粗、脖子上露出金项链的男人说。

另一个年岁大些的戴副眼镜、从手提包里取出一个破旧小红本本,上面印着"律师证"三个字,说是:"告诉你,这个案子弄到法院去,肯定是医疗事故。你们医院赔了钱还名誉扫地。现在家属提出的要求不算高,100万不能再少了。"

"如果你认为是医疗事故,可以申请医疗事故鉴定。"医务处的接待人员说。

"别跟他啰嗦,先找电视台曝光。我看你们医院有多硬。""金项链"说。

二

刘三宝,男,40多岁,本地口音,小学文化,无业,父母早亡,似乎也无兄弟姐妹,因斗殴伤人,曾被判刑3年。刑满释放后街道办事处给安排了两次工作,三宝皆不愿去做。作为刑释闲散人员,街道办事处好事做尽,又给他在省立医院附近广场一角安置了一个摊位,办事处的王副主任还借了3000块钱让他进点水果、饮料之类做点小生意,这回三宝同意了。做了几个月小生意,人称刘老板,三宝很是受用,做到年底,把借王主任的3000块钱也还了。街道办事处还把对刘三宝的安排作为社会治安综合治理的成功事例上报了。

第二年,三宝的摊子上来了个女人看摊,三宝说她是店员,街坊私下知道是"姘头",不过三宝原无家室,别人也就不多说闲话了。三宝不用守着摊子了,除了进货、应付城管外,叼着香烟到处闲逛,逛得最多的地方便是这省立医院了。

渐渐地三宝发现这医院竟是棵摇钱树。

专家号紧张,只要弄到号源,转手倒买,钱来得容易。原本有两个小赤佬(沪语:小鬼头)每天天不亮就来占位置、抢号头。三宝不屑这么做,七转八弯认识了医院里挂专家号的挂号员小钱,约他吃饭,请他喝酒,开导他:"有钱不赚猪头三(猪猡之意)。"要他给自己留号,许诺给予分成……

省立医院病人多,床位紧张,登记住院要等一两个星期才能轮上。他便和患者说:"要想早入院有路可走,但要送医生红包。"拿到患者的红包,他再找医院里的熟人,谎称患者是自己的亲友,请求照顾入院。

三宝的"生意"越做越大,忙得很,便把以前早起排队占位的小赤佬收为帮手,慢慢地手下居然有了四五个人,这些人都称他"宝哥"。

"宝哥,有个义乌的老板要住心脏科。"

"宝哥,消化科李主任的号要多弄点。"

"宝哥……"

有时三宝还会训斥他们几句:"我很忙!这点小事你自己想法解决!"

渐渐手下这几个小啰啰背地里也叫他"忙哥"了。

再后来,忙哥却发现:帮患者或患者家属跟医院闹纠纷,更来钱。缘是有一次一个老者捂住嘴,脸上痛苦的样子,由他的孙女陪着,来买饮料,说是在这医院拔牙,却弄得半边脸也肿起来了,医生说是发炎了。孙女不经意的一句话却给忙哥指出了一条财路:"这是不是医疗事故?可以要求赔偿的吧。"

这句话提醒了忙哥,忙哥知道这些年讲安定团结,医院要评"文明单位",

最忌讳有医疗事故,患者家属一旦吵闹,不论是不是医疗事故,往往会赔些钱息事宁人。于是主动领了这对祖孙到医务处接待室,声称患者是他爷叔,投诉口腔科的医疗事故,要"给个说法"。接待人员看他似乎面熟,好像还认识医院不少的人,便要他留个手机号码,说是要向处长汇报,看如何处理。临走时,忙哥还为了说给这对祖孙听,特意向接待人员强调:"这肯定是医疗事故!你们要负责任!"

分手时,忙哥要了患者家的电话,说他这人就是喜欢打抱不平,过两天他会找医务处的人催促,有了结果便会通知他们。这对祖孙真以为遇到了好人,一再感谢而去。

过了一天,他觉得自己还要在这里混下去,跟医院的人搞僵了不好,灵机一动,叫手下一个小啰啰出面,谎称是患者的孙子,又到医务处接待室吵闹了一场,"给他们一点压力"。

过了一个星期医院方来电话了,同意赔偿3000元。

忙哥给患者家里打电话,说医院认为是"并发症",不是医疗事故。但经他争取,同意支付420元慰问金,还有一篮水果,可以到他这儿来领。其实这水果就是他摊上卖不掉的烂货。

忙哥发现了新的生财之道,自此一发不可收拾,本文开头的一幕便是他的"生意"。不过,忙哥很有策略,他自己绝不出面,不但不出面有时还会在医院工作人员面前假装好人,说些貌似公正的话,诸如:不要吵闹有话好好说,医生也不是故意的,人也死了医院赔点算了等,以致很长时间医院方面,甚至派出所的警察都以为他与这类"医闹"之事无关。

三

不过,这两年忙哥的生意不太好做了。

医院加强了管理,专家号改为网上预约,他勾结的挂号员小钱因东窗事发,受到了处理。医院加快床位周转,登记住院后不几天多能入院治疗。诸如拉横幅、赖在地上嚎哭之类的吵闹,派出所的警察接到报警会来维护医院正常工作秩序,忙哥手下的这些小混混一般也不敢跟警察对抗。

医闹,并没有停息,医务处接待室成了战场。

一位老人送到医院急诊室已经奄奄一息,心电图检查显示大面积心肌梗死，医生紧急进行了抢救处理，并向家属说明需立即放置支架治疗，不料患者的女儿却以网上传言：中国医生"放支架过多""医生得了回扣"而责疑放支架的必要性。经治医生又提到溶栓治疗的风险，该家属不认可，反而认为医生是"故意刁难"。终于患者不治死亡。事后家属中有个别晓事的自知理亏，本不欲吵闹。不想此事为忙哥手下探知，设法接近该死者的女儿，煽风点火：强调患者家属不是医生，家属有顾虑应该说服，患者送到医院理应由医院负责抢救，患者死了医院罪责难逃，并表示他们可以代为"伸张正义"。该家属正因她一再纠缠影响抢救，在其他家属中"不好交待"，见有此台阶可下，把责任推给医院，很是求之不得，便同意忙哥手下人的意见，还写了委托书称：心情不好，委托朋友与院方交涉。

忙哥与小啰啰们商量，觉得拉横幅、设灵堂之类影响医院工作秩序，派出所的警察有理由取缔；在医务处接待室吵闹、施加压力，表示家属情绪激动，人死了，家属情绪激动些无可指责，警察无法干涉。于是决定：一是派老妇扮家属在医务处接待室哭闹，二是派壮汉二人代表家属迫使医务处干部承认医疗事故，三是派中年妇女二人扮家属去院长办公室吵闹⋯⋯

在医务处接待室吵闹了半天未有结果，两壮汉记得忙哥说"要狠"的话，终于动手打了医务处的接待干部。两人身手了得，打得该干部肋骨骨折并发气胸，医务科长与一名保安前来制止，也被打得鼻青眼肿。两人最终被警察制服，并拘留。

此辈乌合之众，一被拘留，全盘供出：系刘三宝组织、策划、指使。

最终认定此事属涉黑性质，将两打手与刘三宝送上了法庭，其余众啰啰皆作鸟兽散。

避免纠纷，制止医闹

医疗是一种特殊的行业。医学的内容艰深，而且医学并不能解决所有的疾病问题，一般民众不容易理解。民众生病了要寻求医学的救助，而且患者除了生理上的痛苦以外还常常会有心理上的障碍。医疗的措施，尽管医生在主观上是善意的、积极的，但有时候并不能如愿，而且还可能会产生一些并发症、后遗症之类的风险。所以在医疗行为中,医患双方比之于其他行业有很大的特殊性。

随着人们权利意识的增长,尤其是在如今商业社会当中,有些患者会把医疗行为类比为商业行为。而医生们有时候只关注医学的科学性,比较少关注病人心理上的需求。因此在世界各国事实上都会产生医患之间的纠纷。

要化解医患之间的纠纷,关键是需要有良好的沟通。在医疗的行为中医生是行为的主体,所以要减少医患纠纷,医生应该多做努力。其中最主要的是:医生应该根据医学的原理,站在患者的立场上作出医疗决策,并向患者做出详细的解释,争取患者的理解和认同。当然,患者也需要增加科学知识,理解医疗的局限性,理解医生的努力,信任医生。如果能够做到这样,医疗纠纷一定就会减少。

医疗纠纷作为一种社会运行程序的障碍,理应取得法律的帮助,通过法律解决问题。但是在我国有少部分不良人员插手其中,以谋求利益。于是形成了一种叫做"医闹"的现象。这些人员甚至形成一定的组织形式,在医院里胡作非为,干扰医院的正常诊疗秩序,影响广大患者的诊疗。

我国卫生行政主管部门、公安部门明确反对这种非法行为,早已下令制止,但是至今未能完全绝迹。如今我国法律部门介入,声明医闹可以入刑。相信这一丑恶现象一定会被逐步制止,还医务人员以及广大患者一个安全的诊疗环境。

 也是一种"医闹"

医疗决策

一

虽然已过立秋,天气依然闷热。省立医院的急诊室里躺满了患者,时间是上午9点左右,日班的医生从7点半接班开始,梳理夜班留下观察的患者,发现能让其回家服药治疗的不多,而病房里床位有限,能收入病房治疗的也不多,许多患者只能继续留在急诊室里治疗观察。新的患者还在不断送到,且送到急诊室的都是危重病人。医院急诊室在任何情况下都不能拒绝诊治,这是医学的原则,医生的道德。急诊室所有能利用的"床",比如检查病人用的诊察台、运送病人的推床都被征用做临时的病床,室内放不下放走廊,走廊放不下放门外。患者呻吟,家属焦急,医护人员忙得不可开交。

救护车呜呜地叫着,在急诊室门前嘎然而止,医生护士第一时间迎了上去。救护车车门一开,跳下担架员,口中叫着:"心梗、心梗。"抬出一位60多岁的男士,只见他面色苍白、额角渗汗、目光游移,陪送的家属大叫:"医生快抢救、快抢救!"

患者躺在可移动的推床上被推进室内,接上心电监护仪一看:急性大面积心肌梗死!血压只有90/56毫米汞柱,急需紧急救治,于是紧急启动心肌梗死绿色通道,一面将患者送进心导管室检查,一面通知家属病危。

患者的两位家属等在心导管室门口。一位年长的女士嘤嘤哭泣,似乎是患者妻子。另一位年轻的女士约30岁,短发,戴副眼镜,很干练的样子,在安慰着她,看似是患者的女儿。

过了一会儿,有一位医生走出来向患者家属解释病情:左侧两根冠状动脉分支,一根完全阻塞,一根阻塞90%以上,右侧冠状动脉阻塞70%,需放置支架治疗。

冠心病患者发生急性心肌梗死是因为冠状动脉内的粥样斑块破裂所致。所谓"粥样斑块"是聚集在冠状动脉最里面一层薄薄的内膜下的脂类物质形成的隆起,这斑块一旦破裂,这些脂肪类物质会顺流而下被冲到下游较细的冠状动脉中将其堵塞。而且斑块破裂还会促成局部血液凝集,冠状动脉中的血液结成了血块,成为血栓,也被冲到下游血管中,加重了血管的堵塞,血管堵塞后心肌缺血、缺氧,便很快坏死,即心肌梗死。

抢救心肌梗死可以用药物溶解血管里的血块,叫做溶栓治疗,但最直接有效的办法是通过导管放入支架,这"支架"到位后能撑起被堵塞的血管,使血管再通,心肌缺血、缺氧的情况可以立即得到改善。不过,心肌梗死的抢救必须争分夺秒,一般认为发病6小时(最好2小时)内为抢救心肌梗死的"时间窗"(最佳时机),超过这一时间救治的效果差。心肌梗死的"支架"治疗在国内外已实施多年,挽救了大量患者的生命。

二

该医师说明患者需放置支架治疗,患者妻子似乎听说过,微微颔首,表示遵从医生的意见。但年轻女士却开始诘问:"放支架能肯定抢救成功吗?"

"放支架是抢救心肌梗死很好的办法。"医生道。

"我问的是,放支架能肯定抢救成功吗?"口气似乎有点生硬。

"不能说'肯定'能抢救成功。"这是实话。

"那好,人命关天,我们要肯定有效的办法。"

"放支架便是有效的治疗方法。"

"就没有别的有效方法了吗?"

"可以做溶栓治疗,用药物溶解堵塞冠状动脉的血栓。"

"好嘛,那你为什么先不说?"不友好的质疑。

"我们认为放支架最好,因为现在需要争取时间立即开通堵塞了的血管。溶栓治疗我们也考虑合并使用,但溶栓治疗有可能引起脑出血的风险,希望你们家属理解。"医生说得很清楚了。

"网上说得很多了,中国医生滥用支架,跟经济利益有关。"

"这个说法不准确,这位患者现在必须放支架,不然会有生命危险。"

"你别吓唬人,滥放支架也是一位权威专家说的。"

医生觉得这位女士似乎无可理喻,便退回了心导管室。

几分钟后一位年长的医生与一位护士走到门口,医生对该女士说:"我是负责抢救这病人的王医生。"

"心脏科王主任。"护士补充道。

"患者的情况非常不好,如果现在还不放支架,可能没机会再放了,放支架是必需的,请相信我的话。"王主任说得很诚恳。

"为什么你们都一定要放支架?我真不懂啊,网上说的北大的一位老教授三根血管都阻塞了,他就不放支架,后来他运动,就好了嘛。"

"噢,病情不同,现在是急性心肌梗死,不是慢性心肌缺血。"

"不是可以用药物治疗吗?溶栓。"

"溶栓药我们也准备用,不过用这药也是有风险的。"

"把血栓溶解了不就好了嘛。"患者家属还在坚持,不愿放支架。

"……"王主任还准备说什么。导管室里另一位护士出来在王主任耳边低声说了句什么,王主任对患者家属说了句:"患者情况不好!"立即返身回导管室抢救患者去了。

最终患者未能抢救成功:死于冠状动脉粥样硬化性心脏病并发大面积急性心肌梗死,心源性休克。病情严重固然是主要原因,患者家属未能配合医疗应该也是原因之一。

患者的女儿自知理亏,只好认了。

月底,省立医院心脏科例行病例讨论会上又讨论到这一病例,讨论的焦点是:当患者家属不理解治疗措施、不愿表态,而此种治疗又涉及患者安危时,应如何措置?比较多的医生主张:请示领导。若是情况危急,主持抢救的医师有无决定之权?多数医生主张:应该有。不过,王主任认为:事实上从全国发生的多起类似的案例来看,这样做还有很多的问题。

有意思的是,陈主治医师在会上提出:若患者家属出于不够理解,作为医生应该妥为解释,但也有的如这位患者的家属,似乎对医生、对某些医疗措施有很深的成见,不信任医生,干扰医疗措施的实行,这事实上也是一种"医闹"。陈医生是最先与患者家属说明要放支架的那位医生,对患者家属不能积极配合医疗,以致抢救未能成功,很有些耿耿于怀。但他的"也是一种医闹"之说倒也有许多医师表示赞同。

三

"也是一种医闹"之说传出,引起了一位新闻记者的注意。一天下午这位记者来到医院,先向陈医师了解这个病例的救治过程,对这位患者因家属未同意放支架而使抢救归于失败也觉得"有新闻性"。当然,陈医师指出:大面积心肌梗死本身病情严重,放置了支架也不能保证抢救成功。但这位记者认为:应放、可放而未放,最后抢救失败终是憾事。他要探究的是为什么这位患者家属不愿放支架,陈医师告以患者家属不准确的理解:"中国医生滥用支架,跟经济利益有关。"

"中国医生是不是滥用了支架?"记者觉得这是一个比较宏观的问题,便又去主任办公室采访了王主任。

主任办公室的一对单人沙发上,一杯白开水,开始一段有趣的对话。

"王主任您好,我们在某些新闻报道中确实看到有'支架在中国被滥用'的说法,而提出此说的是著名专家,您的看法是?"

"专家的说法是提醒大家别滥用这种治疗方法,是不错的。冠状动脉植入支架是抢救急性心肌梗死患者的关键性治疗措施。当然并非所有冠状动脉堵塞都必须放置支架,在非急性心肌梗死的情况下,如稳定性心绞痛者,需先经冠状动脉造影检查,狭窄程度在70%以上的冠状动脉分支才有放支架的指征。"

"'有放支架的指征'的意思是必须放支架?"

"也不是,有的患者在冠状动脉粥样硬化形成的过程中,某支动脉在逐步阻塞的同时一些侧支循环形成,心肌缺血并不严重,可以用药物治疗,放支架的必要性就不大了。"

"侧支循环形成是什么意思?"

"打个比方吧,你要来我们医院,可是医院门前的大路堵塞不通,你正着急,有人告诉你,这条路不太好走已经有些时候了,要到医院去就想法绕点路、走小路,走多了这些小路也通顺了,一样可以到医院来。"

"哦,有道理、有道理。明白了,具体情况具体分析,不能一概而论。急性心肌梗死和慢性的心肌缺血情况不同。我想专家讲的应该是指后面的一种情况。"

"是的，新闻报道有时不够准确，或者读者的理解有些误差。"

"是的、是的，所谓'差之毫厘，失之千里'。"记者说，但记者又问道："那么，在慢性心肌缺血的病例中有无'滥用'情况呢？"

"须知临床医疗工作中也有实际上的难处，过去做冠状动脉造影检查都需插入导管，对患者来说是一种侵入性检查，检查时发现某支冠状动脉堵塞69%，放不放支架？等到下个月堵到71%了，再重新插管放支架？万一下个月一下子发生斑块破裂导致心梗呢？"

"噢……"

"如今可以作CT冠状动脉造影，这种造影检查对患者而言是非侵入性检查，可以比较充分考虑是否有必要放置支架。不过，在冠状动脉有相当程度堵塞时放不放支架也需考虑患者的意愿。"

"啊……"记者理解了临床医疗决策的难度，对王主任的解释十分信服。微笑道："网上传'北大老教授'三根血管堵塞，不放支架，坚持运动，竟全好了，看来这位老教授必定是属于慢性心肌缺血的情况。"

"那是当然，若是急性心梗还能去运动吗？"王主任说。

"网上的信息常不可靠。"记者认为。

"在医生指导下的适当运动当然是可以的，不过对于慢性心肌缺血的患者来说主要是应该认真进行药物治疗，并定期检查。"

"是的，是的，难就难在临床医疗是复杂的，而患者与医生之间的'信息不对称'，患者或家属不容易做出准确的选择。"

"医学很复杂，这信息不可能绝对对称，关键是患者应该信任医生啊。"王主任感慨。

"是的，是的。谢谢，谢谢。"记者自觉有点失言，便告辞出来。

支架该不该装

在医学上"支架"通常是指在人体的自然腔道中放置的支撑性的器具。其目的在于保持腔道的通畅。近20年来使用最多的是放在冠状动脉中的支架。当冠状动脉发生堵塞时放进支架撑起血管,使血流恢复通畅,用来拯救梗死的心肌,是近年冠心病并发心肌梗死时最为有效的救治方法。自从采用此项技术以来,救治了无数急性心肌梗死的患者。可喜的是目前此项技术在我国已经逐渐普及,一般较大型的医院皆可施行。随着这项技术的普及,大量心肌梗死患者的生命得到了挽救。

当然放置支架并不能治愈冠心病。患者在放置支架之后还需要后续的许多治疗,如服用调脂药、抗血小板药、心肌保护药等。若有高血压或糖尿病,还必须努力加以控制。

与此同时,也有专家指出放置支架在我国有使用过度的迹象。支架过去依赖进口,花费较多,也使部分社会舆论质疑这项技术的应用。

在冠状动脉中放置支架的标准,通常是血管堵塞程度在70%以上。若是在70%以下,可以采用药物治疗。所以放置支架必定是在冠状动脉造影之后根据造影的情况作出决定。

临床医疗的精髓是依据患者的具体情况考虑,急性心肌梗死患者应尽快放置支架,以挽救生命。频发心绞痛的患者,若他的冠状动脉阻塞尚不足70%,或许应该及时放置支架;反之,一个稳定心绞痛的患者,如果造影的结果冠状动脉堵塞超过70%,或许不一定要放支架,因为相信他必定已经有侧支循环的形成。

所以究竟放不放支架,医生应该根据医学的原理、患者的具体情况,站在患者的立场上加以考虑,而患者也应该对医生的决策报以信任。

 # 王志真大医师

医患关系

一

"肺癌,手术吧!"王副主任医师对他的患者斩钉截铁地说。

初秋,夏天的炎热未减,骄阳似火,一家大医院的门诊部,人头攒动,热气蒸腾,中央空调开足了马力也难消暑气。专家门诊室的门前待诊的患者与家属挤挤挨挨,座椅不够,一部分人只好倚墙而立,还有的只好站立在走道,不时有人到诊室门口探头张望……

王副主任医师的这位患者是一位年长的妇女,60岁开外的年纪,头发花白,衣着整洁。因为咳嗽、低热就诊,作肺部CT检查发现左肺下叶有一处"磨玻璃样结节",普通门诊的医师嘱咐来专家门诊进一步诊治。"磨玻璃样结节"具体指什么,老太太并不懂,但是她从医生的表情上看来,猜测事情不妙,所以这次看专家门诊是让老伴陪同前来的,因为她知道医生诊断出"坏消息"一般都是先与家属说,而不直接告诉患者,再说,她也担心自己一时接受不了。

专家并没有询问病情,而是拿起片子看,甚至都没有将片子插到看片灯上,便说了开头那句话。老太太一听,差一点晕过去,老伴赶紧安慰老太太,啜嚅道:"医生,能不能先开点药吃……"

"不要命啦?"王副主任医师道,说着便让助手开出一个"肺癌术前检查全套"的检查单来,一共有8张单子,交给患者家属,那助手说等全部查完,拿到报告再来复诊。

老先生还想问什么,下一位患者已经进来了,但还是请求道:"医生,能不能先开点消炎的药……"

"不必了,肺癌要抓紧手术。"

老先生无奈,只好扶了老太太出来。由于老太太体力不支,便拿着检查单直接回家了,并未检查。

二

王副主任医师名王志真,出生于河北农村,自幼家境清寒。他从小长得瘦弱,在学校里常被同学欺侮。每当他哭着回家时,他爸爸总是鼓励他好好读书,书读得好今后可以到县里甚至省里当官,"只要出人头地便没人敢再欺侮俺们"。于是,在王志真幼小的心灵埋下了读书改变命运的期望。

王志真学习用功,成绩优异,老师十分看重,还让他做了班长。做了班长就要管班级里的大事小事。渐渐地王志真觉得做干部真好,说话有人听。

一晃高中快毕业了,王志真开始思考大学选择专业的问题。起初想的是学法律,将来可以做法官。可惜那年他爸一病不起,临终时拉着他的手说希望他今后能做医生,治病救人,"不为良相,便为良医"。王志真觉得也是这个理:有事求官、有病求医。

高中毕业后,王志真当真考进了医学院。因为档案评语里有"关心集体,热心为同学服务"的评价,大一时王同学继续当了班长,对待同学颇有些颐指气使的"官派"作风,大家都不怎么喜欢他,不过学医课业重,众人也无心和他计较。到了大二那年班干部改选,王志真终于落选,气得他一天都没吃饭。

医学院几年书读下来,生理、病理、药理、细菌、病毒、癌细胞,内科、外科、妇产科通通学了一遍……王志真学习成绩不错,这下子觉得自己本事可大了,治病不在话下。这些年国家医疗事业发展,王志真成绩优异,顺利进入大医院成为胸外科的医生,王医师觉得自己算是修成正果了。

王志真在这家大医院里起早摸黑又历练了十几年,其间还在职攻读研究生,拿到了硕士学位,且结婚成家,配偶是本院手术室的一位护士,两人生有一女,活泼可爱。王医师职业生涯、家庭生活皆顺利圆满,唯常被投诉,因为只是"态度生硬""脾气急躁"之类的意见,医院方面也只是例行公事地转达,希望他"有则改之,无则加勉"。在王医师看来只一句话:"现在的患者难伺候。"

终于"媳妇熬成了婆",王志真晋升为副主任医师。副主任医师是医师中的高级职称,教授级别,尽管还有个"副"字,但也是同一级了。一高兴,王教授

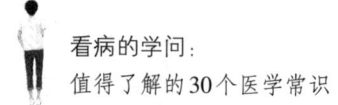

便把他的微信昵称改成了"王志真大医师"。现在王大医师看病是在专家门诊了,号还不那么容易挂得到,为了节省王大医师的时间,出专家门诊时身边还带两位助手。

三

这些年由于肺癌高发,而解决之道在于早期发现,及时确诊并手术切除,故一些大医院都开展了低剂量螺旋CT筛查的工作,确实发现了一些早期的肺癌病例,经手术切除均获得良好的疗效。王志真所在医院、科室也开展了这项工作,他近来的确成功地处理了好几个这样的病例,患者出院时给王大医师送了锦旗,尽管觉得他对患者的态度是生硬了些。

孰知这低剂量螺旋CT过于敏感,甚至肺部几毫米的病灶也一览无余。目前医学上对于过小的病灶是良性还是恶性,一时尚难作定论。合理的处理是密切随访,定期复查,若属恶性的病灶,随着时间的推移,总会露出马脚。这就要求医生与患者有良好的沟通,对患者作妥善的解释。

却说本文开头提及的那位患者,肺部发现的"磨玻璃样结节"便是这种一时难于定性,应该密切随访的病灶。那位老太太因为发热、咳嗽就诊,是支气管炎症的表现,这"磨玻璃样结节"只是意外的发现罢了。患者在王大医师这里得了个"肺癌"的诊断,又惧怕手术,终日惶惶不安。因为发热、咳嗽,只好到社区卫生服务中心寻求治疗。那里的全科医生安慰老太太道:"这种磨玻璃样结节并不一定都是癌症,甚至可以说大多数不是癌症,只需定期复查即可。"老太太虽稍心定,但是想到那是专家的诊断,对全科医生所说的仍是将信将疑。不过在全科医生治疗之下发热咳嗽却是好了。又过了半年,在全科医生鼓励之下,老太太做了低剂量螺旋CT复查,这"磨玻璃样结节"居然消失了,这让老太太喜出望外,逢人便说社区卫生服务中心的全科医生"本事大"。

说多了也会传到各种各样的人物耳中,就有人觉得这还了得,若是照着这专家的意见开刀了,不等于是"白开"吗?这绝对是严重的医德问题!果然不久,卫生局的行风办收到一封由报社转来的名为"绝对严重的医德问题"的群众来信。行风办转发王专家所在的医院要求调查回复。医院方面虽不认可这是什么"绝对严重的医德问题",但觉得应该加强医生们的业务学习,避免误诊,同时加强对医务人员的人文教育,理解任何医疗决策的立足点都应以患者的利益为先,并且需要与患者有良好的沟通,要努力改善服务态度。于是全院开展了一个"加强医患沟通、改善服务态度"的宣传教育活动。这事因王志真而起,王志真自然也感到了一定的压力,也在思考这些问题。

四

过了几天,一天王大医师的妻子对他说:"爸叫你晚上去吃饭。"既非过年过节,也非岳父、岳母生日,怎么岳父大人叫去吃饭? 王志真有点忐忑不安,因为他这岳父是当地的一位名医,虽然已经退休有年,但学生散布各医院,"耳目众多",而且当初他因为工作关系捷足先登,很让几个情敌忌妒,也不排除想看他笑话的可能,莫非他这倒霉的事情已经传到岳父那里了? 岳父大人叫了,不能不去,只好硬着头皮去了。

饭后被岳父叫到书房,果然是为此事,王志真只好低着头恭敬地听着,不敢吭声半句。王志真虽已有了副高职称,但在岳父眼里,他还是个孩子。

岳父说:"医学古来称为'仁学',讲的是仁爱,爱护患者是医者的天责。医学无止境,我们掌握的医学知识是永远不够的,临床医疗情况复杂,医生万万不能掉以轻心,自以为是,'满遭损、谦受益',虚怀若谷是医生必需的品质。医生是为患者服务的,不是做官当老爷的,患者当然不懂医学,但健康是属于他们的,所以我们的任何医疗决策都应该听取患者的意见,与患者商量着办……"

老先生精神甚好,一口气居然说了半个钟头。王志真低着头,只能应着:"是的,是的,我知道了。"岳母疼爱女婿,进来打断,说是:"好了,好了,晓得了。"前半句是对老伴说的,后半句代女婿回答了。

"外公,我们要回去了,过几天再来看您。"王志真的女儿也进书房来。

一老一小这一来,岳父大人只好把话收住了。又想到今天是批评多了点,为了缓和些气氛,便拿出一本书来,说是他一个学生写的,可以带回去看看。王志真一看是一本叫《医学人文与医患关系》的书,岳父又拿起笔来在扉页上写了"赠志真爱婿阅"几个字,还签了个名。志真恭敬地接了过去连忙称谢:"谢谢爸爸。"

"医生是为患者服务的,不是做官当老爷的。"王志真反复回想着岳父的话,似乎直击他一贯的想法,要谦虚谨慎,要尊重患者……

王志真把"王志真大医师"的网名改回"王志真医师"。他的一个好友在群里笑他："你不做'妄自尊大'医生啦？"

王志真回了一个"苦笑"的表情。

据说从此王志真不再被患者投诉了。

医患关系理应和谐

医生是以"治病救人"为职业的人，患者是生了病要医生治的人，简单地理解两者的供求系似乎并不复杂。但这两者却都有其特殊性，在医生方面他们是医疗技术的掌握者，而且这门技术非经过艰难学习不易掌握，但医疗技术又非完美无缺，一些病并不能治愈而只能缓解，且在治疗的过程中还有可能给患者带来某些损害。此外，不论治疗效果如何医院或医生都会按章收费。患者是处于痛苦中的人，除了肉体上的痛苦外，多数还伴有心理上的痛苦，这会使他们不安、焦躁，他们既希望治好病，又希望治疗过程中万无一失，当然还希望少花钱。

医患双方的这些特点决定了医患关系的特殊性。从医学发展的历史来看，在以急性病为主体的时代，医患关系基本上是以医生为主体的"家长式"模式，医生对诊疗作出权威式的决定，患者只能被动地服从，这种模式的基点是：医生是医疗技术的所有者，应对他所从事的职业负责。不过，随着社会的发展，随着人们自我意识的提高，觉得这种家长式的模式，损害了对患者人格的尊重，一般情况下并不可取。在如今的一些医患纠纷中，常会看到在医生方面这种"家长式"的影子。"家长式"的反面是"患者自主式"，患者觉得花钱看病与商店购物无异，医生只是依患者的要求提供服务的角色。由于患者缺乏医学知识，这种模式自不可取。

应该提倡的是"医患双方的道德模式"，医生应该站在患者的立场上，依据医学原理对患者的诊疗作出规划，并将其与预期的效果、可能的损害，甚至费用的多少等向患者作出解释，给患者较多的决定权，并帮助患者实现这种权力。而患者则应理解医生的建议，在技术性问题上表现出对医生的信赖。如此，医患关系必能和谐。